講談社文庫

夜の歌　下

なかにし礼

講談社

夜の歌
下
＊
目次

夜の歌

下

第六章

魔窟

死の直前の至高の時、彼は最後の息の下からこう言った。「恐怖だ！」「恐怖だ！」

——ジョセフ・コンラッド『闇の奥』より

ハルビンの街には雪が降りつづいていた。細かい粉のような雪が積もるというのではないが、道にも建物にも道行く人の肩にも、うっすらとまとわりついていた。ゴーストに連れられてたった今、私がこの場所に降り立ったことは知っている。そうだ。私はこの街のこの場所から、昭和四十一年から四十二年（一九六六—六七）という現実世界に連れていかれ、そしてその現実を体験し、今またこの場所へ帰ってきたのだ。

やはり時は同じ黄昏（たそがれ）時だったが、ハルビンの街はまったく同じ状態でそこにあった。白い街は薄紫色になって、凸凹（でこぼこ）もなく、まるで舞台の書き割りのように建っていた。

私は悲しんでいた。父が死に、その遺体が一糸まとわぬ裸のまま共同墓地とは名ばかりの、荒地に掘られたただの大きな穴の中へほうり込まれたこと。その時は知らなかったが、現実世界から帰ってきた今は、父のあの哀れな姿をそっくりそのまま描いた画のあることを知っている。それはスペインの画家ゴヤの銅版画『戦争の惨禍』の二七番「慈愛」（これをしも慈愛と言うか）だ。その画には裸で穴に投げ込まれる死体が二体描かれているが、そのうちの一体、というより主題ともいえる中央の死体のその裸体のありよう、手足の配置、頭の向き、そして死体をほうり投げようとする二人の男たち、なにもかもが父の場合とそっくりで、私はゴヤが父の悲しい埋葬を目撃していたのではないかと怪しんだほどだ。

私にはもう一つ心配事があった。それは母が知らない男と一緒に馬車に揺られてどこかへ行ったことだ。母は果たしてどこへ行ったのだろうか。危険なことはないだろうか。

私は薄紫色の雪降るハルビンの街に向かって叫んだ。

「ゴースト、お願いだ。ぼくを母の体内に入れてください。せめて目の中だけでもいい」

すると一陣の風が吹き、私の目の前に小さなつむじを作った。

ゴーストだ。ゴーストが来たんだ。

私はそのつむじ風に向かって歩いた。

つむじ風は私をつつんだ。

私はつむじ風の中で旋回し、そのまま高く高く吊り上げられていった。下を見ると、ハルビンの街がまるで模型のように見える。胸がつぶれ私は眩暈を起こした。

私は眩暈から覚めなかった。いや、覚めたことになるのかどうか知らないが、覚めた時、私は母の目の中にいた。

母と男を乗せた馬車は、私たちの住む買売街から一面街を抜け、浜綏線のガードをくぐり北馬路を北に向かって電車道に出た。

ハルビンの街は道裡と道外に大きく分けられている。道裡にはロシア人、かつての日本人、裕福な中国人が住み、ロシア風で近代的な街並みが整然と拡がっていた。景陽街をまっすぐ行くと繁華街があり、そこを右に曲がると道外である。ここは完全に中国人の街であり、工場地帯であったり貧民窟であったり、小さな家が密集し、貧しげな中国人が大勢いた。

「花店」と書いた木賃宿の看板やボロやクズ商人の看板が乱立している。屋台、物売り、占い、路上賭博、仕事を待つ苦力たち。日当たりのよい場所で男たちに囲まれている娼婦とおぼしき女たち。物凄い雑踏だ。不潔と無秩序が異臭となって立ち上がっている。

とんでもないところへ、母は連れてこられている。私は母の目の中で総毛立った。富錦街に沿って東に五十メートルほど入ると、大観園という看板のかかった大きな建物があり、その入り口が洞窟のように黒い口を開けていた。

光の射さない、薄暗がりの道の上に人間の死体のようなものがころがっている。

「今のは死体です。大観園を出てきて、ここらへんでくたばるのです。いつもは二つ三つあるんですが、今日は少ないほうです」

と男は言って、顔色一つ変えない。

馬車は、大観園の裏手にある大観里北門前の大きな家の前で止まった。

外見はなんの変哲もないただの中国式の家であったが、丈の高い分厚いドアを開いて中へ入ると、造りといい、家具といい、いかにも値のはりそうなものばかりだった。

広い階段を上って二階の広間に通され、中国式の硬い椅子に坐って待っていると、現れたのは三十代後半の眉の太い綺麗な顔立ちの男だった。濃い薔薇色の服を着ていた。

「あなたが中西酒造の奥さんですか」

歯切れのいい日本語だった。母が「ええ」と答えると、男は顎をしゃくった。

執事のような男たちがさっと出てきて、母の前に三個のリュックサックを置いた。

「それらは確かにあなたのものか」

母は一応名札を確かめた。

「はい」

「中も調べてみるがいい」

母のリュックには貯金通帳とか満鉄の株券などが入っていた。それらは今となってはただの紙屑だが、嬉しいことにハンドバッグの中の指輪などの宝石類が無事だった。

姉のリュックからは、牡丹江脱出のどさくさの中で、姉がアルバムから引き剥がしてきた数葉の写真が出てきた。それは夢のように消えたわが家の牡丹江での生活の、その夢のかけらであった。私のリュックには小学校の教科書や学用品が大事そうにおさめられていた。

「確かに私どものものでございます。ありがとうございます」

こんな奇跡みたいなことがあっていいものだろうか。そう思う母の心臓の鼓動が直に伝わってきた。

「驚きましたか」

「ええ」

「あなた方の荷物が、どうして私の手元にあるのでしょう」

「さあ、どうしてでしょうか」

男はにやりと笑い、

「その前に自己紹介をしなくては」と言った。

「私は鄒琳祥（すうりんしょう）です。大観園の所有者です。大観園を造ったのは私の父の鄒琳昌（りんしょう）ですが、父はすでに引退し、ここ数年阿片（あへん）を吸って桃源郷をさまよっています。つまり私は跡継ぎです。大観園は悪徳の巣窟ではありますが、悪徳に誘惑されて莫大（ばくだい）な金の集まるところでもあります。つまり満洲国軍の中国人兵士たちも私と手を組んでいるわけで、八月十五日以降、満洲国軍兵士が収奪した日本人の荷物はすべて自動的に私の家に集まり、私が買い取るようになっていたのです」

「でも、どうして、そんなにたくさんの荷物の中から私たちの荷物がみつかったのでしょう」

「それは天のお導きといっていいでしょう。ちょっとこちらへいらしてください」

鄒琳祥に導かれて隣の部屋へ入ってみると、そこには日本人から奪った無数の手荷物が堆く積まれてあって、大勢の男たちが中身を仕分けしていた。宝石は宝石、貴金属は貴金属、不要なものは捨てるという具合に。

「あなた方の荷物はこの中にあったのです。ちょうどこのあたりにありました」

鄒琳祥は荷物の山の右端を指さした。

「ある男が偶然あなた方の荷物の名札を見て言ったのです。自分はこの人たちに大変世話になった。頼むから、この人たちにこの荷物を返してやってほしいと」

「その方はどなた様でしょう」

「室田さんです」

「室田って……」

母の視線は落ちつきなくあたりを見回した。

「室田恭平です」

「室田さんだったのですか」

「そうです」

母の心臓の鼓動は急に速まりはじめた。苦しいほどに高まってもきた。

「会いたいですか」

母は言葉を発することもできず、ただ息をのむようにうなずいていた。

「会わせてさしあげましょう。でも、驚いてはいけませんよ」

鄒琳祥は立ち上がり、歩きだした。

日本人からの分捕り品が山になっている部屋を出、広間を抜けて階段を降り、玄関から一歩外へ出た。

右に歩いてすぐ近くに大観里北門と書かれた入り口があり、鄒琳祥はすたすたと入っていった。母もあとにつづいたが、薄暗い内部に雲のようにただよっている煙のなんともいえない不穏な匂いに足がすくんだようだ。

鄒琳祥は振り向き、「阿片の煙です」と言い、煙を吸う仕草をして気持ち良さそうに笑った。

母は恐怖に怯(おび)えながらも、一歩ずつ前へ進んだ。室田に会いたい一心だったのだろう。

入ったところには、どじょう髭をはやした八卦(はっけ)屋が三人、店を張っていた。果物屋も煙草屋もあった。

北門から南門まで広い通路が突き抜けていて、はるかかなたに南門がトンネルの出口のように光っていた。内部は屋根におおわれ、太陽光線から遮断されていた。その大きな建物の中に二階建て三階建ての建物がまた建てられていた。不潔で薄暗い、巨大な人工の街といった趣だった。

「大観園って随分大きいんですね」

「ええ。ここにはなんでもあります。魚市場から材木屋、宿屋、中華料理店、回教徒のための飲食店、雑貨屋、理髪店、棺桶（かんおけ）屋、そして遊郭と阿片窟。乞食もいれば、盗人（ぬすっと）もいる。盗品処理場もある」

見渡せば、小さな家の密集した中国人の街だった。行き交う人はなぜかみな痩せていた。どことなく目もうつろだ。街の角々には娼婦が立って客を引いていた。

「室田さんはどこにいるのですか」

「ここです」

鄒琳祥は、通路の右側にある哈爾濱（ハルビン）市第三十四管煙所と書かれた札を指さした。

「阿片吸飲所です」

半開きのドアから身をすべらせて入ると中は大広間で、帳場があり、目付きの鋭い男が一人いて、数人の給仕を指図していた。

広間には阿片吸飲の際に用いる煙灯（えんとう）と呼ばれる豆ランプが無数にともっていた。そんな光景を天井からさがった赤い提灯（ちょうちん）がぼんやりと浮かびあがらせていた。

土間から一段高くなったところに、四十人ほどの男や女が、木の枕に頭をのせ左肘をついて横になり、煙管のような形をした煙槍で阿片を喫していた。か細い笛の鳴るような音がした。あたりはひときわ濃い青色の靄に包まれていた。その靄の中を歩くだけで、なにか気の遠くなる感じだった。

みな一様に恍惚の表情を浮かべ、眠っているかのようであった。

不思議な静けさのただよう世界だった。

格子や壁によって大小さまざまに区分けされている広間の一番奥のほうを目でさし示して、

「あそこにいるのが室田さんです」

鄒琳祥は小さな声で言った。

鄒琳祥の視線の先には、黒い支那服を着た一人の男が横たわっていた。

「あれが室田さん？」

「そうです」

よくよく見れば確かに室田だった。しかし随分痩せている。夫を連れて帰ってきた時よりもさらに痩せて、まるで別人だ。

「どうしてこんなことに……」

「なにもかも忘れたいのでしょう。室田さんはああして忘却の淵をさまよっているのです」

母は室田のそばへ歩みよった。

「室田さん」

室田は薄目を開けた。

「私です。中西酒造の家内です。分かりますか」

室田は無気力な笑いを浮かべた。

「室田さん、私を思い出して」

室田はなにも言わない。鄒琳祥が答えた。

「あなた方に荷物をお返しするだけでしたら、わざわざあなたにおいでいただくことはなかったのです。なぜお呼びしたかというと、その理由は室田さんなのです」

「室田さんがなにか……」

「阿片を吸って心地好い眠りに落ちると、室田さんはきまってあなたの名前をうわごとのようにつぶやいてました。あなたのお名前は雪絵さんでしょう？」

「ええ」

「たしかに雪絵さんと呼んでいました。なんどもなんども」

母は顔を紅潮させたのだろう。頬の熱りが私にまでつたわってきた。

「奥さん、あなた室田さんを立ち直らせてやりたいと思いませんか」

「思います」

「思うなら、室田さんをここから連れ出して、阿片を断ち切ってやってください。今ならまだ間に合います。でも、このままにしておくと、室田さんは廃人になってしまう」

「私、連れて帰ります」

母は決然とした口調で言った。

室田は淡い眠りの中をただよっているようだった。呼吸は浅かった。おぼろげながらも意識はあるらしい。室田は視点のさだまらない目をあげて母を見、

「中西さんはいかがなさいましたか」

呂律(ろれつ)のまわらない舌で言った。

「室田さんに大変なご苦労をおかけしたかいもなく、あれから一ヵ月後に……」

「亡くなられましたか」

そうつぶやいたあと、室田は死んだように静かになり、ふたたび眠りに落ちていった。

じっとしていると、阿片を吸飲する煙槍のヒュウヒュウという音があちらこちらか

ら急に大きく聞こえてくる感じがした。

天井からさがった赤い提灯が大きくなり小さくなり、風もないのに揺れて見えた。薄暗がりの中で、無数の煙灯が狐火（きつねび）のようにほのめいていた。

濃い青色に染まった阿片窟の空気を吸っているうちに母の神経も、私の精神までも虚（うつ）ろになっていくようだった。

「室田さんは、もう日常の用事さえ自分でこなせない状態になっています。大変ですよ。覚悟はいいですね」

鄒琳祥の手で肩をたたかれて初めて母はわれに返り、あわてて訊（き）いた。

「どうすればいいのでしょうか」

「禁断症状は、最後に阿片を吸って十二時間後に始まります。それは激しいものですが、どんなことがあっても絶対に阿片を与えないというあなたの意志の強さだけが薬です。ほかに特効薬はありません」

「本人にその気はあるのでしょうか」

「無論あるでしょう。助けてもらいたい一心であなたの名前を呼んでいたのですよ」

「どのくらいかかるものでしょうか」

「最初の一週間が勝負です。完治するには最低三ヵ月はかかるでしょう」

母は眠っている室田の手を握り、

「室田さん、あなたには私がついていますわ。私がきっとあなたを元気にしてみせます」

母が耳元で声をかけると、ふと目を開けた室田はうっすらと涙を浮かべ、かすれた声で、

「阿片は忘却の薬だ。私はまがいものの幸せの中で過去を忘れた。でも所詮、まがいものはまがいものだ。阿片が切れると、私はよりいっそう激しい自己嫌悪と罪悪感に苛(さいな)まれる。それが苦しい。私は立ち直りたい。奥さん、雪絵さん、私を助けてください」

母は、その言葉を聞いて、今にも消え入りそうだった自分の命の炎が、熾火(おきび)をかきたてたように、ふたたび赤々と燃え上がるのを感じた。

鄒琳祥は室田を背負い、出口に向かいながら背中の室田に言った。

「室田さん、あなたが生きてこの阿片窟を出ていくのを見られて私は嬉(うれ)しいよ」

室田はなんの反応も見せなかった。

「みんな死ぬのですか」

母が訊(き)いた。

「みんな死にます。死んだらただの骸です。裸にされて大観園の入り口に捨てられる」

「弔ってあげないんですか?」

「あげません。自業自得ですから」

「…………」

「室田さんを助けてやってください。私にはできません。愛がなくてはできる仕事ではありません」

「愛?」

「そうです。本当の愛です」

「本当の愛? ……」

母は自問していた。答えはあったのだろうか。

大観園を出ると、外は青空がひろがっていた。寒くはあったが、陽射しは春の匂いがした。

大観里北門の前で、鄒琳祥が提供してくれた馬車の幌付きの座席に室田を坐らせ、毛布でくるんだ。室田は太陽の光を苦痛に感じてか、両手で目をおおった。

母は、足下に置いたリュックサックの中から指輪と宝石を取り出すと、鄒琳祥に言った。

「これ、お金に換えてください」

鄒は数枚の札を母の手に握らせた。

「ありがとうございます。ところで、室田さんは今、なにを考えているのでしょうか」

「なにも考えていません。無関心という最高の自己愛の中に浮遊しているので。でもそこから脱出したいと願ってもいます。ご成功をお祈りします。再見（ツァイチエン）」

馬車は動きだした。母があらためて礼を言おうとすると、鄒は顔の前で手を振って、さっさと行けという仕草をした。

ゴミゴミとした傅家甸（フージャデン）の雑踏を抜け、馬車は蹄（ひづめ）の音も軽やかに北馬路を南へ走った。

買売街（マイマイガイ）のアパートにつながる小路で母は御者（ぎょしゃ）の助けを借りて室田を馬車から下ろし、そのまま室田をかかえるようにして歩いた。室田は右足をひきずっていた。

小さなつむじ風が起きて、母たち三人をつつんだ。私はこの時、母の目の中から抜け出た。母は目にゴミでも入ったかのように両目をしばたたいた。ゴミが入ったのではなく、私というゴミが出たことを知らない。

アパートの入り口に立っていた私が室田をかかえた母を見た時、びっくりした表情をしてみせたことは言うまでもない。

「室田さんはご病気なの。治るまでうちにいますからね」

御者が帰るのを見届けるや、返ってきたリュックサックに飛びつくと、むろんなにが入っているか先刻承知していたが、うれしげに中の物をかきだした。

母は布団を敷き、服を着せたまま室田を横にさせた。

室田はふたたび安らかに眠りに浸りはじめた。

母は北向きの窓のカーテンを引いて部屋の中を一層暗くした。

私に向かって怖い顔を作ると、

「礼三（れいぞう）、今日からお前の寝場所は押し入れですからね。それから、なにが起きても驚くんじゃありませんよ」

母はそれだけを言うと、あわただしく出ていった。私は押し入れの下段に自分用の布団を敷いてみた。まあ大丈夫、寝るには十分だろう。

上段を勉強部屋にあてよう。

母が帰ってきて、すぐあとにつづくようにして姉の宏子（ひろこ）が帰ってきた。

「誰？　誰が寝ているの？」

姉は神経質そうな声を発した。

「室田さん。ご病気なの」

「室田さんて、あの室田さん？」

母はことのいきさつを説明した。

かつて室田にたいして淡い恋心を抱いたことのある宏子の顔に影が走った。そしてその影は、母にたいする露骨な軽蔑の色に変わっていった。なぜなら牡丹江時代に母もまた室田にたいして少なからぬ関心を寄せていたことを宏子は女の勘として知っていたからだ。

母はそれに気づきながらも、あえて無視し、

「これから禁断症状との闘いが始まるのよ。その闘いが終わるまで、お前は来来軒に住み込みで働いてくれないかしら」

母は娘に手を合わせた。

「そのほうがお前もイヤなものを見ないですむだろうし」

「お母さん、私を売ったのね」

宏子の目にみるみる涙があふれてきた。

「売ったなんて、そんなこと私がするわけがないじゃないの」

「売ったんだわ。間違いないわ」

事実上棄民されていた満洲居留民たちは祖国へ帰る夢が日に日にうすれていく心細さの中で、子供たちの将来を考え、子供たちに少しでも幸あれという思いで、子供を中国人に売ったり預けたりし始めていた。

特に来来軒の太太（女主人）は宏子を気に入っていて、ぜひ売ってくれと、なんども母に交渉した過去があるから、宏子が怪しむのも無理ないことであった。

「私はお前を売ったりしてないわ。きっと私は室田さんにつきっきりになって、ろくに働けないだろうから、お前に助けてもらいたいのよ。お願い、言うことを聞いておくれ」

「またお母さんのわがままが始まった。お母さんはいつだってそう、自分のことしか考えないんだわ。室田さんと一緒に暮らしたいものだから、私を売ったんだわ。いいわよ。私は売られていくわよ」

姉は着替えを箪笥から取り出して、風呂敷に包むと、それをかかえて家を出た。

「宏子……」

母はあとを追った。

「お母さんなんて大嫌い！　お父さんが死んでまだ三日しか経っていないというのに

「……。不潔だわ。そばに寄らないで」

宏子は凄い形相で振り返った。

「お母さんはね、お母さんはね……」

追いすがる母を振り払って、宏子は来来軒の中に飛び込んだ。

笑顔いっぱいの太太が纏足(てんそく)の足でひょこひょこと出てきて、

「よく来た。よく来た。私、この子、大好きよ」

と宏子を歓迎した。

姉はふくれた顔のまま、ぴょこんとお辞儀をした。その仕草はほんの十四歳の子供だった。

「宏子、ごめんね」

そう言って引き返そうとする母の背中に向かって姉は言った。

「お母さん、お母さんは娘にたいして、それはそれはむごいことをやっているってこと、分かってるの？」

「分かってるわ。宏子、お前の気持ちもよく分かるわ。でも、後戻りできないの。ごめんね」

母は肩を落として小路に消えようとした。

「お母さん、こんなにまでして助けなければならない室田さんて、お母さんのなんなの？」

姉の声は小石のように母の背中に当たった。

母は立ち止まり、ゆっくりと振り返った。

「ねえ、なんなの？」

「室田さんはね、お母さんの生きる望みなの」

「お母さんの生きる望みは、私たち子供じゃなかったの？」

「宏子、あなたと礼三は、今の私にとっては私自身なのよ。私そのものなのよ。私が死んだら、あなたたちも死んでしまうのよ。あなたたちを生かすために、私は生きようとしているのだわ」

なにを言われたのか、言葉の意味がよくのみ込めないまま呆然としている姉を残して母は小路を抜けて部屋に戻った。

母を一本の木に譬えるなら、姉はその木に咲く花であり、私はその木になる実である。ならば肝心の木が倒れたら、花も実も枯れ落ちるということを母は言おうとしていたのだろう。しかしそれは一方的な理屈であり、子供たちそれぞれを一本一本の木にもし譬えるなら、母のしようとしていることは猛烈な害毒をあたりに振りまくかもしれない。その辺にたいする配慮が一切抜け落ちているので、母の言葉には説得力がなかった。

私は押し入れの下段に布団を敷いて寝ていたのだが、室田のことが気になって深く眠れない。母は室田のそばに布団を敷いて、寝ずの看病の覚悟であり、寝間着にも着替えていない。

うめき声が聞こえると、私は襖を少し開けて、その隙間から部屋の中をうかがう。襖は板でできていて結構重い。気をつけないと、開けるたびにきしみ音がする。その音を消すために、私は敷居の上にちびりちびりと小便をたらした。そうすると、襖も難なく横に動いた。そこにできた隙間から私は部屋の中を覗く。

禁断症状は最後に阿片を吸ってから十二時間後に始まると鄒琳祥は言っていたが、その言葉通り、夜の十一時頃、それまで静かに眠っていた室田は悪い夢でも見たかのようにがばっと半身を起こした。顔は青白く、不安が色濃くあらわれていた。落ち着きのない目であたりを見回し、溜め息をつき、がっくりと肩を落として、すすり泣き、

「俺は馬鹿者だ。馬鹿者だ」

自己嫌悪の表情を浮かべて首を振った。

次には大きなあくびをなんども繰り返し、寒そうに震え、かと思うと大量の汗をかいた。

母が室田を寝かし、上から布団をかけてやっても震えはやまず、服の下にタオルを差し込んで拭いても拭いても汗は止まらなかった。

「助けてくれ。俺が殺した人間たちに、こんどは俺が殺される」

天井に向かって悲痛に叫ぶ。そこに殺人者がいるかのように。かと思うと、次の瞬間、大あくびをする。

「雪絵さん、雪絵さん」

弱々しい声で室田が呼ぶ。母がそばに寄る。

「あんたなんかに俺を救う力はない。俺を救えるのはエレナだけだ。ああ、エレナ……」

室田は激しく泣き出した。

「室田さん、エレナがどうしたっていうの？」

「エレナはな、俺が殺したんだ」

「それは知ってます。この目で見ましたから」

「エレナのお腹(なか)の中には俺の子供がいたんだ」

「えっ、エレナは妊娠していたのですか？」

「そうだ。それを、俺は親子もろとも殺してしまったんだ」

　室田はまた激しく泣いた。

「ああ、顔が洪水だ。鼻からも口からも水が入ってくる。これでは溺れてしまう。はははは っ」

　母はただおろおろと室田の顔を手拭いで拭いてやっていたが、拭けども拭けども、目から涙が噴き出てきた。鼻水もだ。

「俺は、中西さんをここへ送りとどけたあと、エレナのお父さんのところへ報告しに行ったんだ。私があなたのお嬢さんを殺しましたとな」

「エレナのお父様はハルビンにいらっしゃるのですか？」

「エレナの父ピョートル・イヴァノフは新市街のモスコー館にいる。アジア極東のスパイたちが情報を交換する場所で事務員をやっている。俺はイヴァノフの部屋に行き、スパイ容疑のかかったエレナをみずからの手で殺したこと、そのお腹の中には俺との子供がいたことを報告した。そして俺を殺すなり、ソ連軍に突き出すなり、なんとでも好きにしてくれと言った」

「なにもそこまでしなくても……」

室田は一点を凝視し、自分の中の自分と闘っているような憎々しい表情を見せていた。息は荒い。汗はかく。涙は出る。母はその一つ一つを手拭いで拭いてやりながら、穏やかに看病をつづけている。

「いや、死んだお宅の社員、村中守（むらなかまもる）の兵役徴集延期証書を手に、悪くもない右足をひきずって歩いて生きているうちに、俺はつくづく、この俺自身のいかさま人生に嫌気がさしていたんだ。もし、俺が命を絶つなら、自殺ではいけない。俺が苦しみを与えた誰かの手によって殺されなければならないと心に決めたのだ。それで、エレナの父を訪ねた」

「エレナのお父様は殺してくださらなかったわけですね」

室田はわあーと一声泣き声のような叫び声をあげて、

「そうなんだ。あの時、モスコー館の隣にある中央寺院（サボール）の三角の塔の上に葱（ねぎ）坊主をのせたような屋根が白い風の中でキラキラと光って美しかった。エレナのお父さんは、神様、私はどうしたらいいでしょう、と立っていたが、ついにこう言った。人の生死は神の御業に属することですから、私はあなたの死を望まない。妻のアンナもたぶん望まないであろう。しかし、私にも復讐したい思いはある。このままあなたを帰すことは、悲しいかな、私にはできない」

母は胸打たれたのか、ぼろぼろと涙を流して聞いていた。

「さあ、殺してください。この私の胸を撃ち抜いてください。私は自分の胸をたたいて叫んだ。だが、エレナのお父さんはぽつりと、私の息子になりそこなった男よ、と私に呼びかけ、力なくピストルの引き金を引いた」

「まあ、その弾はどこに当たったのですか？」

「俺の右足の膝に当たった。引きずって歩いていた方の足に当たったのだ。俺はがっくりと床に倒れたが、顔の上でエレナの父は言った。お前にはこの程度の処刑が似つかわしい」

その時を思いだしたのか、室田の目からまた涙がどっとあふれてきた。

「それで、その痛みを和らげるために、大観園の鄒琳祥さんのところへいらしたのですね」

「そうだ。ハルビン特務機関にいた時、俺はハルビン保安局の仕事を手伝って、一年間にわたり大観園の調査をした。その時から鄒琳祥とは懇意にしていたのだ」

そこまで話すと、大仕事を終わらせたかのようにがっくりと肩を落とし、大きな溜め息をついたかと思うと、恐ろしいほどの殺意を込めた目をあげ、

「雪絵さん、阿片をくれ。今から鄒琳祥のところへ行って、阿片をもらってきてく

れ」

唇を舐めて涎を垂らし、顔を歪め、室田はすがるような目で母に甘え、それが駄目だと分かると、突然居丈高になり、

「阿片をよこせと言っているんだ。言うことを聞かないと殺すぞ！」

母が取り合わないでいると、急に優しい声で、

「膝から銃弾を取り除く時、その痛みから逃れるために阿片を吸わされた。吸った瞬間、嘘のように痛みが退いていった。そのあとに来たのはなんという幸福感だろう。俺は良心の呵責からも、未来への不安からもすっかり解放され、まるで花咲ける天国で遊んでいるかのように、身も心も空中に浮いていた。が、阿片が切れかかると、俺の中のもう一人の俺が、卑怯者！　極悪人！　殺人者！　と俺を指さし責める。俺はあわてて阿片を吸って天国に舞い戻り、もう一人の自分を黙殺して、恍惚境をさまよった。だが最後には自己嫌悪につかまった。卑怯なやつで終わりたくなかったのだ。その時、俺は無意識の中で、雪絵さん、あんたの名前を呼んだらしい。助かりたかったのだ。しかし阿片が切れたらどうだ、俺は地獄の苦しみを味わっている。俺が死に至らしめた無数の中国人やロシア人の顔が曼陀羅のように目の前に浮かび、ぐるぐると回る。やつらは黒い風となって俺をからめとり、俺を苛め殺すつもりなのだ。あ

あ、人生なんかクソっ食らえだ。阿片をくれ。阿片を！」

これが禁断症状にある人の言うことかと怪しむほど、理路整然としていた、なんとも狡猾な物言いだった。母は動揺でおろおろしている。

「阿片をもらってきてあげましょうか」

母が問いかけると、室田はあれほど欲しがっていたのに、それをけろりと忘れたかのように、

「やめてくれ。行かないでくれ。俺に二度と阿片を与えないでくれ」

泣きわめくのだった。

母は呆然とするしかない。

「雪絵さん、俺がもし阿片を欲しがったら、遠慮なく俺の横っ面をひっぱたいてくれ」

と言ったかと思うと、

「寒い。死にそうだ。助けてくれ。阿片が欲しい。阿片をくれ」

土間ではストーブが赤々と燃えているというのにだ。

室田は悲鳴に近い声を発し、両手で自分の身体を抱きしめ、かくかくと顎をならしはじめた。鳥肌の立った肌はびっしょり汗をかいている。

その汗を拭いてやりながら、

「死人の肌のように冷たいわ」

と母はつぶやいていた。

「苦しい。息が苦しい」

こんどは喉をかきむしって吐き気をうったえた。枕元の洗面器に室田は吐いた。ほとんどが黄色い胃液だったが、いくすじか血が混じっていた。

その血を見て、母がうろたえていると、

「腹が痛い。煮えくり返る」

胃をおさえ、下腹をおさえ、身をのけぞらせて暴れはじめた。

「俺の腹の中に蛇(へび)がいる。蛇が暴れまわっている。蛇が俺の胃の腑(ふ)を食いちぎり、腹の中を這(は)い上がってきて、喉から外へ出たがっている」

室田は服のボタンをはずすと前をはだけ、自分の腹を見て顔を恐怖にひきつらせていた。

母はおまるを用意した。

「頼むから、こっちを見ないでくれ」

と言いながら、そんな羞恥心に不似合いなほど大量の排便をした。

「吐きたい」と言っては吐き、「出したい」と言っては出し、そのたびに室田は、「みじめだ。わが日本国のようにみじめだ」

と言って泣いた。

母は部屋から共同便所へと何回往復しただろう。二十回は軽く超えたにちがいない。これほど大量の水分がいったい人間の身体のどこにあるのかと不思議なほどだった。室田の身体は確実にひとまわりもふたまわりも痩せてきていた。

食べ物は、お粥でも味噌汁でも一切うけつけなかった。水分不足を心配して、ストーブにやかんをのせて常にお湯を沸かし、ぬるま湯を与えるように努めたが、それさえ室田は飲みくだせなかった。

室田は、汗と汚物にまみれてぐしょぐしょになった布団の中で天井を見上げていた。瞳孔（どうこう）は開きっぱなしだった。

部屋に充満する汗とへどと糞便の臭いに母は目がまわりそうだった。私も押し入れの中で目をしばたたいたほどだ。

「苦しい。雪絵さん、俺を助けてくれ」

室田は、髪を逆立て、両目から涙をぽたぽたと落とし、鼻水を流し、瞳孔の開いた目で中空をみつめたまま、ぽつりぽつりと大事なことを言うように言葉を選びつつ言った。

「私は中西酒造の主人と奥さんを騙していた。だから、今ここで私の身分を明らかにすることにしよう」

「私」などと急にあらたまった口調で言う。

「康徳四年（満洲国の年号、一九三七）満洲国政府による保安局官制公布以来、保安局は姿なき軍隊として、満洲国内の治安のため、必要と認められるすべての業務を遂行してきた。関東軍情報部から牡丹江省地方保安局の特捜班長として派遣されてきた私はその職務に忠実だった。三年間、建国精神に則った軍の作戦の名の下に、諜報、防諜、密告、謀略、略奪、拷問、放火、殺人、阿片専売。わが国日本は口では阿片禁止を唱えながら、一方では阿片推進計画を進め、巨額の専売益金を獲得していた。その金は満洲の経営と特務機関の秘密工作費にまわされた。阿片吸飲所の管理監督、それにまつわる悪徳行為を平然と行ってきた。私は、法を超越した全知全能の神のごとき権力を与えられていた。私の行った人間悪は国家のための正義であったと信ずる。と、ここまでは典型的な軍人の大義名分を言わせてもらう。しかしこんな大義名分などは、一人の人間が目覚めたら、その瞬間、消し飛ぶようなはかないものなのだ」

「それはどういう意味ですか？」

「一人の軍人がある日、人間としての理性を取り戻し、悲しむ心というものを思い出した瞬間、すべての価値観が逆転するということだ」

「すべてはお国のためにしたことですもの、仕方ないわ」

室田は突然怒りをこめて立ち上がった。

「お国のため？　そんな言葉を使うから、国民のすべてが騙されつづけるんだ。お国、お国、お国っていったいなんなんだ。ただの化け物どもの集まりじゃないか」

「国家はすべてよかれと思ってやっているのではないでしょうか」

「雪絵さん、じゃ、あなたは国家が罪を犯すことはないと思っているのですね」

室田は気が触れたように目を見開いて空をにらみ、つぎにふふんと鼻で笑った。

「たとえ意図したことが、国家のために最善であると信じた場合であっても、国家は自己の破滅の原因となるようなことを自らなせば、罪を犯したことになるのだ」

室田はあくびをし、ぶるっと身震いをした。

「いかに聖戦を唱えても、敗(ま)けたら罪悪だ」

「でもソ連が卑怯(ひきょう)にも条約を破って攻めてきたんですもの、日本が敗けたって仕方ないわ」

「それこそ敗け犬の遠吠えというものだ。国際条約の歴史は一方的条約破棄の歴史だ。条約を破ることは国家の自由だ。日本だって虎視眈々とソ連侵攻を狙っていたんだからな。破られたほうの国家が、欺かれたと言ってわめいてみせたところで世界の笑い者になるだけだ。それは自分の愚かさの証明以外のなにものでもないのだから」

「どうして？」

「自国の命運をよその国の意思に託したという愚かささ。国家と国家は本来、敵同士としてあるのだから、不信義が基本なのだ」

筋の通ったことを言うから正気なのかと思うと、室田は突然、床の上に大の字に寝そべり、大きくあえいだ。胸のあたりが激しく上下する。

「国を責めても仕方ありませんわ。私たちは国家なしで生きていけないんですもの」

「そうだ。その通りだ。だが、だからといって国家は、われわれ国民の弱みにつけこんで、人間の本性が忌み嫌い、あらゆる悪よりも悪いことを、戦争の名の下に、国民にやらせる権利はないのだ」

「あなたはなにが言いたいの」

「国家はつねに理性によって指導されなければならない。そうでない国家はただの化け物だ」

「じゃ、私たちの愛国心はどうなるの」

「それが奴(やつ)らの付け目。国民の弱味だ」

室田は両手で顔をおおうと身をよじり、よじった身をもとにもどすと母をかっとにらみ、

「雪絵さん、あなたは国家にたいしてなにやら甘いな。あなた、ひょっとして国家とグルになって金儲(もう)けをしたことをとぼけるつもりじゃないでしょうね」

「そんな、そんな、私、自分たちも満洲国の加害者だってことは十分知っているつもりですわ。それに、室田さんは私たちの仕事を管理監督していたんですもの。すべて知っているはずですわ」

「そこまで分かってらっしゃるなら言わせてもらおう。あなたは愛国心の仮面をかぶって、もう一つの罪を犯した」

「もう一つの罪って？」

「それを言うまでには、まだ俺の理性は完全に復調していない。ははははっ、気になるか？　ははははっ。気になさるがいい。はははっ」

なにがおかしいのか、室田は口を歪めて冷たく笑った。

「愛国心とは美しいものだ。しかしそれを利用して国民を死に追いやる指導者どもは、愛国心にほんの少しだけ、ナショナリズムという薬味を加える。すると愛国心は

突然自己中心的になり、排他的になり、好戦的になり、純血主義に走る。これによって国家ばかりでなく、国民もまた化け物になるのだ。こうなると国中に『恐怖』という空気が蔓延しはじめる。この『恐怖』が人間からどんどん理性を奪っていく。あとは、化け物どもの夢の狂宴があるばかりさ」

「あなたも一緒に踊った口でしょう？」

「そういうあなたも踊ったのではなかったか」

「踊ったわ。まぼろしの馬鹿踊りを」

「うん。踊った、踊った。俺たちは確かに化け物踊りを踊った。しかし敗北という朝が来て、狂宴から覚めた俺は、日本国をこの惨めな敗戦に導いた、この国の指導者たる化け物連中のすべてを軽蔑している自分に気がついたんだ。満洲国をわが物顔で牛耳っていた甘粕正彦は敗戦が決まった後、八月二十日に自殺したが、その辞世の句が日本軍人の知性のなさをすべて物語っている」

「どんな辞世の句ですの」

「『大ばくち身ぐるみ脱いですってんてん』だとさ。大化け物も化けの皮が剝がれてみれば、ド素人のイカサマ博奕打ちに過ぎなかったのだ。こんな奴の下で、俺たちは国家への忠誠を誓い戦っていたのだ。これほどの喜劇があるか。あーははははっ。あーはははははっ」

室田は腹をかかえて笑い、目からは涙をあふれさせ、痛い腹をおさえて、足をばたばたさせながら、いつまでも笑いつづけた。

母は哀れな子供でも見るかのように室田を見つめ、ただ泣いていた。

「俺は、自らの意志によって理性を捨て、化け物になりきったはずだが、不思議だ、不思議なことがあるもんだ。俺の理性はまだ消えずに残っていた。その理性の残りカスが俺を苦しめる。良心の呵責（かしゃく）に俺は狂いそうになる」

ものすごい量の涙と鼻水が顔を濡らし枕に流れ落ちた。

「みんなあなたと同じようなことをしたのでしょうが、誰も泣いたりはしませんわ。あなたは今、弱気になっているんだわ」

母は室田を慰めようと気休めめいた言葉を連ねている。

「泣かない奴は化け物でなくて、ただの馬鹿者だ。理性が蘇（よみがえ）ったら泣かないではいられない。理性は人間の最後の救いだと言ったスピノザは偉かった。ところで、雪絵さん、あなたはなぜ泣かないのか。不思議だ。あなたの強気が俺には理解できない」

室田の言葉には次第に力が感じられなくなってきた。猛烈な疲労に襲われているらしい。やがて、静かな寝息のようなものが聞こえてきた。

まずは一日が終わったと私は思った。

私は時々眠ったかもしれないが、ほとんど目覚めていたような気がする。

冬の朝の光がカーテンの隙間から部屋に射し込んできた頃、室田はふたたび激しい震えに襲われた。また汗をかき、わが身を抱いてのたうちまわった。

「助けてくれ。俺が悪かった」

中空をにらみ、左右の手を振ってなにかを追い払っていた。

「幽霊だ。俺が死に追いやった人間たちが行列をつくってこっちへやってくる。足音が聞こえる。俺に向かってみんなで押し寄せてくる。ああ、助けてくれ」

室田は両手で耳をふさいで身をちぢめた。

母までが青ざめた顔をして部屋のあちこちをにらみ、まるで幽霊の出現するのを待っているかの素振りをした。

私は真っ暗な押し入れの中にいることがたまらなくなり、怖くなってきた。襖を開け、母の胸に飛び込んだ。

「おお、礼三、いたのかい？」

母は私の存在をすっかり忘れていたかのようだった。

「母さん、怖いよ」

私は甘えていた。

「怖い思いをさせて悪かったわね。お前、少しは眠ったのかい？」

私はしょぼつく目をこすりながらうなずいた。

「学校に行かなくてはダメじゃないか」

母はなにを言っているのか、人さらいが怖いからと言って寺子屋通いをやめさせたのは母じゃなかったのか。

私は、芝居には芝居で応ずるような形で、学校に行く支度をしはじめた。私のオーバーコートである七つボタンのついた海軍予科練の制服を着、昨日戻ってきたリュックサックを背負うと、走って部屋を出た。

共同便所に行き、あとは行くあてもなく中庭に出、足の向くままナターシャの家の前に立った。

私が来るのを待っていたかのように窓が開き、

「レイ、会いたかったよ」

ナターシャは微笑んだ。

私が窓から部屋に入ると、ナターシャは素早い手付きで私の服を脱がせ、ベッドに招いた。

恐怖の余韻を感じながら、私はがたがたと震えていた。

ナターシャは裸体になり、私をすっぽりと腕の中に抱きしめてくれたが、私の震えはやまなかった。そのうち涙までがこぼれてきた。ナターシャは涙を唇で吸い、私に口づけした。口づけは涙の味がした。

私は室田のことも阿片のことも、母が今、室田を相手に格闘していることもなにも言わなかったが、ナターシャはなにもかも知っている風情で、私に限りなく優しかった。

私はナターシャの柔らかい丸みを帯びた乳房に甘え、いつものカモミールの香りとは違う、なにかむせるような体臭を吸い込んで夢見心地になった。その不思議な匂いはナターシャのピーシャが発しているようだった。

私は布団にもぐり込んでいって、ナターシャのピーシャの近くに顔をもっていった。ピーシャはおしっこの匂いの混じった頭のくらくらするような芳香を発し、布団の中でいっそう深くこもっていた。私は、そうしないではいられなくなって、ナターシャのピーシャに唇をあて、鼻をあて、その匂いと味を堪能した。脳天を突き抜けるような快感が私の全身をおおった。ナターシャは私のピーシャを口で愛撫している。いや、それはいつもの弄び方とは違う、なにか非常に猥褻なねばっこさだった。

ナターシャは私の身体を引き上げ、自分の上に置いた。

「レイ、あなたできるわよ。私のピーシャの中へ入ってらっしゃい」

ナターシャは大きく脚をひろげ、自分のピーシャの入り口に私のピーシャを押しつけて、

「さあ、動きなさい」

と言い、自分も腰を私に押しつけてきた。

私のピーシャは親指小僧のようなものであったが、それでも背筋を伸ばし両肘を張って一人前の力をみなぎらせていた。

なんとか、ぎこちなく体を動かしているうちに、私のピーシャはまぎれもなくナターシャのピーシャの中へ入った。

なにかものすごく大きな感動が私をつつんだ。

ナターシャは「イヤ・リュブリュ・チュビア」と私を胸いっぱいに抱きしめる。

私とナターシャは感涙にむせぶ。

私は突然、室田という男を思い出した。

阿片の恍惚もたぶん今私が陶酔している恍惚と同じく幸福なものだろう。そう思うと、室田への嫌悪感が音を立てて退いていった。

私はナターシャの腕に抱かれ、藁布団の中でぐっすりと眠ったようだ。カーテンの向こうの空は午後もだいぶ過ぎた色合いをしていた。

正直言って、私は家に帰るのが怖かった。室田のあの狂気じみた言動を聞くことがつらかったし、母のあのあまりに献身的な姿もなにか不自然なものに思えた。生まれてこのかたあんなにも他人につくす母を見たことがなかったからだ。あのぶんでは家に帰っても、食事の用意もできていないだろう。

ナターシャは台所にあるものを適当にみつくろってベッドのそばに運んでくれた。二人は床に坐って取り急ぎの食事をした。ロシアの黒パンとボルシチだったが、美味しかった。

「帰りたくなかったら、ここにいていいのよ。ママにはなんとでも言い訳ができるから」

とナターシャは言ってくれたが、私は衣服をととのえリュックサックに両腕を通した。

「また来てもいい？」

「いつでも好きな時に来ていいわよ」

ナターシャは私にキスをした。

「ナターシャ、スイパスィーバ！　イヤ・リュブリュ・チュビア。ものすごくぼくは幸せだよ。ありがとう」

私は窓から庭に出て、小走りで家に向かった。

家のドアを開けると、案の定、室田のわめき声が聞こえた。

「やめてくれ！　今更、そんな天使みたいな真似(まね)はするな。あんたには似合わない」

今しも室田は母を突き飛ばしたところだった。

母が飲ませようとした味噌汁が部屋に飛び散り、母は空になったお椀(わん)を持って放心したような目をしていた。

「苦しい。エレナ、俺を助けに来てくれ」

室田は、髪の毛を逆立て、両目から涙をぽたぽたと落とし、鼻水を流し、瞳孔の開いた目で中空をみつめ、震える手で母の手を握った。

母はその手をどうしたらいいのか分からないかのように宙に浮かべていた。

私は二人に気づかれないように押し入れの中に入り、少しだけ隙間を作っておいた。

「ああ、首が飛ぶ。エレナの首が飛ぶ。首は風船になった。風船は、真っ赤な血に濡れて、ふわふわと、空に浮かぶ。風船は夜空の月になった。赤い月になった。月はよく見ると、真紅のバラの花だ。美しい。バラの花は開いていく。大きく大きく夜空いっぱいに開いていく。花びらが一枚落ちる。血のしたたりのように、重そうに、ぽたりと大地に落ちる。俺はそのバラの花を拾い、そっとくちづける。エレナの血のしたたりにくちづける」

室田は母を抱きよせると、母の唇に強引に接吻（せっぷん）した。そして室田は、接吻の最中になおも、「エレナ」とつぶやいている。

「やめて！」

母は室田から身をはなした。母は怒ったような目付きで室田をにらんだまま、汚いものに犯されたかのように右腕の袖で唇を拭った。

室田は自分がなにをやっているのかよく分かっていないようだった。

ぼんやりと天井を見上げ、

「風船ははじけて、割れた」

ぽつりと言った。

窓の外の色が紫色に変わってくると、昨夜一睡もしていないらしい母は壁によりかかったまま時たま居眠りをした。

室田も「眠い。猛烈に眠い」と言い、大きなあくびをするのだが、身体のほうはまるで邪悪な物の怪にとりつかれたようにぴくぴくと発作的な動きを繰り返し、それが高まると激しい痙攣に襲われた。

毛布で身体をくるみ、布団を何枚も重ね、その上に乗って押さえつける母をはね飛ばすほどの痙攣だった。

室田は、右足と左足を交互に突き出して、絶え間なくなにかを蹴っていた。さんざんそれをつづけたあげく、こむら返りを起こし、「うっー、痛ぇっ」とのたうちまわる。母が足をもんで治してやると、また蹴りはじめ、寝返りを打って布団をはねのける。そして寒がって身を震わす。

また布団をかけてやり、また上に乗る。青い顔に汗をいっぱい浮かべ、目をひきつらせ、阿修羅のようになって母は布団におおいかぶさっていた。

「どいてくれ」

室田はすごい力で母も布団も一緒にはねのけて立ち上がると、部屋の中をぐるぐると歩きまわった。右足をひきずる奇怪な歩き方だった。

「俺がいくら泣いたからといって、俺の罪が消えるわけではない」

室田は、ややものを思う風情で言いよどんでいたが、ついに意を決したかのように母をにらみ、指を突き出して言った。

「雪絵さん、あんたの罪もだ」

「私になんの罪があるのです……」

母はわが身に問いかけるように訊いた。

「とぼけるんじゃない！」

「とぼけるって、私がなにを……」

「エレナを告発したことだ」

「…………」

「エレナを告発したのは雪絵さん、あなただ」

「なにを証拠に」

「証拠はなにもない」

室田は、禁断症状の中で異常なまでに明晰になった頭脳の、意識と無意識を突き抜けた直感力でものを言っているようだった。

顔は確信に満ちている。

「あなたは私を愛している。それがあなたの犯罪動機だ。違うか？」

「…………」

「雪絵さん、あなたも自らの意志で理性を失い、化け物となった日本人さ。国家と一緒になって肥大化し、いつしか中国人、朝鮮人、ロシア人の命など野良犬の命と大差ないと考えるようになっていた。あなたは、愛国心を装って、恋仇（こいがたき）である一人のロシア女をゴミくずみたいに抹殺（まっさつ）したのだ」

母はうろたえ、なにか言おうとしても口が震えて動かなかった。

室田は、ふたたび起き上がって部屋の中を、なにか意味のない言葉を叫びつつ歩きまわったが、こむら返りを起こしてひっくり返り、ごろごろと畳の上を転げまわった。

母は室田の痙攣する足をもんだ。

室田の目と鼻からまた大量の水分が流れでた。

室田は洗面器をかかえ込んで吐き、おまるにしゃがみ込んで排出した。

このままでは脱水症状と栄養失調で死んでしまうのではないか。

母は味噌汁を仰向けに寝た室田にスプーンでもう一度、飲ませようとしたが、室田は、

「俺に近づくな。お前なんか殺してやりたい」

大きく腕を振って、お椀もスプーンもはねとばした。

あたりに味噌汁がまたまき散らされたが、母はそれに構うことなく、あらたに味噌

汁を口にふくむと、室田に抱きつき、無理やりその口に流し込んだ。

室田は口の端からこぼしながらも少しだけ味噌汁を飲んだ。

「今俺を助けようとするなら、味噌汁なんかより阿片をくれ。そう、阿片を！」

口を拭いながら憎々しげに言った。

その顔を母は思いっきりひっぱたいた。

のけぞった室田の口に母はくらいつき、もう一度、味噌汁を流し込んだ。

室田はおとなしく従った。

三日目に入ると、もはや狂気のような発作や痙攣に襲われることはなくなったが、衰弱がすすみ、室田は臨終の床にある病人のようになった。母から与えられる口移しの水と味噌汁で辛うじて命をささえている状態だった。身体は一層痩せ細り、眼窩は落ちくぼんで見えた。

「阿片を与えないことが最良の薬なんだわ」

と母はうわ言のように繰り返していたが、その姿には神が憑依した巫女のような妖気がただよっていた。

そんな母を見て、私は室田が言った言葉を信じたい気持ちになった。

「エレナを告発したのは雪絵さん、あなただ」

私は思い出す。昭和二十（一九四五）年八月九日の夜のことを。

ソ連軍の爆撃はまず八日の朝にあり、そして九日未明にはかなり大規模な爆撃があった。

中西の家は醸造業のほかに、ガラス工場、ホテル、料亭などを経営していたが、この青天の霹靂にも似た満洲国崩壊の音を聞いて社員たちは動揺した。根こそぎ動員の名のもとに男という男はみんな召集されてしまっていたが、それでも、三十人あまりの年老いた社員がおり、それに社員の全家族を加えると、二百人を超す人間がわが家を頼って生きていた。その人たちの命をどうしたら守っていけるであろうか。

父は満洲酒造組合の理事会に出席するため新京（現長春）に出張していて不在だった。それゆえに母は、この緊急事態に際して、全責任を負わされていたのであった。

ソ連軍機の爆撃が終わってすぐの九日の朝、母は大番頭の池田と相談して役員会議を開き、社員全員に行動の自由を与えた。満洲国がこの先どうなるか分からないが、とにかく今は、どこかに避難するなり、各自の意思で決めるよう申し渡した。そして命があったら、そして、もし満洲国がなくなっていなかったら、ふたたびここで会おうと。

かき集められるだけの現金を集めて社員に配った。社員たちは家族を連れてわれ先にと避難列車を求めて牡丹江駅に向かった。

つけっぱなしのラジオが夕方になって初めて、臨時ニュースを告げた。

「梟（きょう）ソ遂にわが国境を侵犯し来（きた）る」

つづけて「われに関東軍百万の精鋭あり、ゆえに満洲国は不滅なり」と放送は叫んでいたが、そのあと電気は大もとで切られたらしく、市中は西も東も真っ暗闇になった。強制的灯火管制であろう。そのあと冷たい雨が降ってきた。

ローソクの灯の下で母は針仕事をしていた。針仕事と言っても裁縫ではない。洋服の裏地を剥いで、胸や背中の部分に四つ折りにした薄緑色の百円紙幣をびっしりと縫い込み、ふたたび裏地でふさいでいく。こうしておけば、たとえ匪賊（ひぞく）や強盗に遭遇しても、簡単には発見されないであろう。金を隠し持って歩く最良の方法にちがいない。牡丹江を出たら最後、金しか頼りになるものはないのだから。母は目をやや血走らせて、次々と服に札を縫い込んでいった。

しかし、そうしている母の挙動になにか不自然なものがあった。満洲崩壊という予想外の出来事を前にしての心の動揺かもしれないが、それ以外になにか「遅い」といらだっているような、「まだか」と催促しているような、そんな切迫した緊張感が唇の端を歪めていた。

その時、家の前で車の停まる音がした。

トラックのようだった。それも一台や二台ではない。ブレーキのきしんだあとには、車から地面に降り立つ大勢の男たちの足音が聞こえた。雨の夜の静けさの中に、大地を踏みしめる軍靴の音がつたわってきた。

母ははっとして針を持つ手を止めると立ち上がり、カーテンの隙間(すきま)から外を覗(のぞ)いた。

この時の母の動きには迷いがなく、なにか予定の事態を待っていたような素振りが感じられた。その時にはさほど気にならなかったことではあったが、室田が狂気の中で口走ったあの「エレナを告発したのは雪絵さん、あなただ」という言葉を聞いてしまった私としては、今、あの場面を思い起こすと、どうしてもそんな風に疑いたくなるような、きわめて微妙な不自然さがあった。

私も母と同じように窓から外を見た。

塀の向こうに、トラックの運転席の屋根の部分が見え、荷台には軍服を着た兵隊たちが立ったまま乗っていたが、その兵隊たちが続々と地面に飛び降り、塀の陰に消えていく。そんな光景を車のライトが照らし出していた。光の中にだけ針のような雨が降っていた。

兵隊たちの小走りの足音が、わが家を取り囲んでいるのが分かる。いや兵隊ではない。警察かもしれない。

「お母さん、なにがあったの」

姉の宏子が部屋に駆け込んできて、一緒に窓の外をうかがった。

「奥様、警察です」

大番頭の池田が音もなく現れて言った。

振り返って母は、

「一体なんの用事でしょう」

と眉を曇らせた。

この表情も、今となっては、なにか疑わしいものがないとは言えないものだった。もっと驚いてもいいはずだった。

「取り調べだそうで……」

「いいわ。私が応対しましょう」

朝からのあわただしさの中で、口紅一つ引く余裕もなく、しかも地味なズボン姿であったが、それにもかかわらず母には四十一歳とはとても思えない華やぎがあった。玄関でズックの靴をはき、外へ出、門の前に立った。

「国境警察隊牡丹江隊です。誠に失礼ですが、取り調べにご協力ください」

金筋(きんすじ)の入った帽子をかぶり、肩章(けんしょう)のついた制服を着た男が門の外から敬礼をしながら言った。

「なんの取り調べですか」

「まずは門をお開けください」

母の指図を受けて、大番頭の池田と若番頭の村中が二人がかりで閂(かんぬき)をはずし、門を左右に開いた。警察隊員たちはサーベルを鳴らしながら雪崩(なだれ)のように駆け込んできて、広い庭を整然と取り囲み、不動の姿勢をとった。

最後にソフト帽に背広姿の室田が入ってきた。

室田を見ると、母はうわずった声で言った。

「あら、室田さん、あなたもいらしたの。これは一体どういうことですの」

室田の前をふさぐようにして身を乗り出して尋ねたが、室田は硬い表情をつくったまま、母をよけて通った。

室田は、関東軍が日常的に必要とする物資を納入する仕事を一手に引き受けている商社、協和物産の社員であり、中西酒造の担当者である。中西酒造は関東軍に酒や酢を大量に納めている関係で日頃から親しくしていたはずなのに、このよそよそしい態度はなんの真似だ。

「私は、牡丹江省地方保安局の牧田事務官です。また国境警察隊をも掌握するものであります。エレナ・ペトロブナ・イヴァノフは在宅ですか」

体格のいい軍服の男が自己紹介し、母に尋ねた。

「ええ、おりますが。それがなにか」

母は唾をのみ込みつつ答えた。

「どこにおりますか」

「自分の部屋にいると思いますが」

「それはどこですか」

「二階の奥です」

この言葉を聞いて牧田は目配せし、隊員たち数名が走った。

「エレナがどうかしたのでしょうか」

「実は、エレナ・イヴァノフにはスパイの容疑がかかっております。取り調べが済むまで、しばらくご協力をお願いします」

「スパイ？　……」

「ええ、ソ連のスパイです」

「まさか……」

細かい雨が降っていたが、傘をさしているものはなかった。

一瞬の静寂のあと、勝手口から、エレナが、裸足のまま、まるでバレリーナのようなしなやかさで庭に飛び出してきた。白いブラウス姿のエレナを数本の懐中電灯の光が一点に集中して取り押さえた。

エレナは完全に包囲されていたが、それでも隙あらば逃げようとあたりをうかがっていた。

と、その時、エレナは庭の中央に立っている室田を見つけた。

その瞬間、エレナの顔がひきつり歪んだ。そして大きな声でわめき始めた。

「なんと言っているのだ？」

軍服姿の牧田が室田に訊いた。

室田はエレナのロシア語を通訳した。

「私が今ここで捕らえられても、同志はまだまだほかにたくさんいる」

「それから」

「日本帝国主義の滅亡は目前だ」

「それから」

「私は最後まで抵抗するであろうから、今すぐこの場で殺してくれ。私を殺したお前たちは、こんどはわが祖国の戦車に踏みつぶされるのだ」

「お里が知れるとはこのことだ。まさに下品なソ連の女スパイそのものじゃないか」

牧田は室田の顔に下から問いかけた。

室田はわなわなと震えながら答えなかった。

エレナが姉宏子のためのロシア語の家庭教師としてわが家に住み込むようになったのは一年ほど前からだった。確か室田の紹介だったはずだが、それがスパイだったとは室田自身も驚いたことだろう。エレナは色あくまでも白く、優しい顔立ちをした美しい白系ロシアの娘だった。それが、こんな憎々しい顔をして毒のある言葉を吐き出す様はなんとも不似合いであった。が、事実として目の前にいる。

そこへ若い隊員が駆け寄ってきて、

「エレナ・イヴァノフのハンドバッグを発見しました」

懐中電灯の光の中に革のハンドバッグを差し出した。

「底が二重になっておりまして、中に小型拳銃と小型写真機、そして青酸カリと思われるものも入った瓶が隠されておりました」

それを見て牧田は、

「うん。動かぬ証拠だ。よくやった」

とねぎらった。

若い隊員は胸をはった。

「よし、臨陣格殺(りんじんかくさつ)（現地処分）だ」

牧田がそう言うと、国境警察隊の隊員たちはかねて用意していたシャベルと鶴嘴(つるはし)で、庭に大きな穴を掘りはじめた。

「室田、その理由は言わなくてもお前には分かっているだろう。ここでお前のやるべき仕事はただ一つ、ソ連の女スパイを、お前の手で臨陣格殺することだ。それは帝国軍人の名誉を守るためだ。分かってるな」

「分かってます」

牧田は自分の腰の軍刀を抜きはなつと、切っ先で天を差し、手の中で弾みをつけて、カチリと向きを変えると室田に突き付けた。

いつの間にか雨はやんでいた。そればかりか、空には細い月さえ出ていた。

室田は抜き身の軍刀を右手に握った。

「室田さん、あなたはなにをなさろうというのですか？」

「ごらんの通り。現地処分です。ソ連のスパイを処刑するのです」

「室田さん、あなたは何者なのですか」

「奥さん、本来なら口が裂けても言ってはならないことですが、もう二度とお会いすることもなかろうと思いますので、私の身分を明かしましょう」

　軍刀を持った右手をだらりと下げ、室田は母を睨みすえて言う。

「協和物産の社員としての私は世間を欺く仮の姿、私の実体は軍人である。関東軍情報部の秘密機関、牡丹江省地方保安局の特捜班長だ。その任務遂行のため、エレナ・ペトロブナ・イヴァノフを処分する」

「室田さん、エレナを殺す？　しかもうちの庭で……」

「うちの庭？　はははははっ」

　室田は天を仰いで笑った。

「奥さん、ここはもはやあなたの家の庭ではない。ただの満洲曠野だ。明日にも中国人たちの暴動が起き、すべてが略奪されるだろう。そして、そのあとにはソ連軍が攻め込んできて、街は燃え上がり、見る間に瓦礫と死体の山になる。そんな埒もないことを言ってないで、逃げる算段でもすることだ」

室田はそう言いながら上着を脱ぎ、白ワイシャツの袖をまくり、ネクタイを胸のあたりに押し込んだ。

室田の言葉に促されて、私たちは東の空を見た。ソ連軍戦車があたりを焼き払いつつ、こちらに向かって進攻してくるのであろうか、暗い空に浮かぶ山並みの稜線が山火事のように赤く燃えていた。中天には三日月よりも細い月がかかっていたが、その月さえ赤かった。

エレナが言った。

「私は祖国に向かって祈りたい。どうぞ私をこちらに坐らせてください」

人間がすっぽりと入る大きさの穴の南側に坐ることをエレナは許された。

エレナは祈った。

「わが永遠なる祖国ロシアよ。私はあなたと共にあった。私の人生に恥じるところはなにもない。神よ、どうぞ私をおそばにお迎えください」

祈りおわると、エレナは鎖のついた十字架をひきちぎり、母に渡した。

「奥様、ありがとうございました」

「エレナ……」

母はエレナの十字架を握りしめて、地面に泣きくずれた。

エレナは室田を見上げ、「スィパスィーバ！（ありがとう）」と小声で言うと、あとは故郷ロシアのある北の空を見上げて泰然（たいぜん）とした。

室田は軍刀を振りかざした。

「やれ！」

牧田が叫んだ。

「スィパスィーバ！」

室田はそう叫びつつ、軍刀を一気に振り下ろした。

室田の口に血潮が飛び込んできた。顔にも目にも耳にも、噴水のように噴き上げてきた。

エレナと室田が互いに「スィパスィーバ！」という言葉を交わしあったのは、その場にいた時は、なんの意味なのか理解できなかったが、室田のさまざまな告白を聞いた今となってみれば、あれは愛しあったもの同士に通じあう感謝の想いであったのだろう。それだけに室田の無念が哀れに思えてしかたがなかった。

エレナは、はるか北の空を仰ぎ見たまま、その首をすっぱりと斬り落とされた。

軍刀を振り下ろした室田はしばらく身動きもせず、エレナの胴体から噴き出す血潮を浴びるにまかせていた。血の勢いが弱まると、太い溜め息を一つつき、ひざまずいた姿勢のエレナを穴のほうへ押しやろうとした。が、思うように手が動かない。両手が軍刀の柄に食らいついて離れないのだ。しかたなく室田は、エレナの背中を右足で力いっぱい押した。

血で真っ赤に染まった白ブラウスを着た、首のないエレナの身体は、両手を前で合わせたまま、お辞儀をするように穴の中へ落ちた。

室田は、ねばつく瞼を無理やり開き、ただじっと赤い月を見上げて無言だった。

私はふとわれに返った。

押し入れの隙間から忍び込む光はすでに朝の色をしていた。私も少し眠ったらしい。

「あの時、エレナが我々日本軍人に向かって獣のようにわめき散らしたのには理由があるんだ」

室田は低くはあったが、はっきりとした口調で言った。

室田の頭脳は明晰さを取り戻しつつあるようだった。

「どういう理由ですの？」

「つまり、俺とエレナが情を通じあっていたということを完全に否定してみせることさ。牧田事務官はむろん以前から知っていたことだが、あの大勢の国境警察隊員たちには、ちょっとでも気取られたらまずいことになる。それをエレナはああやって毛ほどの疑惑も残さないような行動を取った。まさに名演技だったと言うべきだろう」

「それにしても恋人である室田さんの手で殺されるなんて、なんて可哀想な……」

母は心から同情するような声で言ったが、室田は母の言葉を断ち切った。

「言うな！　そんな心にもないことを言うものじゃない。雪絵さん、エレナを告発したのは雪絵さん、あなただ」

「そんな濡れ衣を私に着せないでください」

母は泣き叫ぶように言った。

「八月九日午前二時、牡丹江市警察署に一通の告発書がとどいた。『牡丹江市中区平安街四ノ六、中西酒造に寄宿せるロシア人家庭教師は、挙動不審、ソ連軍女スパイの疑いあり、厳重なる取り調べを願う』。事務用のありきたりな便箋に定規を使って鉛筆で書いた文字にはとりたてて特徴はなかったが、俺にはすぐにピンと来た」

「なにがですか？」

「犯人はあなただということがですよ」

「なんということをおっしゃるのでしょう」

「しかし、ことの詮議をしている暇はなかった。あの告発書は警察が幸いにも我々保安局に回してよこしたから良かったものの、もし同じものが憲兵や特務機関に回っていたら、憲兵や特務機関は早速にもエレナを逮捕し、調査尋問、拷問を始めただろう。そうすれば、エレナがスパイであったことはすぐに証明される。その上、エレナの愛人として、牡丹江市保安局の特捜班長としての俺の名前があがってみろ、我々の保安局は満天下に恥をさらすことになり、俺は国賊として処刑されるであろう。だから急いで、エレナ逮捕に踏み切ったのだ」

「でも、エレナは本当にスパイだったではありませんか」

「じゃ訊くが、雪絵さん、あなたはエレナがスパイであることの証拠かなにか握っていたのですか？」

「…………」

「あなたにとってエレナが邪魔な存在だっただけだ。あなたは俺に惚れていた。しかし俺はエレナを愛していた。そこであなたの思いついたことがエレナ抹殺計画、少なくとも追放計画だったのだ」

「もうおやめになってください。その告発書に私は関係ありません」

室田はふふふっと薄ら笑いを浮かべ、

「エレナを告発した犯人のことなど、もはやどうでもいいのだが、雪絵さんがこんなにも俺の看病に真剣なのを見ていると、ますます疑いが濃くなっていく」

「それは誤解ですわ。私たち一家はあなたにご恩があります」

「ご恩？」

「ええ。ご恩です。中西酒造が関東軍あってのものだということはかねてより理解しておりましたが、室田さん、あなたは中西酒造の担当者だったんですもの、恩義を感じて当たり前じゃありませんか。その上、強制労働に連れていかれたうちの夫を無事ここまで送りとどけてくださったんですよ。ご恩返しなどしてもしきれませんわ」

「ふふふっ、うまいことを言う」

室田は母を鼻で笑った。

「列車の出発間際に、あなたはエレナの十字架を俺に渡してくれた。なにゆえにあんなことを」

「エレナに小声で頼まれたからですわ」

「エレナに頼まれた。ますますエレナが哀れに思える」

室田は少し涙ぐんだようだ。母はつづけた。

「それに加えて、私たちを軍用列車に乗せてくださった。あなたのお陰で、私たちは牡丹江脱出ができたのです」

「ははは っ、その軍用列車は、人目につかない駅の構外から、まさにこそこそと出発したんでしたなあ」

「でも、そのお陰で私たちは助かったのですわ」

「そう。軍用列車はむろんのこと避難列車に乗れない数万の人が駅前で泣き叫んでいた。それを尻目に見ながら、あなたは自分たちは助かったことを喜んでいる。まったく利己的なお人だ」

「私にだってうしろめたさはありますわ。ですけど、国民を守るべき軍人たちが尻尾を巻いて逃げるのに比べたら、私たちの罪なんて、ほとんど取るに足らないと思いますわ」

母はキッと室田を睨んだ。

「そうだ。その通りだ。軍人としては返す言葉もない。しかしだ。あの行為は軍としてはなんら恥ずべきものじゃないんだ」

「あら、どうしてですの？　軍隊は国民を守るためにあるんではないのですか？」

「それは国民の甘い錯覚というものだろう。そもそも軍隊は、日本陸海軍も関東軍も、国民を守るために存在するものではない」

「えっ、それでは一体なにを守るための存在なのですか？」

「国体。つまり天皇陛下だ。だから皇軍という。みんな天皇陛下の一大事とばかりにおそばに駆け戻ったってわけさ。正しいことをしただけさ」

母はぽかんと口を開けあきれ果てていた。

「いや、そうあきれないでもらいたいな。人間の歴史始まって以来、戦争と名のつくものは数えきれぬほどあったが、民の命を守るために死闘を演じた例は聞いたことがない。すべての軍隊は王様のため、皇帝のため、ご領主様のため、お殿様のため、ご主人様のため、軍令に従ったため、家名のため、己の名誉のため、利害損得のためさ。国民の命と幸福のために命を投げ出す兵士なんて世界中どこにもいたことはないのさ。まあ、義勇軍となると話は別だが……」

絶望的な空気が室田と母を包んでいたが、それは私のいる押し入れの中まで忍び込んできた。

「『軍人勅諭』！」

室田が急に声を張り上げた。

「一つ、軍人は忠節を尽すを本分とすべし。一つ、軍人は礼儀を正しくすべし。一つ、軍人は武勇を尚ぶべし。一つ、軍人は信義を重んずべし。一つ、軍人は質素を旨とすべし。ははは、以上が『軍人勅諭』だ。見ての通り、国民なんぞは一顧だにされていないなあ」

　絶望的な空気はますます濃くなってきた。

　一週間が過ぎた頃、室田は頭痛を訴え、自分の罪を懺悔し死を望むようなうわ言を繰り返し、神経過敏になり、水っぽい便をひっきりなしに排出した。それでも時々は、「阿片をくれ！」とわめいたが、母は「阿片を与えないことが最良の薬だ」という鄒琳祥の言葉を守った。

　母はおまるを持って、一日に二十回以上部屋と便所の間を往復した。

　毛穴から毒素を出すために、全身を温かいお湯にひたした手拭いで丁寧に拭き洗いしてやり、血行をよくするために、身体にマッサージをほどこしてやった。

　どうやら危険な状態から脱したと思えた時には二週間が経っていた。

　室田はわずかずつながら食欲も出てきて、母がお粥をスプーンで口許へ持っていってやると、自分から進んで食べるようになった。眠っている室田の呼吸が平静になり、頰にうっすらと赤みさえ浮かんできたように見えた。

「助かった」

　母は小さくつぶやき北向きの窓のカーテンを開けた。外は激しい蒙古風が吹き荒れていた。舞い上がる砂塵が太陽を覆い隠しているのだろう、昼なお空は暗かった。出窓の棚にはゴビ砂漠の黄色い砂がうっすらとたまっていた。この蒙古風が吹きやむ頃にはきっと治ってくれるだろうと、長いトンネルの先に明かりが見えた時のような希望を母は抱きしめたに違いない。

母と子供は一心同体だと言ってはいたが、事実上、母の心の中に私や姉の存在は隅のほうにかすかに残っているようなものだった。母の関心は室田一人であり、室田の病状の一進一退が母の感情の起伏のすべてだった。母は室田との格闘にその精力のほとんどを使っていたし、おまるを持って共同便所との間を日に十回も二十回も往復しなければならない。室田のためのお粥や味噌汁を作るのが精いっぱいで、私や母自身のためにご飯を作っている余裕は時間的にも体力的にもなかった。それよりむしろ、おまるの片付けや洗浄を私にやらせなかっただけでも私は母を偉いと思った。一度、「ぼくがやろうか」と言ったことがあったが、母は「これは私の仕事なの」と言って全然取り合わなかった。だから室田が来てからというものは、私はいつも腹を空かせていた。ナターシャの家で朝食を食べさせてもらうこともたびたびあったが、やはり気がひけて、そう無遠慮にはできない。

室田がやっと回復しはじめ、母が「助かった」と胸を撫でおろした時、私は突然思いついた。そうだ、来来軒に行けば姉がいる。

来来軒は表通りに出る小路の角にある。客席は二十ほどで、朝昼晩の食事時には結構な繁盛を見せている。

夕食時をだいぶ過ぎた頃、私は来来軒を訪ねた。姉の宏子は「小輩（シャオペイ）、小輩」と呼ばれて追い使われていた。小輩とは少年とか小僧の意味である。姉は身の安全のために、ここでも男の子を装っていた。短く切った髪はぼさぼさで、着ているものは男の子用の黒い綿入れ支那服だった。その胸のあたりがかすかにふくらんでいるのが、なんだか痛ましかった。

「姉さん……」

「ああ、礼ちゃん、来ていたの。なにか食べる？　お腹空いてるみたいじゃない」

そこへ店の太太（タイタイ）が近づいてきて、

「この子、とてもよく働くいい子だよ。なにか食べるか。餃子（ギョーザ）、ラーメン、美味（おい）しいよ」

にこにこと笑いながら言った。

私は返事もしないで、ただ笑っていたが、

「遠慮いらないよ。お金心配ないよ。餃子もラーメンもただ。ただ」

太太は中に消えていった。

「それでどうなの？　室田さん、いくらか良くなったの？」

「うん。もう大丈夫みたい」

「礼ちゃん、あんたも大変ね。お母さんとあの男と毎晩一緒に寝てるなんて」

「ぼくの寝床は押し入れの中だから、なにも見ないで毎晩ぐっすりよく寝てるよ」

これぐらいの嘘をつく程度に私は大人になっていた。

「そう。それならいいけど。あの二人が夫婦生活の真似事でもやってるんじゃないかと思うと、私、もう腹が立って、腹が立って、煮えくり返りそうだわ」

「そうは見えないよ」

「お父さんが死んで、まだ涙も乾いていないっていうのに、お母さん、他の男を引っ張り込んだりして……たとえ恩人だろうと病人だろうと不潔なことに変わりはないわ。あの人と同じ血が自分の体にも流れているかと思うと、もう疎ましくて恥ずかしくてたまらないの。考えただけでも総毛立つわ」

あまりに考え込みすぎて、姉は生理が止まってしまったらしい。それをこんな風に言った。

「やっと女の子になったと思ったら、無理やり男の子にされて、男に見えても自分は女だと内心自慢していたら、その自慢の種がなくなってしまった。私、もうなにがなんだか分からない」

今にも泣きそうだった。

「お母さん、ここに来ることあるの？」

「あるわよ。お給金の出る日にね」

姉は皮肉っぽく言って暗く笑った。

太太が料理を運んできてくれた。水餃子とラーメンである。

「謝々（シエイシエイ）、太太」

私はラーメンを勢いよく食べた。豚骨（とんこつ）スープに中国の醬油で味付けしてあり、しかも豚の角煮が入っている。それがことのほか私には美味しかった。ラーメンを食べるかたわら水餃子も頬張った。

「美味しいね」

「そんなに美味しい？　私なんか毎晩食べさせられて、もう見るのもイヤ」

贅沢（ぜいたく）な話だが、それはそうであろう。

「私、日本生まれでしょう。だから、どうしても中国の醬油にはなじめないのよね」

「へえ、そうなの。ぼくは満洲生まれだから、中国醬油のほうが美味しく感じるな。だって食べ物の最初の記憶は水餃子とラーメンだもの」

「お母さん、料理しない人だったしね」

「そうさ。ぼくの母の味は中国人のコックさんが作った中国料理さ」

「私、日本の料理が食べたいな」

「ところで姉さん、夜はどこで寝てるの？」

姉は急に悲しい顔つきになって、

「お客がみんな帰ったら、店を片付けて掃除をし、そのあと、テーブルを四つくっつけてベッドを作り、その上で二枚の毛布に身をくるんで寝るのよ」

「それはつらいね」

「床がコンクリートでしょう。夜になると冷え込んで、テーブルの隙間から冷たいものが体の芯にまで染み込んでくるわ。それだけじゃないのよ。空気はいつまでたっても支那料理臭いし、その上、お店の主人は隣の部屋で毎晩お友達と麻雀(マージャン)をやるのよ。牌(パイ)をかき回す音だけでなく、中国人って、のべつ幕なしにしゃべるでしょう。その調子のうわずった声が喧(やかま)しくて寝られやしないのよ。そのうち、彼らのしゃべっていることが段々分かってくるようになるのよね。よおく聞いていると、ほとんどが日本人への罵詈(ばり)雑言よ。それもまた、むしゃくしゃするのよ」

姉は寝床に入るとしばらくは、裏切り者の母に代わって父に詫(わ)びを言い、母に毒づき、室田をののしり、自分のおかれた境遇のひどさにひとしきり涙を流す。それが父親っ子だった姉の夜の儀式なんだそうだ。

室田の闘病生活は三ヵ月目に入り、母の献身的な看護のかいあって、全治がやっと見通せるようになってきた。しかし、母はまだ煙草売りは再開できず、生活は宏子のささやかな給料に頼っていた。

三月の初め頃だった。姉が突然家にやってきた。ちょっと中をうかがうと、私を呼んだ。

「礼ちゃん、お使い頼まれたの。暇だったら一緒についてきてくれない？」

「うん。いいよ」

私は姉について外に出た。

なにか久し振りにハルビンの空気を吸う感じがした。

「お母さん、いつもああやって室田さんの体を手拭いで拭いてやったりしてるの？」

「うん。してるよ」

「なんだかイヤな感じだなあ」

姉はそこで言葉をのみ込んだが、次に言おうとしていることは分かった。「お父さんにもしてやったことがないのに……」だろう。

「しょうがないよ。相手は病人なんだから」

私はちょっとませた口調で言った。

私たちは道裡のはずれのほうに住んでいたから、古びて崩れそうな城門をくぐると、そこはもう道外、中国人たちの街であった。

まだ春というには早い時季ではあったが、冬の間、枝という枝を切り落とされて寒々しく立っていた泥柳が芽をふきだし、枝を伸ばしつつあった。もうじき緑の葉をいっぱい茂らせるだろう。泥柳は牡丹江でも並木道にたくさん植えられていて、いわば満洲の象徴的植物だったから、私たちはよく知っている。初夏になると、微風に乗って柳絮と呼ばれる白い綿毛がお伽の国のように飛び交う。それはそれは幻想的な風景だ。

私は日本海軍予科練の制服の袖をつめたオーバーを着ていたからそうは見えないであろうが、綿入れの支那服を着た姉はまるで中国の少年そのものだった。いずれにしても、ハルビンの街景色の中に、去年の夏から住んでいる私たちはすっかり馴染んでいた。

傅家甸の調味料屋から分けてもらった唐辛子の袋を二つに分けて、二人でかついで帰る道すがらだった。

二階建ての大きな建物が建ち並び、金文字で書かれた銀行や新聞社の看板が光っている。赤黒く日焼けした中国人が両袖に両手を互い違いに突っ込んで行き交い、人力車が行く。「茶荘」という看板が三軒おきにあり、中国人はお茶が好きなんだなあと考えていると、後ろのほうから罵（ののし）り騒ぐ群衆の声が聞こえてきた。

その声は、

「打死（ダースー）！　打死！（打ち殺せ！）」

と叫んでいた。

振り返ると、足下からもうもうと土埃（つちぼこり）をあげながら群衆が迫ってきていた。

怖くなって私たちは道の端に立って群衆をやり過ごそうとした。

ものすごい数の中国人たちが道を埋め、興奮し、激怒し、拳を振り上げ、プラカードで天を突きながら目の前を通っていく。

赤い襟章をつけた大勢の東北民主連軍兵士（東北各地に分散して、群衆を扇動（せんどう）し、残敵と土着の反抗分子である土匪（どひ）の掃討にあたった）に取り囲まれるようにして、縄を打たれ、数珠（じゅず）つなぎにされているのはほとんどが日本人だった。全部で三十人ほどか。みんな罪状を書いた札を首から胸に下げ、うなだれて歩いていた。

話に聞いていた人民裁判はこうして行われるんだ、と思いつつ見ていると、中に見覚えのある顔があった。

「あの人、塚本さんじゃないかな？」

姉が小声で言った。

私もそう思った。塚本というのは室田が社員として勤めていた協和物産の人であるが、しょっちゅうわが家に出入りしていたから、知っているどころではない。肌は日に焼け、痩せ衰えてはいるが、鼻の下に髭をたくわえた、六十過ぎのその顔はまさしく塚本のそれだった。

「塚本さんがどうして？」

姉は心配げにつぶやいた。

塚本がぶらさげている札には、日本軍特務的商社協和物産……あとは字がよく読めなかった。

私たちは、どうなるものかと思いつつ群衆のあとについて歩いていた。

群衆は角を右に曲がったかと思うと、次の角を左に曲がり、また次の角を右に曲がるといった具合に、ジグザグに行進しつつ目的地に向かっているようだった。つまり罪人の市中引き回しをやっているのだ。

浜江駅近くの広い畑地で群衆は止まった。

畑地には何も植えられてなく、柔らかい赤土がむきだしだったが、そこにはすでに死体を埋めるための大きな穴が掘られてあった。

その穴の前に、罪人たちは一列に並べられ、ひざまずかされた。

まわりは黒山の人だかりである。

一人の兵士が進み出てきて、容疑者の名前を呼び、罪状を読み上げ、罪人の処置について群衆に問う。そこで口から泡を飛ばしてわめき騒ぐ群衆が、拳をあげて「打死！」と叫ぶと、それが死刑の宣告だった。

日本人容疑者は大抵、特高警察、特務機関、警察関係であり、一人の例外もなく死刑だった。

塚本も死刑を宣告された。彼の札には、土薬とか毒化政策とかいう字が書かれてあったが、姉にも私にもその意味が分からなかった。ただ、塚本が罪に問われたことによって、自分の家や、自分の命まで否定されたような、うっかりすると身の危険までありそうな感覚をもった。私と姉は思わず手を握りあったが、姉の手も私の手もふるえていた。

塚本は昭和八（一九三三）年の創業の頃から中西酒造のためにつくしてくれた人だった。

中国人たちは怒りの顔から急に笑い顔になったり、大声ではやしたてたり、まるで闘犬でも楽しんでいるかのような騒ぎだった。

大きな穴の前にひざまずいた日本人ほぼ三十人を狙って、同じ数の民主連軍兵士が銃をかまえた。

一瞬の静寂。雲一つない青空。

「天皇陛下万歳！」

一人の日本人が叫ぶと、次々とそれにならった。後ろ手にしばられた彼らが、もどかしげに指で小さな万歳をするのが見えた。

塚本はその中に加わらず、淡々とした表情で晴れ渡った空を見上げていた。かすかに笑っているようにも見えた。いい顔してるな、と私は感心した。少し救われた気持ちになった。

銃声がとどろき、三十人の日本人の頭から血しぶきがあがり、それぞれの身体ががっくりと崩れて穴の中へ落ち込んでいった。

群衆はやんやの喝采を送り、穴のまわりに駆け寄って中をのぞき、こんどは一斉に勝鬨（かちどき）をあげると、競うように足で土をかけた。彼らの爆笑はいつまでもつづいた。

私たちは帰り道を急いだ。英国街を過ぎ、許公路（きょこうじ）を横切り、八区公園の前を通り、浜綏線のガードをくぐって一面街を突っ切ると一気に北に向かって駆け出した。

来来軒を横目に見て小路を抜け、アパートのドアを開けた。

坐っている母の背中が見え、その向こうに裸の室田が横たわっていた。

「お母さん、まだやってるの？」

姉は眉をひそめて言った。

「今ちょうど終わるところよ」

母は落ち着いた声で言い、枕元の洗面器のお湯で手拭いをゆすいだ。

布団の上にパンツ一枚で仰向けになった室田は虚ろな目で天井を見ていた。

「塚本さんが、人民裁判で死刑にされたわ。私たち、たった今見てきちゃった」

姉は早口で言った。

「まあ、塚本さんが？　なんの罪で」

「土薬とか毒化政策って書いてあったわ」

姉は見たままを言ったが、室田がどんな表情をするか見逃すまいとしているようだった。

「土薬というのは阿片のことだよ。そして毒化政策というのは阿片推進政策のことだ」

室田は無表情な声で言った。

「それが塚本さんとどんな関係があるのかしら」

母は怪訝(けげん)そうな素振りで質問をした。

「協和物産がそれをやっていたのだ」

えっ、と言ったのは母と姉だった。

「塚本さんが人民裁判で処刑されたのは仕方ないさ。中国から見たら、重大な戦犯だからね。俺も捕まったら、間違いなく死刑だ。しかし、塚本さんも死んだか……」

室田の目尻からひと筋の涙が流れた。両手を合わせ、黙禱しているようだった。

土間に立っていた姉は、

「私、お店に帰る」

元気のない声で言い、私の肩にある唐辛子の袋を取り上げて家を出た。

母はあわてて後を追い、

「もう少しの辛抱だから我慢してね」

拝むように言っていた。

「私、なんだかがっかりしちゃったなあ」

姉は肩を落とし、とぼとぼと小路を歩いていった。

阿片推進政策をやっていた協和物産の協力によって成功を収めた中西酒造とはいったいなんなのだ。阿片のおこぼれにあずかっていたといっても過言ではない。たとえ自分たちの手は一切かかわっていなかったとしても、そこに罪深いものがあるなら、自分たちの人生が根こそぎ否定されたことと同じだ。

塚本の死は、私たち家族の絶望と暗黒をいっそう深めた。

「なんだか宏子さんをがっかりさせちゃったみたいだなあ」

室田は浴衣の袖に腕を通しながら言った。

「私もよ」

と母が言った。つづけて「ぼくも」と言いたかったが、言わなかった。

「協和物産って、本当にいろんなことをやっていたんですね」

母はかなりな皮肉をこめて言った。

「そりゃあね、満洲国という国家を曲がりなりにもでっち上げようってんだから、なりふり構わずなんでもやったさ。良いことも悪いことも」

「でも聖戦でしょう？」

「聖戦さ。だから善悪を超越してるんだ」

「随分無茶(むちゃ)な聖戦だわね」

　母は子供みたいにぽかんとしている。

「そうさ。初めに天皇ありきだ。天皇のためになることならすべては善なのだ」

「悪事もですか？」

「悪事ってなんだ？　天皇のためにならないことがすなわち悪なのさ」

　室田はなにが原因かは分からないが、息苦しくなったと見えて、しきりに自分の喉のあたりを両手でこすった。

「開戦当時の言葉で言うなら、まさに日本精神っていうところか」

「日本精神ってなんですか？」

「大和魂を西洋哲学風に言ってみただけさ」

「そんなものどこにあったのかしら」

「本居宣長の『敷島の大和心を人問はば朝日に匂う山桜花』。吉田松陰の『かくすればかくなるものと知りながらやむにやまれぬ大和魂』。この二人の国粋主義者の歌があればそれで十分さ。あとは、そういうものがかねてからあったかのような空気を作るのが権力の仕事さ」

「その空気を国民は毎日吸わされてるんですものね。日本精神にかぶれないわけないわ。でも、その日本精神の美酒に惑わされて、なんと多くの若桜が散っていったことでしょう」

室田はここで絶句し、しばらく天を仰いでいたが、やがて、はらはらと涙を流した。それは自暴自棄のヒステリックな涙ではなく、自然にあふれでたもののようだった。

「権力ってなんでもできるのね」

「しかし、その権力を作ったのは国民だ」

「権力がよく使う堂々巡りのからくりね」

室田はこんどは立ち上がった。そしていつものように右足を引きずりながら部屋の中を行きつ戻りつした。口の端からよだれが垂れている。

「とは言うけれどね、権力と国民は持ちつ持たれつでね。権力がうまくやっているうちは結構国民も一緒になって興奮したりしているんだぜ。雪絵さん、あんただってそうだったんじゃないかな。ところが権力ってやつは一度ぐらりと歯車が動きだしたら、もう誰も止められない。権力は権力の論理で回りはじめるから、もはや自分でも止まることができない。そしてついには権力は権力の論理で墜落するんだな」

「権力の論理ってなんでしょう」

「権力はつねに対立する相手を作り出して、そいつをたたきつぶしていないと成り立たないから、最後は身に余る相手にもぶつかっていかなければならない。ついには敗北していく決まりなのさ。さもなくば内部闘争に明け暮れたすえに消滅していく。権力には平和思想なんてものは初めからないからね」

「権力亡者は地獄行きってことね」

「うまいこと言うな。権力には地獄行きが似合いそうなやつばかりが巣食っている」

「日本もそうだったと言うつもりなの？」

「どの国のどの王朝も革命政権もナポレオンもヒトラーもみんなだ。むろん日本も」

「私たちをもっとがっかりさせるつもりね？」

「雪絵さん、あなたたちはほとんど無意識に国家をかばうけれど、いったいなんの根拠があってそうするんだ？」

「わが身わが家わが故郷を愛しむ心だわ」

「それじゃあ聖戦と同じ論理、同じ情緒的正義じゃないか」

室田は首を振って慨嘆していたが、そのうち乙女のように泣いた。

「ねえ、雪絵さん、国家と国はまったくの別物なんだぜ。日本国というものは古代以前の大昔から、この極東の片隅に延々と横たわっている小さな島国さ。これこそ我々が愛しむべき故郷だ。だけど日本国家などというものは、時の権力者のデザインしたものであって一過性のものにすぎないのだ。聖戦が終わってみりゃ、現人神は人間宣言し、軍国主義国家がたちまち民主主義国家に変貌してしまう。それが国家だ。国家こそ一時の幻想なのだ。そういうものにたいして国民はもっと慎重であらねばならない。なのに、あんたたちは、国家と一体であろうとし、それが正しいことだと錯覚している。国民がこんな調子だから、聖戦敗北の責任を問うことができない。また聖戦の失敗者は当然とるべき責任をとらなくてもいいように事が流れる。一億総懺悔しておしまいさ。そうやって日本の聖戦は永遠につづくんだ。ああ、情けないな！これがわが祖国日本とは！」

室田は大人とは思えないほど顔を崩し、ひとしきり声をあげて泣いた。

「しかしだな、雪絵さん、こんな聖戦があっていいものかどうか、事実を知りなさい。事実を」

涙をぬぐい、鼻をこすって室田は言った。

「ならば教えてくださいな」

室田は宙をにらんで、

「ああ、今ここで阿片を一口吸ったら、口が滑らかになるんだが……」

と言ったが、かろうじて理性を取り戻し言葉をつづけた。それも苦しそうに。

「さっきの阿片の話のつづきをしよう。昭和七年に関東軍の肝煎り(きもいり)でできた協和物産の主たる任務は、関東軍が必要とする軍需物資を確保することだった。むろん、ほとんどは合法的にやったが。俺たち牡丹江支社は、大陸浪人、馬賊(ばぞく)、特務機関、秘密機関と連携して、満洲全土および中国各地から、屑鉄(くずてつ)、亜鉛、錫(すず)、アルミニウム、タングステン、石油、生ゴムなどを、あらゆる手段をつくして、強盗強奪まがいのことをしてでもかき集めた。そして軍資金を捻出(ねんしゅつ)するためには、売れるものはなんでも売った。旧式になった大砲、銃、拳銃、機関銃、手榴弾(しゅりゅうだん)、通信機械、鉄兜(てつかぶと)なども」

「どこへ？」

「たとえば北支臨時政府や蒙古連合自治政府、そして馬賊たちにもね」

「天皇陛下から賜った武器をですか」

「ああ、兵隊がちょっとでも傷つけようものなら、天皇陛下から賜った武器をなんと心得る、と怒鳴られ往復びんた五十回はくらうその武器を、敵も味方もお構いなしに売りまくった。蒙古兵のかぶっている鉄兜に菊のご紋章がついているなんてのは、洒落(しゃれ)のきつすぎる景色だと思わないか」

「軍の命令でやってたんですか？」

「そうだ。北支那方面軍が出した文書にもとづいてやっていたのだ」

室田はまた寝床に戻り、仰向けになった。胸を大きく上下させて息をしている。

「そうだ。軍の命令でやったのだ……」

もはや室田は自分の言葉で自分自身を、また愛する国家を傷つけることに耐えられないかのように泣き出し、また高笑いに笑い、

「これが事実、事実なんだ……ははは っ」

と吐き捨てる。支離滅裂なようでそうではない。しかし、順序が行ったり来たりして分かりにくいので、彼の言ったことを整理してみた。

中国は、一九一七年の時点ですでに阿片禁煙令を発布し、禁煙に腐心していたが、内戦がつづく中で実効はあがっていなかった。

阿片は高価であるばかりか値段の変動が少なく、しかも軽量で運搬が容易であるため、中国では通貨同様にみなされていた。末端価格は原価の八倍といわれ、莫大な財政収入をもたらすところから、各地の軍閥はケシの栽培を奨励し、阿片を売りまくっていたから、結果として中国は世界最大の麻薬市場となっていた。そこへ日本が割って入り、輸出、輸入、製造、販売、密造、密売の主役となっていったのが、阿片にまつわる日中戦争の一連の流れだった。

一九三二年十二月二十日満洲国政府は第一回建国公債三〇〇〇万円を発行している

が、これに先立つ十一月十九日、公債発行側の満洲国政府を代表する財政部総務司長・星野直樹、満洲中央銀行副総裁・山成喬六と、引き受け側の代表である日本興業銀行総裁・結城豊太郎との間で引き受け募集契約が締結された。

その契約書の第四条には「満洲国吉黒権運署益金および鴉片専売公署益金を以て担保とし、元利金は、この専売益金中より優先に之を支払うものとす」と約定されている。

つまり阿片は、こういう契約書の中で一項を加えられるほどに手堅い、満洲国の主産業だったということである。事実満洲国は、一九三三年の熱河作戦を成功させ、中国有数のケシ栽培地である熱河省を新たに満洲国の領土とするや、ただちにそこに阿片の専売公署を設置して、生産者より全量買い上げる制度を作った。そうやって得た収益は、吉黒（吉林省・黒龍江省の意）権運署の塩による専売益金の十倍だった。

これと同時期、一九三二年に日本は満洲国において、阿片吸飲の漸禁政策と阿片専売制を採用した阿片法を公布し、翌年一月施行した。ケシの栽培、阿片および阿片吸飲器具の製造、販売、所持、接受を政府の統制下におき、違反者を徒刑、罰金刑に処する、というものだった。すなわち政府による阿片の専売機構を作ったのである。阿片窟もすべて、満洲国禁煙総局への登録制にし、営業許可手数料を取った。

こうやって日本は満洲国において、口では阿片禁止を唱えながら、実際には阿片推進政策を進め、巨額の専売益金を獲得した。その金額は、一九三六年度で一三三一万円、全歳入の五・〇パーセント。一九三九年度で三三九三万円、全歳入の五・六パーセントと、三年間で三倍近くに膨張している。要するに、阿片中毒患者を倍増させていたのである。

しかし、これはあくまでも表向きの収益金であって、密造、密売によって得たものを加えたら計り知れない数字になるにちがいない。

協和物産は専売公署から横流しされた阿片を普通の品物を装って運んだが、空輸する時は軍用機を使い、陸上を運搬する時は軍人の護衛つきであった。それを青幇（チンパン）、紅幇（ホンパン）、紅卍字会（こうまんじかい）などの麻薬マーケットに売りさばいた。

収益金はほとんど関東軍の謀略資金にまわされた。軍事経費は一銭一厘（りん）たりとも国会の承認を得ないと出ない仕組みになっていたから、関東軍と参謀本部はつねに活動資金に不足していた。だから、阿片によってもたらされる金は貴重な軍資金だったのである。関東軍は協和物産があげる利益に期待し、協和物産はそれに応えた。

室田の身分は協和物産社員である前に、牡丹江省地方保安局員であったが、秘密警察である保安局の謀略資金も阿片による収益によってまかなわれていたことは言うまでもない。

「そのお金の一部で中西酒造の日本酒は関東軍に買い上げられていたのですね」

「そういうことだ」

「主人はこの事実を知っていたのでしょうか」

「むろん知っていました。長いつきあいなんですから」

「死に急いだのはそのせいかもしれませんわね」

「理想国家満洲国がそれこそ阿片の煙のようにあえなく消えていくのを目の当たりにして絶望にうちのめされたのだと思う」

「私にも中国人にたいして罪はありますわね」

母は力ない声で言った。

「中国人から見たら、あなたにも罪はあるでしょうね。国家と行動をともにして満洲に渡った日本人すべてに罪はあるのです」

「国策に従っただけなのに」

「中国人にそんな言い逃れは通らない。満洲に足を踏み入れた日本人、いや踏み入れなかった日本人も含めて、日本人すべてが中国人にとっては加害者なのだから」

「だからって、あなたはなにを言いたいの？」

室田の表情には、もはや阿片中毒患者の名残もなかった。すっかり治ったのかといえばそんなことはなく、身体は痩せさらばえ顔の頬もこけて、どこから見ても病人であったが、眼光は爛々として鋭く、言葉にも力があった。

「今、満洲に居残っている百万余の日本人はみな命の危険にさらされていると言いたいのだ。昨日までの支配者であり、今日は敗北者である日本人にたいして中国人は、報復しようと思ったら今ならなんでもできるのだ。日本人をかたっぱしから捕まえて人民裁判にかけて処刑することもできる。強制労働につかせることもできる。みんなでよってたかって袋だたきにすることもできる。なのにそれをしないのは、長い歴史を見てきた中国人の知恵だ。しかしその知恵がいつなにかの弾みで濁らないとも限らない。だから緊急の問題がここにあるのだ」

「緊急の問題って？」

「国家の本質は国民の安全を守ることにあるのだから、日本は一日も早く、国外で恐怖にふるえている同胞を本国へ帰還させて保護しなければならないのだ。戦争に敗けて国民が呆然とするのは仕方ないとしても、国家はつねに冷静でいなければならない」

「でも、私たち満洲居留民は国家から棄民されたた存在であること、あなただってご存じでしょう?」

「ああ、知ってる。こんな世界史上、類のない愚行をやらかしている日本国はどうかしてるんだ。一日も早く、一人残さず、祖国日本へ帰還させること。それが、阿片などというものに頼らなければ経営できなかった、満洲国という徒な夢をみた国家の、国民にたいする最低限の務めだと俺は思う」

室田は顔をおおって嗚咽をこらえた。

三月も半ばを過ぎると、室田の病状はさらに回復した。まだあばら骨の見えるほど痩せてはいるが、自分で食事をし、共同便所で用をたし、共同浴場で入浴することもできるようになった。だが、一日に一度は、室田の身体に禁断症状の余震のようなものが襲ってきた。そして室田はやはり一つ憶えのように「阿片をくれ」と言ってひと騒ぎする。室田はわが身を懸命になって両手で抱え、自ら耐える。やがてそれが二日に一度になり、三日に一度になった。

「室田さん、あなた、ついに自らに勝ったわね」

母は弾む声で言った。

「そりゃあ、あなたにあんなにも迷惑をかけたんだもの、負けるわけにはいかないさ」

「治ったら、あなたはなにをなさるおつもりなの？」

「俺はハルビンに残る」

「残ってなにをなさるの？」

「俺にはやらねばならぬことがある」

「なにを？」

室田はそれには答えず、元気な頃の、黒豹（くろひょう）を思わせる精悍（せいかん）さを取り戻していた。

「雪絵さん、ありがとう。俺はあなたから助けてもらった命を、燃焼しつくしてから死にたいのだ」

母はわっと泣いて室田にすがりついた。

第七章 虹色の島

悪魔を手に入れた以上、めったに放すもんじゃない。
そう簡単に捉まる相手じゃないからな。
——J・W・ゲーテ『ファウスト』第一部より

Koshino Junko

Kamayatsu Hiroshi

Yasui Kazumi

Nakanishi Rei

母が、室田の胸にすがりついた瞬間、私は反射的に押し入れの襖を閉めた。突然なにか変わったことが始まったという気配は感じられなかったが、覗き見たい思いはあった。

真っ暗な押し入れの襖と柱の隙間から、もれ入る部屋の明かりは細長い一本の線を作っていた。その光の線が私を誘惑した。私はその誘惑に負け、ほんの少し外を見ようと、手を襖の端にかけた時、誰かがその手を止めた。

「見てはいけない。今回はここまで」

ゴーストの声だった。

「ゴースト、迎えにきてくれたの？」

ゴーストの体は金色に光っていた。

「今回はこの辺でやめて、つづきは後にしましょう。あまり深く記憶の底に潜り込むと現実に浮かびあがれなくなってしまうからね。ややもすれば、現実世界に対応できなくなって、精神に異常をきたすかもしれない」

あっそうか。ぼくは最高塔にいたんだ。

私は自分が酸素の薄い最高塔に立っていたことを忘れていた。

「これは応急処置よ」

低い声が聞こえ、私の顔は吐息の交換器でおおわれた。と同時にゴーストの甘い吐息が私の鼻から胸に流れ込んできた。

私は瞬時にして眩暈（めまい）のようなものを覚え、気が遠くなったが、そのあと呼吸が楽になった。交換器の管を伝声管にしてゴーストは言った。

「危ないところだったわよ。真珠採りの海女（あま）は深く潜れば潜るほど大きな真珠を採ることができるわ。でも、あまりに深く潜りすぎると海面に帰りつく前に息が途絶えて死ぬことだってあるのよ。君の記憶探索作業もそれと同じで、あまりに深く潜りすぎると危険な場合がある。人間の記憶世界は何層にも分かれていて、第一層、第二層、第三層、第四層……実際に何層に分かれているのかは誰も知らない。とにかく意識にも深淵があるように、記憶にも深淵があるとされている。第一層があれば日常生活に不自由しない。第二層があれば大抵の試験に合格できる。第三層があれば芸術家になれる。その芸術家の中でも、本来の自己そのものと直面して、それをしかと感得して、世に稀なる作品を創造したいと思うものは、第四層、第五層、いやもっと深く記憶の深淵にまで潜り込んでいかなくてはならない。記憶世界は深い。闇よりも深い。それが第何層にあたるのかはわからないけれど、母の胎内にいる時の記憶をくぐり抜け、いつしか民族の、いや人類の記憶とさえ合体するところにまで潜りゆく芸術家だって時にはいるのよ。たとえばゲーテなんかはそうよ。こんなことを言っているんだからさすがだわ。『全人類に課せられたものを、私は自分の内にある自我でもって味わおう、自分の精神でもって最高最深のものを敢えてつかみ、人類の幸福をも悲哀をもこの胸に積みかさね、こうして自分の自我をば人類の自我にまで拡大し……』(『ファウスト』)。余計なおしゃべりをしてしまったけれど、レイ君、君も相当深いところまで潜っていたことは確かよ。でも、今回はここまで」

ゴーストと吐息の交換をしているうちに、自分の身体がめりっめりっと音をたてて大きくなるのが意識された。記憶の世界から現実へ戻るには大量のエネルギーを要する。私は酸素不足を補うかのようにゴーストの吐息をむさぼった。

やっと呼吸が普通のリズムに戻った時、

「そろそろ、昭和四十三(一九六八)年の春に戻りましょうか。山のような仕事が待っているわ。どれもこれもヒットさせなきゃならないから大変よ」

ゴーストはそう言って、私に向かって背中を見せた。乗れという意味だ。まわりを見ると、そこはすでに押し入れの中ではなく、星々がきらめく夜の空であった。そうだ。私は最高塔にいたのだ。ハルビンの夜景がはるか下の方に見えた。決して華やかとは言えないが、それでもぽつりぽつりと点った赤や青の巷の灯り、また貧しげな家の灯りは昼間の喧騒を忘れさせるほどの静寂を思わせ美しかった。

ああ、久しぶりの飛翔だ。ゴーストの背中に乗って、ゴーストの乳房を両手で握りしめて、ゴーストの襟足に唇をあてながら、夜空を飛翔する時のこの幸福。私のたどった記憶の旅は決して楽しいなどと言えるものではなかったが、可能な限り深く潜ることができたに違いないという、なにか一仕事やったあとのような満足感を抱きつつ五体を風にさらして夜空をよぎる快感にまさるものがこの世にあろうか。

と思う間に、ゴーストは私の自動式記憶想起装置の回路の中に侵入し逆行した。それからというものは、いったい何日何年の歳月を通過したのであろう。めまぐるしいスピードで展開する過去の風景の逆回転に幻惑されながら、私は昭和四十三年の春に突入した。

「さあ、着いたわよ」

とゴーストが言った瞬間、車のスタートダッシュの音が聞こえ、私は後ろへのけ反った。

見るとゴーストはハンドルを握って前をにらんでいる。私は車の助手席に坐っていた。

「これってどういうこと？」

「車買っておいたの。ルノーのカラベル。私、この車、前から狙ってたんだ」

「狙ってた？」

「そう。だってレイ君、車なんかに興味ないでしょう？」

「うん。まあないね」

「第一、免許証も持ってないし」

「違いない」

「一応四人乗りだけど、後部座席は荷物置きね。要するに二人乗りのカブリオレよ。なかなか洒落てるでしょう。ハードトップをはずすとオープンカーになるのよ。雨が降ったら後ろからシートの屋根が出てくるってわけよ」

「へえ！」

ゴーストは私が全信頼をよせるパートナーである。なにもかも任せてあり、車を買うぐらいの金は既に十分あったから驚きはしないが、手回しの良さにあきれた。私は田舎者のように車体の中を見回した。そりゃあそうだ。自分の車を持つなんて生まれて初めてのことなんだから。ボディはシルバーグレイ、デザインはスポーツカーときた。ゴーストのハンドル捌（さば）きはあざやかだが、右の助手席に坐っている私としては、たまったものではない。対向車とすれ違うたびに私の横を相手の車が音をたてて過ぎ去っていく。怖いったらありゃしない。それに第一、時空間を飛翔できるゴーストが車を運転して喜んでいるなんてなんとも奇妙な図ではないか。

「どこへ行くの？」

「音羽（おとわ）のキングレコードのスタジオ」

「なにがあるの？」

「ザ・ピーナッツのレコーディングよ。ほら、ピーナッツの全国ツアーのエンディングテーマとして書いた『愛のフィナーレ』。あの歌のレコーディングが今日なのよ」

「あ、そうか」

久しぶりに昭和四十三年の現実に戻った私としては、なにもかもが虚（うつ）ろだった。私は頭を振り、深呼吸をして、しっかりしろと自分に言いきかせた。

エレベータに乗って三階で降りるとスタジオからオーケストラの音が聞こえてく

る。

「ああ、そば近くで聞くオーケストラの音ってなんて素晴らしいんだ」

私はモーツァルトがオペラ『魔笛』の指揮をしながら抱いた感想と同じ心の高鳴りを覚えた。たまらなく胸しめつけるものがある。それは新しいなにかがまさにこの世に生まれ出ようとするその産声のように感動的なものなのだ。

「お早うございます」

ザ・ピーナッツの二人が同時に立ち上がり、二人が同時に頭を下げ、まるでハーモニーをつけたかのような挨拶をする。

私は芸能界のこの「お早うございます」という挨拶が好きだ。昼も夜も関係なく、仕事の始まる時は「お早うございます」で、終われば「お疲れさま」だ。江戸時代からこの習慣は始まったらしいが、上下の差別なく、また仕事仲間にたいする敬意に満ちていて、まことによくできた仕来りだと思う。だから当然、私も、「お早うございます」、つづけて、

「どう、気にいってる?」

「いい歌をありがとうございます。もう素敵で泣けちゃう。最高!」

と妹のツキ(芸名伊藤ユミ)ちゃんが言うと、「私は特にツーコーラス目の『今日

の冷たいあなたの言葉　聞いていません　私の耳は』ってところが好き」
と姉のヒデ（芸名伊藤エミ）ちゃんが言う。
よく気をつけていないと、この二人はあまりに似ていて見間違えることがしょっちゅうある。目尻にホクロのあるのが姉のヒデちゃんである。私たち仕事仲間は誰も彼女たちを芸名で呼ばない。『恋のフーガ』を大ヒットさせ、次の『恋のオフェリア』もかなりなヒットとなっている。だから私とザ・ピーナッツとの関係は文字通り和気藹々（あいあい）である。

　私たちのいるのは通称サブと呼ばれる調整室で、スタジオの中ではオーケストラを前にして作曲家であり編曲家でもある宮川泰（ひろし）が大きな身振りで指揮をしている。

　二本のトランペットが悲しげな下降音を三回鳴らしてオーケストラを導くイントロの部分を聴いただけで、胸うずくアレンジである。私はこの歌の成功を確信した。実はこの『愛のフィナーレ』は正規のオーダーで作られたものではなく、この年の四月から始まるザ・ピーナッツの全国ツアーのラストを飾る歌として急遽（きゅうきょ）こしらえられたものだ。ショーの構成・演出は私で音楽は宮川泰。演奏はドラムの白木秀雄（しらきひでお）クインテットにトランペットの日野皓正（ひのてるまさ）、サックスの稲垣次郎（いながきじろう）などを加えた豪華なものだ。ほとんどの曲目はジャズのスタンダードナンバーだが、開幕の第一曲目はむろん『恋のフーガ』で、その後に『アイ・ガット・リズム』や『ラバー・カムバック・トゥ・ミー』などのジャズをこれでもかと言わんばかりの上手さで歌ってみせる。ザ・ピーナッツのジャズはまったくの天下一品だ。が、やはり最後の最後の幕閉めの曲としてはどうしても、大きな作りの愛の歌がなくてはならないだろうということになり、その打ち合わせの合間に宮川泰がささっと書き上げたものに、私もまたささっと詩をつけたというのが真相だ。しかし、出来上がった作品にそんな急ごしらえの痕跡は残っていないはずだ。

『愛のフィナーレ』

恋の終りは　涙じゃないの
それは思い出の　始まりなのよ
知っていました　別れは来ると
だからいいのよ　言い訳なんか
誰にも負けずに
あなたを愛した　私なの

今ではひたすら
あなたの幸せ　祈るだけ
恋は消えても　残る思い出
指でかぞえて　私は生きる

ザ・ピーナッツは見事なハーモニーでこの歌を歌ってくれた。歌を作っている人間にとっての最大の喜びは、その歌が想像以上の完成度で仕上がった時だ。確実に歌が創造された喜び。その歌が街に流れ、人の心を打ち、その響きがさらに広がっていく様が想像できる。なによりの証拠に、今このスタジオにいるミュージシャンもディレクターもその助手たちも、レコード会社、プロダクション関係者もみんながすでに幸福感にみちた表情をしているではないか。なにかスタジオと調整室に桃色の粉末が撒き散らされたようで、すべてがピンク色に見える。

これが歌作りの喜びであり、この、なにか全員で歓喜を生み出した感じは一種の祭りの盛り上がりに通じるものがある。古来、芸能は神社仏閣によって深く庇護されたが、その理由はきっと世の禍事を祓い清める祭りの歓喜にも似た芸能のあやかしの神秘への畏敬の念であろう。

終わったらすぐゴーストが言う。

「さっ、次へ行きましょう」

「えっ、どこへ？」

「ビクターレコードよ」

私を助手席に乗せると、ゴーストはカーステレオにカセットテープを入れた。オーボエと弦楽器の音が流れてきた。

「なに、これ？」

「『エメラルドの伝説』よ」

ゴーストは車をスタートさせた。

「それがどうしたの？」

「今日、今からレコーディングなのよ。スタジオで全員、詩が届くのを待ってるわ」

「今日なの？」

「だから、忙しいって言ったでしょう。今から築地（つきじ）のビクターに着くまでに仕上げてね。必ずよ。さもないとレイ君の名がすたるわ」

そうなのだ。グループサウンズのザ・テンプターズの依頼を受けた時、私は即座に『エメラルドの伝説』というタイトルを思いつき、それを新人作曲家の村井邦彦（むらいくにひこ）に告げたのだ。

「どんな内容なの？」

　と村井邦彦が質問したが、

「恋する乙女が湖に身を投げたら、湖はエメラルド色に変わったんだ」

「どうして？」

「乙女の瞳の色がみどり色だったからさ」

「それで？」

「愛する恋人を失った若者は湖のほとりで泣く。ま、そんなストーリーだよ」

「なんで死んだの？」

「恋のせつなさで死んだのさ。そんな細かいことはどうでもいいよ」

「どうでもいいかなあ」

「ねぇ、クニ、乙女が死ぬほどのせつなさを表現するのが音楽の力じゃないか。頑張ってよ」

　村井邦彦は不満げである。

「ねぇ、クニ、メロディって言葉はギリシャ語のメロス（曲）とオード（詩）が合体してできた言葉だってことは知ってるだろう？」

　慶應大学卒業のインテリは胸を張った。

「メロスは男性名詞で、オードは女性名詞だってこと知ってた？」

「うん。知ってる。それが？　……」

「歌を書くのは男女の恋、または性行為のようなものなんだ。お互いに不完全なもの同士が結ばれるから創造があるんだ。歌の詩は完璧であってはいけない。また歌の曲も完璧であってはいけない。とにかく両者が抱きあい、愛しあうことが大事なんだ。だから、いい曲書いてよ。オーボエかなんかを使ってフランスの室内楽風な曲をさ。そうすれば俺がぴったりな詩をつけるよ」

　なんてことを言ったのは私だった。

　そのレコーディングが今日の今からだという。

　カーステレオからは実に美しい曲が流れてくる。イメージぴったりだ。いい曲だ。

「そろそろできたでしょう」

　ゴーストは楽譜と鉛筆を投げてよこした。

　私は書きはじめた。

『エメラルドの伝説』

湖に君は身を投げた
花の雫が落ちるように
湖は色を変えたのさ
君の瞳のエメラルド

遠い日の君の幻を
追いかけてもむなしい
逢いたい　君に逢いたい
みどりの瞳に
ぼくは魅せられた
湖にぼくはひざまずき
みどりの水にくちづける

「できた！」

と私が叫んだと同時にビクターレコードの前に着いた。玄関口で、本城(ほんじょう)ディレクターが今や遅しとばかりに足踏みしながら待っていたが、私の顔を見るやほっと安堵(あんど)の息をもらした。スタジオにまたピンクの粉末が撒(ま)き散らされる光景が私の目には既に見えていた。

一年の月々に似た
十二人の娘たちのいる家に
ぼくはしばらく住んでいた——
レイモン・ラディゲの詩
「花たちの又は星たちの言葉」は
こんな書き出しである
それにならって私も書こう
虹をあやなすそれぞれの色に似た
七人の娘たちと
私はしばらく住んでいた
（嘘か真実か—人はなんとでも言え！）

娘たちは大学生で
一人の娘が友を連れてきて
その友がまた友を連れてくる
意にそまぬ娘は
いつしかいなくなり
居心地がいいとなれば
住みついた
そんなことが繰り返され
七人の娘たちが残った
娘たちは住みついた順に
名前をつけて互いに呼びあった
赤　橙（だいだい）　黄　緑　青　藍（あい）　紫
この島の憲法はただ一つ
「平和」
ほかに暗黙のルールがあった
常識　伝統　習慣　美徳　宗教　思想

プライドを持ち込まない
自己主張　独占欲　嫉妬　憎悪　意地悪
邪心のあるものは去れ
嘆くことも悲しむこともご法度（はっと）だった
優しい声と微笑（ほほえ）みと
幸福になることだけが目的だった
人を幸福にすれば自分もなれる
汝（なんじ）の欲するところを人になせ
自由と平等と仲良しが
私たちの黄金律だった
室内に気怠（けだる）く流れているのは
ドビュッシーの「牧神（ぼくしん）の午後への前奏曲」
午後の光の中で
薄物をまとった娘たちが
色の名前で互いに呼びあい
輪になって話をし笑い声をあげる

裸体をさらした娘と娘が
抱擁し接吻（せっぷん）に余念がない
それらの気配を背後に聞きながら
私は作詩に没頭している
あいつは女の背中の上で作詩していると
ある週刊誌の記事にあったが
あながち間違いでもなかった
虹色の島は
天上の雲の中にあるごとく
浮き世から遠く離れている
娘たちが妖精（ニンフ）なら
私はさながら牧神であった
牧神は葦笛（あしぶえ）を吹いて妖精を惑わす
牧神の奏でる「A」の音が
妖精たちを自由と奔放（ほんぽう）に酔わせる
現代ではコンサートの始まる前

オーボエ（元祖は葦笛）の鳴らす
このA（ラまたはイ）の音に合わせ
オーケストラを調律する
Aは調和と開放と法悦の象徴である
オーボエの音は「ペー」と聞こえる
「ペー」とはまさにフランス語の
「PAIX＝平和」ではないか
仕事を終えると
私は娘たちの輪の中に入っていく
それはみんな私のものである
と同時にみんなのものである
私もまたみんなのものである
やがて娘たちは
恍惚（こうこつ）と陶酔に疲れはて
若さと美しさを誇らしげに
午後の光にさらしてうたたねする

もし閃き（ひらめ）というものが
天から降りてくるものなら
天上に住んでしまえば
閃きをいともたやすく
手に取ることができるだろう
私はまどろみながらふと目覚めると
かたわらの娘の尻のふくらみに
詩を書きとめ　ふたたび
まどろみの夢に落ちていく
私は独り言をつぶやく
この虹色の島は
今やその名を失った遠き島より
流れきたった椰子（やし）の実が
ついにたどり着いた離れ島なのだ
爆撃と銃弾と逃避行
飢餓（きが）と疫病（えきびょう）と死の恐怖

人間の愚劣と残酷に押しひしがれ
うめき声をあげた幼年期から
貧乏と飢えと屈辱にまみれた
青春時代をくぐり抜けてきて
私がやっと探しあてた隠れ家だ
父を奪い私を翻弄(ほんろう)し
国を崩壊させあたりに災厄をばらまいた
戦争というものにたいする
私の甘美な復讐(ふくしゅう)なのだ
復讐という名の平和への讃美であった
この屈折した思いは
私一人のものではなかった
戦争を知っている人たちは
胸の中にみな抱えていた
笑顔を浮かべ街を闊歩(かっぽ)しながら
彼らも影ある讃歌を歌っていたのだ

羽田では佐藤首相の
南ベトナム訪問を阻止しようと
学生約二千五百人が集まり
警官たちと衝突し
学生一人が死んだという
そんな騒ぎを
雲の下に聞きながら
私は虹色の島の
七色の娘たちの丘の上で
孤独にしめやかに
哀調をおびたAの音を
葦笛で奏でていた
虹色の島は
詩人の閃きを呼ぶ隠れ家であり
道化師の楽屋であった
平和がはかないことは知っている

虹がつかのまであることも知っている
牧神よりもはるかにまだ若いが
戦争で殺されずにすんだ私が今
するべきことはただ一つ
ＰＡＩＸの音を鳴らしつづけること

マラルメ（一八四二—九八）の『牧神（半獣神）の午後』という詩を知ったのは高校一年生の時であった。その頃、私の心を鷲づかみにしていたのはボードレール（一八二一—六七）の詩集『悪の華』であったが、それにも劣らず私が心奪われたのはマラルメであった。マラルメはボードレールの影響をたっぷりと受けていたが、詩の完全性にたいするあくなき執着によって比類ない詩人となった。マラルメは一切の偶然性を排した。キリスト教的神の存在も否定し、完璧に自分の知性と感性とを統合した思索によって「美」を創造しようとした。それはほとんど不可能に近いことであったから、当然のようにマラルメには詩が書けない状態がつづいた。この魂の探求のような旅の行きついた先は救いのない「虚無」であったが、その旅の途中に書きのこしたものはまさに言葉による芸術の精髄ともいうべき「美」であった。「虚無」のさなかにあって極上の「美」を創造したマラルメは、詩人が書くということの根源的な意義を確信した。つまり創造とは復活にほかならない、復活のない詩もなければ、復活のない死もないと確信したのだった。そこでマラルメは自分が創造した「美」を神以上の神とし、宇宙の中心原理とした。

『牧神の午後』もむろんそういう極上の「美」をたたえた作品である。内容をざっと言うなら、ギリシャ神話の時代、牧神（ギリシャ神話のパン、ローマ神話のファウヌス。上半身は人間で下半身は山羊(やぎ)、頭に二本の角がある）は「あの妖精たちを不朽にしたい」（つまり歓喜という名の永遠なる一刹那(せつな)を与えたい）とふと考え、同性愛の果てに疲れて眠っている二人の妖精をさらって薔薇の木蔭にかくれる。「そこでの私たちのたわむれは、燃えつきた太陽にも等しい」と官能的なひとときを過ごす。「もつれからんだ毛の群を唇によってかき分け」「指一本でかき抱く」などと生々しい描写があるが、これらの言葉によってマラルメは詩人の情欲と創造への憧れをまさにこれ以上ないほどの完璧さで表現している。やがて午後となり、牧神はぐったりと疲れて眠りに落ちる。と言えばエロティックに聞こえるだろうが、この詩は崇高なまでにエロティックなのであり、一一〇行の全編これみな象徴詩の最高傑作である。ドビュッシーはこの詩に感動し、まるで一語一語をなぞるようにして「牧神の午後への前奏曲」を作曲した。

かくなる理由ゆえに、私の「虹色の島」にはこの曲が絶え間なく流れ、『牧神の午後』の詩句の一つ一つのイメージが重要な意味を持つことになる。しかし、この島の話をするのは少し先になるだろう。

シャンソンの訳詩家から歌謡曲の作詩家になりたての頃、私はこの詩に心つかまれて身動きできない状態にあったが、そんなマラルメが、最晩年には『骰子一擲』の中で「サイコロの一振りは決して偶然性を排さないだろう」と言い、偶然性にたいするまったく新しい試みに挑戦するようになる。それればかりか、俗謡とか小曲とか題して歌の文句のようなものを書くようにもなったことを知って、なにやらようやくといった感じで、作詩をすることに疑問を抱かなくなったものだった。

そして……私は『愛情』（園まり）、『愛する君に』（ザ・ゴールデン・カップス）、『愛のさざなみ』（島倉千代子）、『知りすぎたのね』（ロス・インディオス）、『ズッコケちゃん』（ザ・ドリフターズ）、『花の首飾り』（ザ・タイガース）といったヒット曲を世に送り出す売れっ子作詩家になり、「私は目もくらむほどの体験に身をゆだねたいのだ」とか「めまぐるしく踊り狂ったあとで、乙女の腕に抱かれたまま死を見出したものは仕合わせだ」などとメフィストフェレスに告白したファウストの願望と同じものを抱くようになり、またそれが可能なようにも思えてきていたのだった。

私を初めて銀座（ぎんざ）のクラブなるところへ連れて行ってくれたのは川内康範（かわうちこうはん）だった。それは昭和四十二（一九六七）年の春のことで、『知りたくないの』が夜の巷（ちまた）に流れ、『恋のハレルヤ』がジュークボックスのベストテンに入るほどにヒットしている頃だった。築地のビクターレコードの文芸部（当時は、そう呼ばれるレコード・ディレクターたちの特別の部屋が各レコード会社にあった。作詩家や作曲家はその部屋のソファに坐って団欒（だんらん）する。特に専属作家と呼ばれる人たちはふんぞり返っていたものだ）で声をかけられたのだった。

「よう。礼ちゃん、ちょっと来いや！」

康範先生は右手で私を手招きし、自分の横のソファをたたいた。

川内康範といえばテレビドラマ『月光仮面』の作者としてつとに有名で、作詩家としても『誰よりも君を愛す』『骨まで愛して』などのビッグヒットを飛ばし、一方で第二次世界大戦の戦没者の遺骨引揚げ運動や海外にいる日本人抑留者の帰還運動などを実行していて、愛国的言動によって、泣く子も黙る康範先生と世間から一目も二目も置かれる存在であった。

私はやや直立不動に似た姿勢をとり、大真面目な顔で近づいていった。

「君もだいぶ作詩家らしくなってきたな」

「はい。まあ、頑張っています」

と私が答えてまだ立っていると、康範先生と談笑していた磯部というビクターきっての大ディレクターが横から口を出した。

「なかにし礼ってのはなかなかいい字を書くんだよな。あれにみんな騙されちまうんだ」

そう言ってこの大ディレクター氏は自分の言葉に勝手にはじけて笑った。

なんていやな野郎だと私は腸が煮えくり返ったが、ひとまずはへらへらと愛想笑いをしていた。すると康範先生が、「磯辺ちゃん、濁点をつけちゃそりゃまずいよ。字と言わずに詩と言いなよ、詩と。今や売れっ子なんだからさ」

結構気色ばんだ顔で言ってくれた。

おおっ、この先生、いい先生じゃないかと私が康範先生に好印象を持っていると、

「売れっ子ったって俺からのオーダーが行かないうちはまだまだだな」

磯部大ディレクターは今度は怖い顔で私をにらんだ。

この野郎。私は内心唇を嚙みつつも、どこか余裕で、この大ディレクターにはなにも言わなかった。こういう意地悪を言わないではいられないほど、我々フリー作家が

売れてきていて、専属作家の時代が終わりつつあるということなのだから。

「礼ちゃん、今夜空いてるか？」

「ええ。まあ……」

「君は銀座のクラブには行ったことあるか？」

「まだありません」

「まあ、そうだろうな。ならば、俺が今日、連れて行ってやろう」

眼光鋭い顔を崩して悪戯(いたずら)っ子のように笑った。

「康範先生のご指導じゃ間違いないや」

磯部ディレクターはニヤニヤ笑って合いの手を入れたが、康範先生はそれには答えず、

「じゃ、今から出かけよう。俺はちょっと失礼してトイレに行ってくる」

時間は夕方の六時頃であり、遊びにでかけるには丁度よい頃合だった。

待つほどに、康範先生が現れたが、なにかが違う。どことなく颯爽(さっそう)としている。白カシミヤの背広に濃い茶のズボン、ネクタイなしのピンク色のシャツを着ていたが、先程までとはどことなく違う。

文芸部を出て、タクシーに乗ったらプーンとオーデコロンの匂いがしてきた。なる

ほど、先生はおめかしをしていたというわけか。と思いつつ横の先生の顔を見ると、先生は顔に薄く白粉をほどこしていた。

康範先生は一九二〇年生まれであるから御年四十七歳。頭も相当禿げあがっているし、大きな眼鏡もかけてはいるが、長身痩軀、知的な風貌、声もいい。しかも有名人である。それだけで十分、大抵の女性にたいしての説得力はあるはずなのだが、それでもなお薄化粧をして銀座に向かうというこのいじらしいとも可愛らしいとも言える精神に私はえらく感動した。

「礼ちゃん、君は俺が入念におめかししたことを怪しんでいるようだが……」

康範先生はまるで私の心を見透かすかのように言った。

「これは儀式なんだよ。日々の雑然とした時間から非日常の世界に行くものの当然たしなむべき盛装と言ってもいい。銀座のクラブはな、飲み屋じゃない。女をあさる場所でもない。そこは一種の劇場なんだ。ホステスたちは舞台の役者であり、遊びにいく男たちは観客であると同時にまた出演者、そして舞台装置、いや置き物かな。わかるかな？」

実はよくわからなかった。

「まずは、いい寿司屋を紹介しとこう」

と言って康範先生は、六本木交差点の角に建つ喫茶店アマンドの右の道を麻布の方向にちょっと下った左でタクシーを止めた。

福鮨という名前だった。

入るなり威勢のいい声が出迎えてくれる。

「おっ。康範先生。どうぞこちらへ」

カウンターはほぼ満席であったが、店の主人は自分が立っている場所の目の前にあたる一番左奥に私たちの席を作ってくれた。

板場で包丁をふるいながら大声で客の注文に応え、板前たちにめまぐるしく指示を出している角刈りの若い主人に向かって康範先生、

「ジョージ、なかにし礼だ。今売り出しの作詩家だ。そのうちイヤでもこいつの名前を聞くようになるよ」

「いやあ、もうご高名は存じ上げてますよ」

「本当かい？」

「本当ですよ。ホテル高輪のトロピカル・ラウンジへ行けば、菅原洋一の『知りたくないの』が大人気ですよ。その歌の作者の名前ぐらいは知ってますって」

「そいつは本物だ。ジョージもそんな洒落たところへ行くんだ」

「仕事が終わって行くところといったら、ナイトクラブしかないじゃないですか」

「そりゃあまあそうだ。礼ちゃん、ここの主人のジョージだ。日本で一番の義理堅い男だ。二人はきっと気が合うだろう」

ジョージは私に向かって笑った。私も笑った。これで二人は十分に意気投合した。

この寿司屋はなんてったって明るい。景気の良さが充満している。客たちの顔もみんな笑顔だ。そこに主人であるジョージの声がびんびんと響くのだが、それが一つの効果音のようになって店の雰囲気を盛り上げていく。

その上、寿司が美味(うま)い。なんてことを言う資格などまるでないほど、私は何事につけ経験が浅い。実を言うと、美味い寿司なんて食べたことがないと言ってもいいくらいだ。それがなんと、マグロのトロがシャリの上から垂れ下がるような形で出てくるんだからたまらない。口に入れた途端にとろけるようだ。ウニだってそうだ。軍艦とかいって握ったシャリに海苔(のり)を巻いてその上にウニをもったいぶって乗せるといった方式をここは取らない。一枚の海苔を大きなまま広げてシャリを少々、そこにウニをたっぷり乗せ海苔でたたむように巻く。ウニがこぼれないように下からオシメと称してもう一枚海苔を当てる。こんな食い方をしたことがないから、もう美味いのなんの参りましたである。イクラも同じ方式で食べる。この満足感は生まれてこのかた味わったことのないものだった。

「どうだい。礼ちゃん、売り出すってのもなかなかいいもんだろう。まあ、売り出したことのある奴にしか分からない快感というか人生の醍醐味だな。しばらくは俺が引き回してやるよ」

「ありがとうございます。なんか竜宮城に舞い込んだようで現実感が湧いてきませんね。ただきょろきょろするばかりで。弱ったな」

「なあに、俺だって最初はそうだったからよく分かる。そのうち竜宮城が自分の棲家みたいになるから不思議だよ。ははは」

福鮨を出てタクシーを拾い銀座に向かった。

車中でふたたび康範先生の講義はつづいた。

「まずな、チップ用の千円札を二十枚くらい左の内ポケットに入れておくんだ」

「はあ……？」

「銀座の通りを歩いているといろんなクラブの黒服たちが先生、先生って声をかけてくる。相手は丁寧なお辞儀までする。それにたいして空返事じゃ悪いじゃないか。だからこの千円札をさりげなく渡すんだ。さりげなくな。つまり銀座も、礼に始まり礼に終わるということだ。そして結局はそれが銀座における君の居心地の良さにつなが

「そうだ。ズボンのポケットから出すと、いかにも駄賃みたいだし、ヤクザっぽく見えるからやめといたほうがいい。で、大きい方の札は裸で右の内ポケットに入れておく。とにかく遊び場に一歩足を踏み入れたら財布なんていう俗気のあるものは見せないことだ」

銀座遊びも並大抵じゃないなと私は感心した。

「今日行くところはな、目下全盛を極めている『姫』の山口洋子(やまぐちようこ)ママに薫陶(くんとう)を受けたナンバーワンが去年の秋に始めた『順子(じゅんこ)』という小さなクラブなんだけどな、これが結構な人気を呼んで毎晩大変な盛況ぶりだ。礼ちゃんの新世界初体験第一日目には最もふさわしいと思うよ」

「なぜですか？」

「行けば分かるよ。ふふふっ」

あまり活況のある界隈(かいわい)とは思えない数寄屋(すきや)通りでタクシーを降りた。

アメ車のマスタングが路上駐車してある。

「あっ、康範先生、いらっしゃいませ！」

黒服が跳び出てきた。

「これママの車か？」

「ええ。最近買い替えまして」

「まあいいやな。銀座は夢を売るのが商売だからな」

黒服はあわてて階段を駆け降りる。

目の前の足下に『クラブ順子』と書いたガラス行灯(あんどん)風の看板がある。

「あの字は写真家の秋山庄太郎(あきやましょうたろう)が書いたんだ」

「うへっ。秋山庄太郎ね」

私は呆気(あっけ)にとられてその字を見た。これがまた上手い。

階段を真っ直ぐ降りて右にひと曲がりするともう店の入り口である。開けると中から煙草の煙がどっとあふれてくる。

「康範先生、お二人様です」

と黒服が報告を入れる。そこですかさず康範先生、かねて用意の千円札を黒服の手にさりげなく、いや実にさりげなく握らせる。黒服は、

「いつもどうもすみません」

と礼を言っているが、それには耳をかす風もなく、

「おお、ママはいるかい？」

と低くて響く声で言った。聞きつけて、

「あーら、康範先生、いらっしゃいませ」

跳び出してきたのは二十二、三に見える小柄な女。目のくりっとした丸顔にカールした髪。ひらひらの付いた白いフレアのミニスカート。カマトトというか乙女チックというか、人目を引かずにはいられないという性格らしい。

「順子、今日はなかにし礼を連れてきてやったぞ。ママ、知ってるか？」

「もちろん。存じ上げておりますよ。『知りたくないの』のなかにし礼先生でしょう？」

そう言ってママと呼ばれた女は私の目を直視したが、その時、女の目に星ができてキラリンと光ったとみえた。早くも魔法にかけられたのか、私はぶるっと身震いした。

「俺の言ってる意味が分かったか？」

「なんの意味ですか？」

「行けば分かるって言った意味だよ」

「ああ……」

私は上の空である。

「つまりな、目下売り出し中の若い男と女は波長が合うだろうってことさ。俺の予想通りだ。順子ママも礼ちゃんも、ラブ・アット・ファースト・サイト（一目惚れ）って奴さ」

と英語を使った。

銀座のクラブには暗黙のルールのようなものがあるらしく、あまりに客が多い時は譲り合うようにして先客が席を立つ。

「いやあ、すまんな」

康範先生は片手をあげて礼を言い、

「お先に失礼します」

席を空けてくれた客が頭を下げて帰っていく。

そうやって空いた一番奥の席に康範先生、その向かい側に私が坐った。

小さい店だ。十五坪ないんじゃないか。そこにソファを並べられるだけ並べ、客をぎゅうぎゅう押し込んでいる感じだ。みんな楽しそうに飲んでいる。

入って正面の壁には立派な額におさまった横長一メートル半の油絵がある。裸婦が横たわっているが、この妖艶さはまぎれもなくルイ・イカール（アール・デコ時代の画家）だ。たぶん本物だろう。左側の壁にかかっている絵の中では赤い服を着た痩せた女が太陽に向かって背伸びをしている。これはカシニョールだろう。

康範先生はこの店ではすっかり顔馴染みで、客席のあっちこっちに片手をあげ、満面の笑顔で挨拶している。私としてはきょろきょろするのもみっともないので、背後の風景については無視していた。

すると康範先生は、

「礼ちゃん、ちょっとこっち来て坐ってみろ」

と言って、私を自分の左側に坐らせた。

「な、見てみろよ。これが銀座だ。客もまた出演者であると言った意味が分かったな」

私は左から順に客席を見回した。カウンターで若いホステス相手に真剣な顔つきで話し込んでいる髭の男、あれは最近売れっ子の漫画家、黒鉄ヒロシじゃないか。その手前のソファでワイワイしゃべりまくっているカーリーヘアーは林家三平師匠だ。

「その前の席にいるのが紀伊國屋書店社長の田辺茂一さんだ」

康範先生が注釈を入れた。

白髪の田辺社長は蝶ネクタイをしめてはいるものの、ワイシャツが皺くちゃになるほど体勢を崩して飲んでいる。そのくつろいだ感じがなんとも素晴らしい。

私たちのすぐ隣の席には「赤い稲妻」と呼ばれる盗塁王、巨人軍の柴田勲選手がホステス相手に仲間たちと楽しくやっている。

「彼は銀座の盗塁王とも言われてるんだ」

と康範先生また注釈を入れた。そりゃそうだろう。野球選手のオーラというものは別格で、彼だけまるで聖者のごとく光り輝いている。しかも男前だ。銀座の盗塁王も当然であろう。

いや参ったな。そう思いつつ私は席に戻った。

私たちの席には結構な美人ホステスが三人つき、そのうちの一人が康範先生を気持ち良くさせるようなことを言って水割りを作ってくれていたが、女なんか目に入らなかった。

「銀座のクラブは一にママ、ではあるけれど、なんたって置物が大事だよ。客だな、分かるだろう？」

突然、三平師匠の大きな声が聞こえる。振り返ってみると、三平師匠は立ち上がり、胸ポケットから黒革の財布を取り出し、もっともらしく、

「この店の従業員は何人？」

と叫ぶ。チップでもくれるのかと思い、

「十五人でーす！」

ホステス全員が声を合わせたように答える。

「あっそう。ご苦労さん！」

師匠は財布を胸におさめ着席する。それだけ。

みな、一瞬ぽかんとし、その後、どっとはじけたように笑う。三平師匠一流のギャグだ。

なんとも贅沢な置物ではないか。

そんなざわめきをかき分けるようにして順子ママが私たちの席に来た。

「康範先生、ようこそいらっしゃいました。それに、なかにし先生をお連れくださって、ありがとうございます」

「なに先生？　こいつが先生なら俺は大先生だ」

「もちろん大先生ですよ。『正義の味方よ　善い人よ』ですもの」

とママは『月光仮面』のテーマソングを歌った。これで座が打ち解けた。

「いつもは着物なのに、今日は洋装だね」

「今日は土曜日でしょう。一週間の終わりはくつろいだほうがいいかと思って」

ミニスカートにおさまらない太腿をぴったりとつけてスツールに坐った。

「どうだいママ、これが売れっ子作詩家のなかにし礼だ。気に入ったかい?」

ママはすぐには答えず、再点検するようにじいっと私を見つめ、そしておもむろに言った。

「なにかこう、削りたての鉛筆のような方ですね。最近こういう男の方見たことないわ」

「削りたての鉛筆か。なかなかいい譬えだな」

と康範先生感心する。

私もなにか言わないといけないと思い、

「鉛筆にも色々あるからね。HBじゃなんとなく平凡であまり嬉しくない」

するとすかさず、

「もちろん、礼ちゃん先生は2Hですよ」

「ダブルエッチか。そりゃあ大当たりだ。わははははっ」

と康範先生。

「エッチなのは康範先生でしょう?　シャープな印象だって言いたいんですよ。礼ちゃん先生は」

「その礼ちゃん先生っていうの、なんか据わりが悪いね。礼ちゃんと先生のバランスが合わない」

とまたも私がからむように言うと、

「じゃ、礼先生……うーん、礼さま……えーと、そう、礼ちゃま。礼ちゃまがいいわ。まだお若いんですもの。坊ちゃまの感じでいきましょう。これで決まりよ。ねっ、礼ちゃま！」

この言葉の最後でママはにこっと笑い、パチリとウインクをした。また電流が走った。

「礼ちゃまはママの特別仕様として、私たちは礼先生とお呼びします」

と言ったのは、二十四、五、六のしっかりした感じのホステスで、これを潮に全員が順番に自己紹介をしたが、こっちは右から左に聞き流している。私の関心はママにしかなかった。

順子ママは『姫』に一年半ほど勤め、たちまちナンバーワンになり、康範先生によれば、有力な出資者の応援を得て、この店を立ち上げたようだ。まだわずか二十五歳。顔に似合わず大変なやり手というか事業家である。それがなんの不自然さも感じさせることなく、自由にのびのびと己の成功を楽しんでいるところが、客に好感を与え、店は連日の超満員がつづいている。

「どうしたい、二人とも話があまり弾んでないな。なんだい、もじもじしちゃって。まさか惚れ合っちまったんじゃないだろうな」

康範先生は私とママが楽しそうに話をしていないのが気になっているらしい。

席の横にいる順子ママは、じっと私を見つめつづけている。その視線に私はたじたじだ。

「康範先生、これは私の勝手な勘ですけど、私、礼ちゃまと恋に落ちると思うんです」

ママは真剣な表情で言う。

「恋？　そいつは穏やかでないな。軽い遊びでやめときなよ。それがお互いの身のためだよ」

「今までのは全部、軽い遊びだったかもしれないけど、今度ばかりは康範先生の『骨まで愛して』になりそうだわ」

「なんの話？　ひょっとしてぼくの話かな？」

とぼけたふりで割って入ると、

「そうだよ。順子ママが礼ちゃんにぞっこんだってさ」

「あっそう。それならママ、一度だけぼくとデートしてみない？」

「一度だけなんてイヤです！　なんどでも永遠につづかなくっちゃつまらないわ」

「そんなの無理だよ」

「無理かどうかはやってみなきゃ分からないわ」

「恋は終わるから恋なんだと思うよ」

「じゃ、試してみましょうよ」

ママは一歩も後に引かない。それを見ていて康範先生、いやはや見ていられないとばかりに立ち上がった。

「分かった。礼ちゃんのことはママにまかせた。好きなようにしてくれ。俺は先に帰るぞ」

「あっ康範先生、ぼくも帰ります」

立ち上がろうとすると、

「ダメ！　今夜は最後までいてください。そういう運命の日なんですから」

順子ママは私の腕をつかまえて離さない。あまりに話がうますぎる。これは罠かもしれない、と私はいぶかった。

罠なのかどうかは分からないが、こんなに話がうまくいくはずがないというのが私の本心だった。それは確かに私は売れっ子の作詩家かもしれないが、しょせんは歌書きの端くれであって、花形作家でもなければスター俳優でも歌手でもない。いわば裏方だ。しかも二十八歳の若造。それが目下、銀座の話題をさらっているクラブのママにこうすんなりモテるなんてことがあるはずがない。なにか変ではないか。そう考えるのが普通であろう。何日も通いつめているならともかく、今日初めて、しかも先輩に連れてこられて、まだ呼吸も整わない状況だというのに。

ママに引き止められるまま私は店に残った。

客の中の誰かに紹介されるでもなく、ただぽつんと店の奥の席で、時々ホステスと会話を交わしながら、水割りをちびちびやって過ごした。店内を見回してみると、これはもう安手の舞台装置である。江戸の芝居言葉で言えば書き割りだ。かかっている絵こそ本物であるが、あとは天井のシャンデリアも壁の大理石もすべてまがいものに違いない。しかも聞けば、トイレも含めて全体で十三・五坪しかないというではないか。こんなところのどこがいいのだろうと思うと同時に、こんなところだからこそいいのだろうとも思えてきた。化かされる楽しみというのもあるからなあ、とかなんとか考えているうちに時間が過ぎて、

「お待たせ！　礼ちゃま！」

と声をかけられてわれに返った。

気がつけば、もはや店内はがらがらである。置物たちはすっかり消えていて、ホステスたちは「ママ、お先に失礼します」と帰っていく。中には客と赤坂か六本木あたりで落ち合うのもいるだろう。が、しかし、とにかく芝居は終わったという感じだ。客の去ったあとの劇場はがらんどうで、照明の消えた舞台風景は書き割りそのもののいわば剝きだしだ。実に寒々としている。

時計の針は一時半。ママはと見れば、白のブラウスに白のミニスカート、白い靴。手には大きなバスケットをたずさえている。まるでこれからピクニックに出かける少女のようないでたちである。で、得意気に言う。

「このバスケットが一番便利なのよ。書類とか大事なものがみんな一まとめに入るから」

路上に停めてある白のマスタングの助手席に私を乗せ、自分は運転席でハンドルを握った。

「私たちも赤坂か六本木のどこかで飲み直しますか？」

エンジンをかけながら順子ママは念のためといった感じで訊いたが、

「いや、いい。今日はもう疲れた」

私は無愛想に答えた。

「そう。じゃ、まっすぐ帰りましょう」

ママは車をスタートさせた。

車は言葉どおりママの家にむかっているのだろう。私はなにも質問せず、助手席でやたらと煙草をふかしていた。車はお堀端の毎日新聞社の前を通り、九段下から靖国神社の前を右に曲がり、わが懐かしの母校九段高校前を過ぎて飯田橋から神楽坂へ。やがて市谷の住宅街とおぼしきところにある小造りなマンションの一階の駐車場におさまった。

そこから階段で四階まで上がった。エレベーターのないところは私のアパートと同じだった。そしてたどり着いた部屋の番号が４０２。

「あれ。俺んちと同じ番号だ」

思わずつぶやくと、順子ママは、

「あらいやだ。やっぱりそうなのよ。私が言った通りなのよ。私たちは運命の出逢いなのよ」

そう言いつつドアの鍵を開けた。

「礼ちゃま、お腹空いてます？」

「いいや、別に」

「じゃ、なにかお飲みになります？」

「なにもいらない」

「そう。お疲れだったら早めにお休みになってください。私はちょっと事務の残りを片付けちゃいますから」

と次の間に私を案内し、誰が着たものか分からないブルーの男物パジャマを手渡してよこした。着替えてみると私には少し大きかった。

部屋の角が両面窓になっていて、その窓沿いにセミダブルのベッドがある。これもまた花柄模様の乙女チックなものだ。しかし、かまわずそこに身を投げ出した。酒の酔いもあって私はベッドに吸い込まれるような眠気を覚えた。

せっかくモテたんだからいくべきところまでいかなくっちゃという心があるかと思うと、なにそう急ぐことでもあるまいという心もある。しかもなお、罠である可能性も捨てきれない。などと埒もないことを考えたりしているうちに、いつしか眠りに落ちてしまった。

夜中、いや明け方近く、私は目覚めた。

なにかに追われているような危機感が背後に迫ってきているように思えてならない。私の背中の下はベッドだが、なのに危険な気配が私の背中を突き上げる。いっそう強まってくる。いや、現実に音がする。

「順子、なにか音がするぜ」

と言って、私は耳を澄ました。

順子はすでに緊張の面持ちだ。

「誰かがドアを叩いているみたいだな。客ならほったらかしておこうよ」

「そうはいかないのよ」

「どうして？」

「相手は鍵を持っているのよ」

「ええっ」

罠とはこれだったのか。私はげんなりした。

誰かが、今にもドアを開けそうである。

順子はパジャマの上にガウンをはおるや、ささっと寝室のドアを開け、後ろ手で取っ手のボタンを押してドアを閉めた。鍵はかかった。

後ろ手でドアを閉めたあたり、利発で強気な女の実に的確で敏捷な反射神経だった。

隣室では男と女がなにか言い争っている気配であったが、私は聞かないようにし、とにかく用心のために服を着替えた。なんだかなあ、いやになっちゃうよ、これじゃあ、まったく出来損ないの色男じゃないか。

ややあって、話し声も静かになり、男は帰っていった。

寝室のドアに小さなノック音が響く。

私がドアを開ける。

「ごめんなさいね。びっくりさせちゃって」

順子はにっこり笑ったが、

「まあ、色々あっても仕方ないさ」

「白けちゃった？」

「そりゃあ、まあね」

「でも、帰らないで」

順子はドアをふさぐようにして言う。

「そうはいかないよ」

「そんなこと言わないで、もう少し休んでいってよ」

と順子は言ったが、ここで残ったら間抜けもいいところだろう。順子をかわして靴を履いた。

私は階段を駆け足で降りて外へ出た。

朝方の大通りに立ち、新宿方面からやってくるタクシーにむかって手をあげた。

私の新世界初体験の第一日目はかくなる顚末であった。

しかし私と順子ママの関係はこれで終わることなく、「疑似恋愛」なのか本当の恋なのか判然としないままつづいていった。

そして私はその年の日本レコード大賞作詩賞をもらった。

公衆電話から電話をかけた。

「俺、作詩賞もらったぜ」

と明るい声で言ったのが悪かったか、返ってきた声は実にそっけないものだった。

「あら、そう。良かったじゃない」

この時、私は順子ママはともにこの世に出ていこうとするものとして、私にたいして猛烈なライバル意識を持っていることに気づいた。

そうだ。みんな懸命に生きている若者なのだ。

と思うと、やたら弾んだ声で電話をかけた自分が恥ずかしくなった。そして私の恋心はどんどんしぼんでいき、逆に友人としてエールを送ってやらなくてはならないような気分になってきたのだった。

その後の私の銀座でのクラブ活動というものがどんなものだったか、いちいちエピソードを並べてもキリがないので、後年になって書いた歌でもって、その役割を果たさせたい。大体の雰囲気は伝わるであろう。

『銀座マイウェイ』　（杉田二郎歌、一九九〇年）

想いおこせば　三十年以上も
俺は一途（いちず）に　銀座を愛した
ネオンがざわめく　路地から路地へと
肩で風切る　いのちの幸せ
南まわりと　北まわりがあるけど
北の方から　今夜は飲もうか
まずは麻衣子（まいこ）　数寄屋橋
そしてラ・ドンナ　パルナシアン

羊屋(ひつじや)から　サードフロア
グレでしめて　亜梨(あり)の実(み)

グラスあげれば　友の顔がほころぶ
それを見るのが　無上の生き甲斐
知らない同士が　心をひらいて
語り微笑む　出逢いの歓び
酔えば酔うほど　夢が湧いてくるのさ
そうさ　銀座は　ロマンがいっぱい

今日も銀座　明日も銀座
銀座こそが　わが街
巴里(パリ)にいても　ロスにいても
ただ銀座が　恋しい

銀座ですごした　何万時間の

あの日あの時　すべてがうれしい
花も実もある　男伊達の舞台さ
俺の人生　銀座銀座　マイウェイ
俺の人生　銀座銀座　マイウェイ

あれ？「順子」の名前が出てこないではないか、と思う人もあるだろうが、昭和四十五（一九七〇）年に私は現在の妻となる女性と婚約し、それを機に「順子」にはぴたりと行かなくなっていたからだ。翌年、私は結婚したが、その年の春にクラブ「麻衣子」が開店していた。以来、私の銀座マイウェイの中心は「麻衣子」に移ったというわけだ。

私は毎晩のように銀座に通い、そこで多くの知己を得た。作家・作詩家の川内康範先生を筆頭に紀伊國屋書店社長田辺茂一、徳間書店社長徳間康快、落語家の林家三平師匠、立川談志師匠、東映映画役員渡辺亮徳、漫画家の黒鉄ヒロシ、谷岡ヤスジ、巨人軍選手柴田勲、作家の川口松太郎、黒岩重吾、梶山季之、川上宗薫、俳優の鶴田浩二、フランキー堺、渡哲也、藤田まこと、和田浩治、作詩家の藤田まさと、星野哲郎等々。

　つまり銀座のクラブというのは一種の劇場であるということだ。劇場であるなら、舞台装置は当然書き割りであって、本物である必要はない。その舞台をママがヒロインとして支配し、脇役陣としてのホステスや黒服たちがそれぞれの役をこなす。客は、康範先生の言う通り、観客であると同時に出演者となり置物になる。客が置物になるというところが、お座敷遊びとの大いなる違いである。お座敷遊びはプライベートが多少は保証されている。しかし銀座のクラブは会員制とはいえ完全オープンである。このオープンなところがどことなくヨーロッパのサロンを思わせる。銀座のクラブとは、花柳界のお茶屋が、戦後という時代、銀座という場所に合わせて、各部屋の襖を取っ払い、「サロンごっこしましょう！」と新装開店したものだと思えば納得がいきやすい。なんて言うと「あたしたちには芸があります」と芸者は口を尖らせるだろうが、銀座のホステスにだって芸はある。それは売り上げである。売り上げナンバーワンなんてのはやはり最上級の芸であろう。芸も売り上げも結局は人間力の勝負である点から見れば両者は渾然一体であり、それゆえにこそ、銀座で店を張って成功しているママは凄いのである。銀座のクラブは日本伝統芸の突然変異である。伝統的であるがゆえに、料金はお茶屋なみとまではいかないが相当に高い。遊びの美学（野暮はなし。男にとって人生の修行場であるとかなんとか）なんぞが今もなお厳然と守られているのもそのせいである。そのくせ洋風のサロンでありクラブであるから、レディーファーストが重んじられ、客にとっての厳しい掟がやたらと増えている。それを承知で通うのだからよっぽど楽しい修行場なのだろう。

しかるにこの劇場の演目は、江戸時代からの伝統にのっとって「疑似恋愛」である。そしてその愛の妙薬は酒であり、言葉（会話）である。まことによくできている。暗黙の約束は、恋も酒もほろ酔いがふさわしく、本当に惚れたり酔っぱらったりしたら絵にならない。そりゃあ男と女が毎晩顔を合わせ、話をするのだからたまには本物の恋に落ちるものもいるだろう。そうなったらそれはもう遊びではない。本物の恋愛は楽屋や実生活でやってほしいもので、舞台でやられたんじゃ煩わしくてたまらない。かといって、偽の恋を切り売りしている女をもてはやすほど男もバカではない。むろん中にはいるが……。男は紳士面を保ちつつそれとなく想いを匂わせるのだが、あまり紳士面を通しすぎると「ほんとにあなたっていい方ね、でもただそれだけね」（『銀座ブルース』鈴木道明作詞・作曲）で終わってしまう。「疑似恋愛」というのは、かなり芸が細かく深いのでとても一筋縄にはいかない。そこが年季のかかるところだ。男はバカを装って惚れたふりをし、その実、心底惚れているなんてこともあるのだが、初めから本気はタブーの世界だから、たとえ振られたとしても、へらへら笑っていれば済む、なんてところがまたいい。

演目が「疑似恋愛」だからといって、客は疑似恋愛をするために夜毎通ってくるのではない。そういうものが、まああるとしてもないかのように、ないとしてもあるかのように、いずれ素知らぬ顔をして、にこにこと円満顔で置物になる。置物同士が楽しげに会話をしている。会話には身が入らなくて、お気に入りのホステスに夢中というのも、なに客の演技と思えば可愛いものだし、また侮(あなど)れない。こういう理解の仕方がたぶん当たっているのだろうと愚考する。

この虚実皮膜を愛(め)でる心、この融通無碍(むげ)なる世界、こればっかりは実際的な女性諸氏の感覚から一番遠い世界であろうし、ましてや「男と女は一緒に寝るか寝ないか最初の十分間で分かる。その最初の十分間に続く時間はいわば税金のようなものであり、それは本当に楽しめる相手ならば払う価値があるが、まず十のうち九までは法外に高くつくものだ」(ジョン・ファウルズ『魔術師』)などと考える欧米人たちの知性や論理では理解不可能であろう。しかしだ、この虚実皮膜の中に、この融通無碍の中にいつしか人間的な「実」のようなものがまさに阿吽(あうん)の呼吸で互いに交感しあうことが稀(まれ)に、極めて稀にある。それに遭遇した時の歓(よろこ)びこそがすなわち遊びの極致なのだろう。

阿呆陀羅経をならべている場合ではない。そうそう、日本レコード大賞の話だ。

昭和四十三年の大賞は『天使の誘惑』（黛ジュン歌、鈴木邦彦作曲）が獲得した。

前年、作詩賞をもらったときの記者会見で、

「来年の目標は？」と質問され、

「レコード大賞です」と答えて顰蹙を買ったことを憶えている。よほど生意気にみえたのだろう。しかし射止めてみせたではないか。

その情報を黛ジュンのマネージャーの荒木さんがいの一番、私に小声で知らせてくれた。それを、舞台袖の暗がりの中で、そっと黛ジュンに告げた。ジュンは私の腕の中で声を殺して泣き、嬉し涙をぽろぽろと流した。

日比谷有楽座前の三信ビルにある渡辺プロダクションへ行くと、安井かずみがいた。打ち合わせが終わったらしく、今しもソファから立ち上がるところだった。

音楽出版担当の中島が私に気がつき、

「ああ、礼さん、安井かずみさんにお会いするの初めてですか？」

にこにこと微笑みながら訊く。

「もちろん。初めてだよ」

私は少し緊張した。

安井かずみといえば、昭和四十年に『おしゃべりな真珠』（伊東ゆかり）で日本レコード大賞作詞賞を受賞している。年齢は私と同じくらいだが、プロの作詞家としては二年先輩である。『何も云わないで』（園まり）、『恋のしずく』（伊東ゆかり）など研ぎすまされた感覚の詩を書いてヒットを飛ばし、作詞家としても有名であるが時代の先端を行く新しい女としても世に認められている。モンパルナスのキキ風にカットした髪がトレードマークであり、身体はスレンダー。いつもブルージーンズと絵柄もののTシャツを着ている。自由を謳歌していることの宣言であろう。

「こちらが安井かずみさんです。で、こちらがなかにし礼さんです。お二人をお引き合わせする役を担うとは光栄ですね」

中島は硬い表情で双方を紹介したかと思うと、いつもの笑顔に返った。

「ズズと呼んでくださいな。私、あなたのお書きになる歌が大好きなの。『夜と朝のあいだに』なんて凄いわよ。『天使の歌を聞いている死人のように』なんて誰も書いたことのないフレーズだわ」

心底感心したかのように顔をやや外国人風に振る。大きな目が濡れている。

噂には聞いていたけど、こんなに素敵な女だとは。

「ぼくのこともレイでいいですよ。ぼくもあなたの大ファンです。『じっと優しくあなたの目が　何か云(い)いたそうに　私を見てるの　それだけでとても嬉しい』なんてもう泣けちゃうな」

私は嘘でない証拠に『何も云わないで』の一節をくちずさんでみせた。

お互いに相手を褒めあったが、私はむろん正直な感想であったし、安井かずみもたぶんそうであったろう。

「ねぇ、中島さん、打ち合わせどのくらいで終わるの？　レイさんと少しお話がしたいわ。私、待ってるから早く終わらせて。ね、レイさん、いいでしょう？」

いいも悪いもない。女王さまのご命令である。中島はいやな顔一つ見せず、

「はい、分かりました。すぐ終わらせます」

そう言うなり、私を見て了解を求めた。

私に否やのあろうはずがない。

安井かずみを待たせたまま、私と中島は会議室へ向かった。中では作曲の鈴木邦彦、東芝レコードの草野(くさの)ディレクター、奥村(おくむら)チヨ担当マネージャー井沢(いざわ)の三人が談笑していた。つい先頃発売した『恋の奴隷』がヒット街道を快進撃しているので、みな機嫌がいいのだ。

会議のテーマは次回作をどうするかであったが、歌唱法は『恋の奴隷』の時に採用した日本の小唄端唄のあの鼻にかかった歌い方をちょっとオーバーにしたやり方で行くことに変わりはなかった。女性を奴隷扱いするとは女性蔑視もはなはだしいと言って、ピンクヘルメットの女性軍団からの抗議があったが、それは無視した。こちらにはそんなつもりはさらさらなかったからである。誰言うともなく、この際「恋シリーズ」で行くのが面白いのではないか、ということになった。それなら話は簡単とばかりに私はその場で考えをめぐらし、『恋泥棒』『恋狂い』なんてどう？　と言った。全員賛成し、まず次回作は『恋泥棒』で行こうと決まったところで会議は終わった。瞬く間だった。

会議室を出ると、かずみはソファで雑誌をぺらぺらめくっていた。

「お待たせ」

「いいのよ。今日はなにもないから。レイは？」

「ぼくもなにもないよ」

本当に暇なわけではなかった。が、ここで現実を持ち出したらすべてがおじゃんだ。かずみだってたぶんそうに違いない。

「じゃ、つきあって」

「いいよ」

三信ビルの地下駐車場に降りていくと、ひときわ目立つオレンジ色のスポーツカーがあった。それがかずみの車だ。

「可愛いでしょ?」

「なんていう車?」

「六二年のロータス・エラン。ややクラシックカーだわね。私は前からこれに乗りたかったの。レイさん、運転してみる?」

「いや。ぼくは運転できない」

「あらそう」

ちょっと鼻を上に向けて意外そうな顔をした。涼しげな風が流れた。

かずみはドアを開け、運転席に坐る。

「この車はライトが付いていないみたいでしょう。でも点灯するとポカーンと出てくるのよね」

と、まだ外にいる私に言った。

スイッチを入れると、左右二つのライトがまるで目を開けるかのようにパチリと現れ、光を放った。

「洒落てるね」

私は自分がまるで田舎者のような感覚に陥った。安井かずみと私はまったく別の世界で育ったもの同士が、ばったりと、いや会うべくしてか、都会の真ん中で遭遇したといっていい。かずみのすべてが私にとって珍しく、新鮮だった。

「どうぞ。お乗りになって」

かずみは腕を伸ばして右のドアを開けた。

私は座席に坐り、きょろきょろと中を眺めまわした。全体がウッディで、座席の茶色の革もその経てきた年輪を表すようにピカピカ光っている。さすがクラシックカーだ。二人乗りのスポーツタイプであるが、断然風格がある。

「レイ。どこか行こうと思ったんだけど、窓を開けっぱなしで出てきちゃったことを思い出したの。ルルがきっとどこかへ行っちゃってると思うんだ。心配だから、いったん家に帰ってもいいかしら」

「なんなりとご随意に」

ルルとはたぶん猫のことだろうと思いながら私は無抵抗態勢に入った。

ロータス・エランが動きだした。安井かずみの運転はなめらかだ。

地下から外へ出ると、まだ午後の光が燦々（さんさん）と降りそそいでいた。お堀端を右回りに走っていると皇居の新緑が鮮やかだ。道行く人の装いは夏模様である。

かずみは独り言のようにつぶやく。

「ロータスって蓮の花のことでしょう」

「ああ、ブッダが坐っている花ね」

「泥水の中に美しい花を咲かせるから神秘的なんでしょうね。ギリシャ神話ではロータスの実を食べるとこの世の苦悩を忘れるって言うわ。だからズズもね、この車を運転している時は現世の苦悩を忘れるの」

現世の苦悩なんてまるでないような顔をしてかずみは運転を楽しんでいる。

ロータスは水道橋に近いところに建つ大きなマンションの進入路に入った。

ああ、これが名にしおう川口アパートかと私は思った。上の方にそう書いてあったからだ。そのマンションは『鶴八鶴次郎』で直木賞をとった作家川口松太郎が建て、息子の俳優川口浩が経営しているもので、住人のほとんどが著名人であることでも知られている。さすがは安井かずみである。

マンション前の広い駐車場に車を停めると、かずみは車のキィをリズミカルに手でもてあそびながら、ジーンズにハイヒールを履いた脚でどことなく浮き浮きとした感じで先を歩いた。

かずみの部屋は一階の奥の方らしい。廊下だけでも人間が住むにしては十分に広くて立派だ。やや暗い。その廊下の突き当たりの重そうなドアに鍵を入れ、

「どうぞ。お入りになって」

と、かずみはドアを開けた。

かずみは靴のまま、ずんずん中へ入っていく。私は恐る恐るあとについていく。なにからなにまで垢抜けていた。玄関の次の間はがらんどうの広い部屋だ。一方は窓、三方は白い壁だが、一つの壁だけ真ん中部分の三分の一が黒くなっていて、その黒い壁を背にして貝の形をした一人掛けの安楽椅子が二脚離して置いてある。色はピンクと真っ黄色だ。このショッキングな色が黒い壁に映えて鮮やかなこと、こんなに個性的な住まいというものを見たことがなかった。なにかセンスがまったく違うのだ。

その部屋の奥がサロンで右に屈折したところがキッチンになっていて、一人暮らしには不似合いなほど大きな黒い食卓テーブルと椅子がある。全体に暗いトーンだ。日本的風合いは一切感じられない。サロンの壁の一面は床から天井まで本棚であり、そこに本やLPレコードが収まっていた。

「やっぱり、窓開けっぱなしだったわ」

サロンの窓というより大きなガラス戸は開けられたままになっていて、不用心この

上ない。その向こうはコンクリートのベランダだ。

「ルル……ルル……」

かずみは外に向かい普通の声で呼びかけた。

「どこか行っちゃたんだわ。私心配だから捜してくるわ。ね、レイ、悪いけど、水割りでもなんでもお好きなものを飲んで待っててくださる？　すぐもどってくるわ」

かずみは私と会った時の身なりのままベランダから外へ出ていった。

夕方というにはまだ早いが日の光は幾分弱まっていた。

私はサロンの白い布張りのソファにゆったりと坐った。坐り心地もまた最高である。

ところが、かずみはなかなか帰ってこない。

そろそろ日も陰りそうだ。

私はオールドパーの水割りをちびちびとやっていた。

部屋の中を少し歩いてみた。黒い食卓の上には罫線（けいせん）のない原稿用紙と十二色の鉛筆が散らばっている。

ははーん、安井かずみは食卓テーブルの上で色鉛筆で詩を書くのか。なるほどな、そうだったのか。納得がいくようないかないような不思議な気分にとらわれた。

それでも帰ってこない。時計を見ると、すでに二時間は経っている。

愛玩する猫の行方を心配して捜しにいく心理はよく分かる。また私も一緒に捜してくれと言われたらそうしたであろう。が、しかし客を、いや客ではなく、今日つり上げた獲物かもしれないが、それでもこうして平然と待たせておく感覚がよく分からない。でも不思議と腹が立たない。その理由には、出会ったその日に家に連れてくるその大胆さというか、この世のことは一切関係なしといった行動に魅せられてしまったことがある。むろん、やや邪な期待が当然ないことはないが、俺だってこれぐらいのことで動揺する人間ではないというところを見せたい見栄もある。しかし本音のところ、最大の興味はあれほどの鋭い感覚の作詩をする女性の核心のようなものに触れたいという欲求がなによりも増して強くある。それがなくては自分がここに来た意味がないような……。

こうなったら流れに船を任せようと心に決め、本棚のレコードを漁った。シャンソンやフランス物が多い。

私は自分が大好きなレオ・フェレのLPを見つけたので、それをターンテーブルの上に置いて針を乗せた。

レオ・フェレの特徴ある震えるような声が聞こえてきた。ボードレール『悪の華』

の詩に、彼自身が作曲し歌っている。

わが愛しの人　恋人よ
かしこにともに行き　ともに暮らし
心ゆくまで愛し
愛して死ぬ
その幸せを　想いみよ

『旅への誘い』だ。この歌にふさわしく窓の外には黄昏の気配が迫ってきている。

ソファに寝そべってうっとりとしていると、

「あら、いい歌聴いてるわね。私もレオ・フェレって好きだわ」

ベランダではなく玄関から戻ってきたらしい。

「ルルは見つかった？」

「それがまだなのよ……」

心配そうな顔色は変わらない。

ところが、ベランダの方を見るや、

「いたあ！」

と指をさした。

見ると、ベランダの隣の家との仕切り壁の先端に一匹の猫がうずくまっていた。もう日は陰りつつあり色までは分からない。

かずみは猫に駆け寄り、高さ一・五メートルほどの仕切り壁の上から猫を抱きあげ、頰ずりしながら部屋に入ってきた。

「本当にあなたったら。どこへ行ってたの？　あまり心配かけないでね。分かった？　ルル」

ルルはかずみの腕から身軽に床に降りると、ゆっくりと歩いてソファの端に身を落ち着けた。

かずみが部屋の灯をつけた。

なんという美しい猫だろう。毛並みはブルーグレイ、瞳は青く輝いている。

「きれいな猫だね」

「ロシアンブルーっていうの。この猫も前から欲しかったの」

安井かずみは今、若き日に欲しかったものをすべて手に入れている。わがままとも違う。放縦とも違う。自分の芯（しん）だけはしっかりとつかんでおきながら、あとは自然にまかせるという。なんとも言えないおおらかさがかずみのまわりには漂っている。羨ましいかぎりだ。

「私にも同じもの作ってくださる？」

と言い残して自分の部屋へ消えた。

私はオールドパーの水割りを作った。

戻ってきた時は、まるでゴーストの着る貫頭衣のようなパジャマを着ていた。色は濃い藍色、長袖で裾は足下までかくしている。そして胸には白い筆字でＹｅｓ！と書いてあった。

なるほど、これが安井かずみの哲学なのか。この世のあるがままを肯定すること。自分のあるがままをも肯定すること。そして他人をも肯定すること。この哲学がオーラとなってかずみの身辺から放射されているのだ。

「ああ、これでやっと、大好きな人とラブシーンができるわ」

かずみは私の隣に坐り、身を寄せてきた。

「お待ちかね。お互いにね。うふふっ」

水割りのグラスを合わせて乾杯をした。

飲んだのはほんの少し、二人は待ちかねたように唇を重ねた。

二人のくちづけはいつまでもいつまでもつづいた。まったくキリがなかった。

いつしか空は夕焼けになり、そしてその燃えるような赤が次第に紫色になり、今しもかの詩人が『旅への誘い』の中で言うところの、

陽は傾き
野や運河、街のすべてを夢に誘（いざな）う
ヒヤシンス・ゴールドの熱き光は
すべてのものをその中に眠らせる

そのヒヤシンス・ゴールド色に私たちまでが染まろうとする時、レコードが終わった。どちらもそれを止めようとしない。

レコードはジーコジーコと繰り返している。

私はズズを抱きあげた。

「ズズの部屋はどっち？」

ズズは人差し指を一度口にくわえ、濡れた指で本棚の横のドアをさした。

私とかずみが気怠（けだる）いまどろみから目覚めた時、日はとっぷりと暮れていた。

「お腹空いたわね」

かずみの第一声だった。

抱擁の名残を匂わせるような言葉を心のどこかで期待していた私は、あまりに現実的な音がかずみの口からこぼれ出たのに驚いた。と、同時に私にも愛の余韻のある甘い言葉を言わなければならない義務もなくなった。

「うん。そうだね」

そう答えながら、ああ、この気楽さがまたズズ流なんだな。つまり男にいちいち責任を感じさせない。なにごともなかったような感じに流していく。これはまた相当に高級な技だ。私は感心した。

「あっ、そうだ。ルルにご飯あげなくっちゃ」

かずみはキッチンに消えた。一声泣いて後をつけていくルルのその歩き方の優雅なこと、ピンと伸ばした尻尾の美しいこと、文句なしだ。

二人は着替えた。私は昼間のままの紺のスーツの下に柔らかいシャツ。かずみはジーンズにピンクのTシャツ、その上に黒のジャケットをはおった。

「あれ、車は？　運転しないの？」

「夜はしないの。お酒飲んで事故起こしたから」

電話でタクシーを呼んだ。

「あら、レコードがまだ動いているわ。なんかプレイヤーに悪いことしちゃったわね」

かずみは詫びながらターンテーブルを止めて、針をはずした。ここで初めて、さっきまで二人が愛しあっていたことを思い出したのか、

「レイ、好きよ。レイもズズを離さないでね」

私の首に腕をまわし、どことなくお義理めいたキスをした。

タクシーを降りたところは飯倉片町交差点の少しロシア大使館よりのところだった。

表通りと横町の角にあるさして大きくもない店の壁から突き出た看板にはＣｈｉａｎｔｉと書いてあった。一階はブティックになっていて、ちらりと中をのぞくと、私が作詩した『花の首飾り』を歌って大ヒットを飛ばしたトッポ（加橋かつみ）が洋服の仮縫いをやっているところだった。軽く笑顔の挨拶をして私たちは地下への階段を降りた。

地階がレストランだった。

「二階にもあるのよ。でも私は地下が好き。特にこの暗いほうが」

と言ってかずみは階段を降りて右のほうに進んだが、ふりむけば左側にも赤白チェックのクロスにカバーされたテーブルが並んでいて、作曲家の黛敏郎が一人で本をのぞきながらスパゲティを食べていた。小さい店だがなにかしら選ばれたような風格があり、ボーイたちも慇懃この上なく、一見の客には入りにくい雰囲気がただよっていた。

「こちらヒットメーカーのなかにし礼さん。ズズのお友達だから失礼のないようにね」

かずみはぴしりと言って席に坐った。

私はあたりを見回した。そうしないではいられない内装だった。私たちの席の横はタイルばりの坪庭、あちら風に言うならパティオになっていて、そこのライティングがこの部屋全体を照らしている。各テーブルの上にはライトがあるのだが、どれもが赤や青、黄色い布のスカートを穿いている。それがまた店全体のムードを現実ばなれさせている。古めかしいワインの樽が飾られていたりして、言うなれば、イタリアのどこかの街でふと立ち寄った小さなレストランといった風情だ。

「ここではまず品数の多いオードブルから好きなものを選んで楽しむこと。次は蟹のスープね。そしてなんといってもここの名物はバジリコのスパゲティよ。メインはそうね、骨付きラムを焼いてもらいましょうか。ワインはキャンティクラシコでいいでしょう？」

いいも悪いもない。こっちはなにも知らないのだから。

私の青春時代は砂を嚙むような思い出しかない。シャンソン喫茶ジローのボーイをやるようになってからも、三度の食事を満足にとったことはない。満腹というものを知ったのはシャンソンの訳詩を始めてからだ。そして、やや売れてきて、「ぜいたく言わなきゃ食えるじゃないか」とフランク永井が歌った『13、800円』（昭和三十二年）という歌の記憶がまだ残っている頃に、ひと月七万円くらい稼ぐようになり、女の子とデイトした時などは「資生堂パーラー」三階の窓際に坐って「銀巴里」の緑の看板をながめながら食事するのが精いっぱいであった。その頃から私はせっせと貯金した。二度も除籍処分になった大学に進学し卒業するためだった。そして晴れて卒業し、作詩家となりヒットメーカーと呼ばれ大金を手にするようにはなったけれど、TBS会館地下の「ざくろ」のしゃぶしゃぶが最高に美味いものであり、乃木坂を上がったところにある「ニューハマ」のステーキが極上の贅沢だった。

「じゃ、乾杯。今日の二人のめぐり逢いに！」

「憧れの人に！」

ワイングラスを軽く捧げて微笑みあった。

さて、ナイフとフォークを持ってみたが、なんて言ったらいいのだろう。ここのイタリア料理の味は。美味しいというだけの話ではない。なにか日本という国から脱出したような解放感とともにその美味がある。ましてや食事をする相手が安井かずみであり、会話は世界中の文化や芸術やファッションに飛ぶ。しかも彼女はその現地へ行っている。食事をするということはどういうことなのか、私はかずみに一から教えられているような敬虔な思いになった。

「ここの三階にキャンティシモっていうサロンがあるの。ちょっと寄ってみましょうか」

私たちは階段を上がって三階のサロンのドアを開けた。中は煙草の煙が靄のようにかかっていた。十坪程度の広さの中にゆったりとしたソファがボックス状に並べられていて、みな酒を飲み談笑している。どの顔も知っている顔だ。左の一番奥にいるのは俳優の岡田眞澄。その手前にいるのは歌手の小川知子だ。いしだあゆみもいる。ザ・タイガースのジュリー（沢田研二）がいる。現代絵画の今井俊満がいる。なんだか入っていくのが怖いようなところだ。幸か不幸か立錐の余地もないくらいの満席である。かずみは知り合いの誰彼に「また今度」と軽く手を振り、私たちは外へ出た。

「なんだい、あのサロンは？　凄いね」

「うーん、そうね。自立していて、自由で、平等で、芸術家やアーティスト、または文化芸術に理解のある人なんかの集まる場所ってとこね」

私は日本のど真ん中にこのような自由の気風に満ちた場所のあることに感動した。

「こないだ亡くなったサチオ（レーサーの福澤幸雄(ふくざわさちお)）もあそこを愛していたわ」

俺もいつかはあのサロンのソファに坐るのだろうか。胸うずく思いだったが、ふとすぐに、あんなところでたむろしていて一体なにが面白いのだろうという疑問も湧いてきた。キャンティ文化というものがもしあるとしたら、その文化には不思議と文士と呼ばれる有名作家とか財界人、政治家とか官僚など古い価値観に安住する人々はそぐわない。あの雰囲気が心地いい人種はきっと新しい価値観を背負って世に出てきた人たち、もっとも先端をいっていると自他ともに許す人たち、自由気ままを愛する創造的な仕事にかかわる人たちであろう。ポップス系統の芸能人は入るが、演歌はちょっと違う。今日初めてのぞいてみた世界であるが、私には今一つピンと来なかった。あまりにファッショナブルだ。どことなくはしゃいでいる。選ばれた者たちの理想郷かもしれないが、私があの場所で楽しく談笑している図はどうにも像がうまく結べない。私は、銀座のクラブというサロンのほうが好きだった。古い伝統と現代のモダンが混在したような世界。無駄に金を使い、無駄な時間を過ごす。色気があるのかないのか分からないが、疑似恋愛という芝居が毎晩演じられている場所。オペレッタ『メリー・ウィドウ』の冒頭で「マキシム・ドゥ・パリ」の常連ダニロ伯爵が「ロロ、ドド、ジュジュ……」と女の子の名前を歌いながら登場するが、それと似たようなもので、私もまたなんとはなしに女の子の名前と顔を頭に浮かべて銀座へと毎夜出没することを好むであろう。そう、私の中にも古い価値観と新しい価値観が混在している。そしてどちらも重要なのだ。

次に、かずみが私を連れていってくれたところは目下めきめきと頭角を現してきたファッションデザイナーのコシノジュンコのブティック「COLETTE」だった。それは246通りからちょっと南青山よりに入った右側にあった。

コシノジュンコの第一印象は笑顔だった。この人もモンパルナスのキキそっくりな髪形をしていたが、いつでも笑っている。この笑顔であたりのものを一瞬にして一つの輪の中に包み込んでしまう。不思議な能力のある人だった。年の頃はやはり私と同じくらいだろう。背は私より低い。しかし身のこなしはエネルギッシュだ。

かずみが私のことを紹介すると、

「あら、いい仲間ができたわね」

と言って笑った。

そこに「よっ」と言ってかまやつひろしが登場した。座は一段と和(なご)やかになった。

「ムッシュ。こちらなかにし……」

かずみが私を紹介しようとすると、

「知ってる、知ってる」

とかまやつは答え、私の手を握って、

「礼ちゃん、久しぶり」

この男もまたいつもにこにこと笑っている。

昨年、私はザ・スパイダースに『ガラスの聖女』という歌を書いているからムッシュとはすでに顔なじみだ。

どうも見たところ、私以外の三人はすでに相当な仲良しのようだ。だが、Ｙｅｓ！の精神にみちた彼らはたちどころに私をその仲間にしてくれた。

「ねぇ、礼ちゃん、ムゲン行ったことある？」

「ムゲン？　聞いたことあるけど行ったことない」

「じゃ、今から行こうよ。ねぇ、ズズ、ジュンコ、そうしない？」

たちまち意見は一致して、私たちはタクシーで赤坂に向かった。

赤坂見附(あかさかみつけ)のすぐ裏道で車を降りると、目の前が目的地であり、さして大きくない化け物屋敷めいた入り口には「ＭＵＧＥＮ」と書いてある。入ると服装チェックや顔チェックがあるのだが、私以外の三人は常連だからフリーパスだ。

通路を歩いているだけで、頭がおかしくなりそうだ。壁には世に言うサイケデリックな不定形の流れるような絵が色鮮やかに描かれていて、音楽が大地も割れんばかりに響いてくる。

三人はと見れば、もう大にこにこの上機嫌で、そのままどこかへ飛んでいってしまいそうな身のこなしで歩いている。

ホールは学校の教室くらいの大きさだが、すでに人であふれ返っている。ステージでは黒人バンドが本場のリズム・アンド・ブルースを歌い演奏している。その奥のホリゾントには原色を不規則に混ぜ合わせたサイケデリックな絵が油を流したようにうごめいている。

テーブルに坐ったのも束(つか)の間、私以外の三人はそそくさとホールに出て、もう気分は最高潮とばかりに踊っている。かずみもかまやつもジュンコも上手い。場慣れしているというより、このホール全体のムードを、たった今登場したばかりなのに、ぐいぐいと引っ張っていくような迫力があった。とてもついていけないな……私は水くさいジントニックを舐めながらホールを見回す。

するとなんと、あの花形作家の三島由紀夫が胸の筋肉を強調するようなぴったりとした黒のTシャツを着て楽しくてたまらなそうにモンキーダンスを踊っている。大口開けて今にも呵呵大笑しそうだ。

かずみが私のところへ来て、

「レイも踊りましょうよ」

と手を引いてくれたが、

「見ているだけで十分に楽しいからいいよ」

「そう。じゃ、見てて！」

かずみはホールに戻ったが、いつの間にか、加賀まりこが交じり、伊東ゆかりが加わっている。見回せば、指揮者の小澤征爾がいるし、大作家の川端康成が着物姿で踊っている。二年前に戸川昌子の経営する「青い部屋」というサロンでなんどか見かけたことがあるが、こんなところにまで出没しているとは、なんとその好奇心の強いこと。

バンドが演奏しているステージの上でも大勢の男や女が踊っている。よく見ると、あの白髪の老人は紀伊國屋書店社長の田辺茂一ではないか。あの蝶ネクタイの老人は銀座ばかりではなく、ムゲンにまで来て踊り狂っているのか。さすが遊びの達人となると違うものだ。踊りといってもでたらめもでたらめ、ただ両手両足をぐにゃぐにゃと振り回しているだけだが、その姿が周囲に自由と奔放と勝手気ままと何だって構わないという超法規的雰囲気を醸しだしている。ああなれたらいいのにな……私は呆然として見とれていた。ここにいて正常でいることは愚か者のすることであった。私はその愚か者だ。

午前十二時頃、ムゲンは最高潮を迎えていたが、私が一向に踊ろうとしないせいだろう、

「レイさんが退屈しているようだから、帰りましょう」

とかずみが言い、みんなで店を出た。

「つまらなかったの？」

「いいや。とても面白かった」

「それは観察者としての感想でしょう？」

「ムゲンで踊りもしないで面白いわけないわ」

「そうだね。礼ちゃんもたまにはバカにならなくっちゃ」

かまやつもそう言った。

　こんな経験はなんどもしてきたと私は思った。満洲から引揚げてきた当初から、日本という国に馴染めなくてその疎外感に悩まされた。青森に住むようになってからも他所者意識に苛まれ、ねぶた祭というあの美しい祭りに参加できない淋しさに身悶えした。学校にいても、歌謡界に入ってからも、その中心点に飛び込んでいくことは自らに禁じていたし、まわりもそれで可としているように感じてきた。そしてそれが習性となっていた。そういうことなのだが、ここでそれを言っても始まらない。

　青山のジュンコのブティックで飲み直した。

　話は音楽から美術、文学へと縦横無尽に飛んだ。

「最近読んだ本ではヘミングウェイの『殺人者（The Killers）』というのが面白かったわ」

　とジュンコが言った。

「どこが？」とかずみ。

「殺し屋に狙われていると分かっていながら、その男は逃げようともせず、じっと自室のベッドに横になっているのよ。その心理が分からなくて面白いのよ」

「あのアンダースンっていう男はじっと壁をにらんで横になっているじゃない？　あれはきっと自分自身と対面し対話しているんだよ」

と私は利いた風なことを言った。

「だって殺し屋がすぐ来るのよ。逃げなくちゃ」

「達磨大師の面壁九年のようなもので、アンダースンは生死を超えた悟りの境地に入っていたんじゃないかな」

「あっ、それ気に入ったわ。ね、みんな聞いて。この店の前の通り、オリンピックのどさくさの中で造られたからまだ名前がついてないのよ。だから私、この道の名前をキラー通りにしようと思うの。どお、いいと思わない？」

「賛成！」

かずみとかまやつが手を挙げた。

むろん私も賛成した。

「じゃ、決定よ。みんなが証人よ。いいわね」

「キラー通り誕生！　乾杯！」

文化放送の深夜ラジオ番組「セイ！ヤング」がスタートしたのは昭和四十四（一九六九）年六月二日だ。その第一回目のパーソナリティになぜ私が選ばれたのかその理由はよく分からないが、深夜の十二時半に始まって朝の三時までというその大胆な発想が気に入って、週に一回、水曜日を担当することになった。ほかにはみのもんた、土居まさる、橋本テツヤなどがいた。番組テーマソング『夜明けが来る前に』（スクールメイツ）は私と鈴木邦彦で書いた。

その頃の私は作詩家としては忙しさの絶頂で、TBSテレビに「ゆかりです、ただ今募集中！」という作詩募集の番組ができ、伊東ゆかりと私とで進行役をつとめ、その中で視聴者からの詩を目の前で添削してみせるということをやったり、NET（現・テレビ朝日）の「23時ショー」の金曜日を加茂さくらさんと二人で司会をしたり、テレビに顔をさらし、ラジオで勝手なことをしゃべりまくるという、もとを正せば望んではいなかった仕事というか、不向きということがやってみてすぐ分かったが、とにかくやっていた。

その一方で『週刊平凡』に自伝的小説「戦士は傷つきながら眠る」を連載、『週刊大衆』にエッセイ「ズッコケ勝負」を連載、『東京スポーツ新聞』に娯楽小説「昭和左膳只今参上！」を毎日連載、『週刊女性』に読み切り短編小説「花物語」を連載。月刊誌『若い女性』にエッセイを連載していた。

その上に歌を書くのである。『恋泥棒』『恋狂い』（以上、奥村チヨ）、『バラ色の月』（布施明）、『港町ブルース』（森進一）、『君は心の妻だから』（鶴岡雅義と東京ロマンチカ)、『ドリフのズンドコ節』(ザ・ドリフターズ)、『雲にのりたい』(黛ジュン)、『人形の家』(弘田三枝子)etc.、書いて書いて書きまくった。

ほかに単発でテレビに出たり雑誌の取材を受けたりしていたから、有頂天というより狂気の沙汰で、睡眠一、二時間という生活を余儀なくされ、あげくの果ては心臓発作を起こして救急車でK病院に三日連続で運ばれたりした。ニトログリセリンを舐めさせられて少し落ちつくと帰されるのだが、「入院加療をお勧めしますね」としつこく言われた。しかしそんな時間的余裕はなかった。

とはいえ私とかずみとかまやつとジュンコの仲良し四人組は毎日のように楽しくやっていた。「セイ!ヤング」放送中のスタジオには、かずみとかまやつが毎回遊びにきて、なにするわけでもなく、ただ壁に寄りかかってにこにこ笑っていた。そこへ銀座のクラブの若いホステスが黒服に大きなトレイを持たせ、スタジオに夜食を届けてくれる。この機会を逃すまいと、みのもんたや土居まさるがやってくる。ある時は福鮨から黒漆塗りの大きな鮨桶が届くこともある。それをコマーシャルの合間にみんなでわいわい食べて騒ぐのである。仕事をしているのか、遊んでいるのか分からない。

終わると、かずみの家に行く。

私とかずみがソファに坐って酒と疲れで酔眼朦朧の中でキスをしたり腕枕をした

り、夢のようにいちゃついていると、前のソファではかまやつがギターを爪弾き、鼻歌でメロディを歌っている。それを聞きながら、私とかずみはまぼろしの愛撫にふける。

「ねぇ、君たち、お楽しみのところ悪いけど、ちょっといい曲ができたんだよ。二人で詩をつけてくんない？」

かまやつが突然声をかけた。

私とかずみはうつろながらも正気に返り、キッチンの大テーブルの上で、かまやつの曲に合わせて、色鉛筆を交互に選びながら、ワンフレーズずつ俳諧の連句のようにして書いていった。

『二十才の頃』

あの頃　想うたび
涙が　出るんだよ
きみとぼく　二十才の頃
帰らない昔

毎日絵を描いた
モデルは君ひとり
肩や腰　胸の線を
描いては消して

たまには　くちづけなど
かわしてふざけあい
そのまま愛しあって
日暮れになったね

ショパンを聞きながら
夜には詩を読んだ
ヴェルレーヌやボードレール
おぼえているかい

ときには　いじわるした　あなたの指先
そのまま　もえながら　夜空に消えた

夜明けを　待ちながら
散らした　花びらに
白い朝　うつってたの
おぼえているわ

あの頃　想うたび
あの頃　想うたび
（安井かずみ&なかにし礼作詩　かまやつひろし作曲　上記三人の歌）

この歌を「セイ！ヤング」のスタッフに聞かせると、即座にレコードにしようということになり、文化放送のスタジオで録音し、発売した。安井かずみの歌声を聞けるのは私の知るかぎり、たぶんこの一曲だけだろう。
この歌はかまやつひろしの歌で「合歓（ねむ）ポピュラーフェスティバル'69」（七月二十五

日）に出品された。通称「合歓の里音楽祭」はヤマハが主催で、日本有数のポピュラー音楽家が歌作品をもって参加し、作曲仲間の投票でグランプリ作品を決めるというユニークな試みだった。

その第一回目ということもあって、参加した作曲家は、中村八大、渡辺貞夫、宮川泰、前田憲男、すぎやまこういち、東海林修、森岡賢一郎、服部克久、三保敬太郎、鈴木邦彦、川口真、三木たかし、その他もろもろが競って参加した豪華なものだった。これらの作曲家から作詩を依頼されるのだが、全参加曲のうち六曲がかずみ、四曲が私の作詩であった。いかに二人がひっぱり凧だったかの証明になるだろう。グランプリには『青空のゆくえ』（宮川泰作曲、安井かずみ作詩、伊東ゆかり歌）が見事に輝いた。

三人とも忙しいはずなのに、伊勢志摩の合歓の郷の会場まで、私とかずみとジュンコはハイヤーを借り切って、ドライブ旅行をした。途中小田原、浜名湖、名古屋でホテルに泊まった。三人で一つの部屋だった。決してケチしたわけではない。ジュンコが一人では淋しいというからそうしたまでだ。もちろん私がエキストラベッドで、かずみとジュンコがキングサイズのベッドに寝た。なんとものびのびとした楽しい三泊四日だった。

音楽会では、

「俺、ピアノ弾かなきゃならないから、礼ちゃん、指揮してくれよ」

と鈴木邦彦に頼まれて『恋泥棒』を指揮した。

指揮台に立ってはみたものの、プレイヤーが注視しているのはクンちゃんのほうで、私はただ音楽に合わせて身振り手振りをもっともらしくやっていただけのことだが、それでもこの曲は作曲賞を取った。なにしろ好き勝手なことをやっていたということだ。

その前後（七月十五日）に私の詩集『漂泊の歌』（全音楽譜出版社）という厚さ三センチという大部な本が出版された。ヒットした歌謡曲の詩やシャンソンの訳詩にオリジナルの叙情詩、私の翻訳したレイモン・ラディゲ詩集などを加えたものだ。美麗箱入りの豪華本で装幀挿画は宇野亜喜良。挿画はなんと宇野亜喜良のプロデュースで和田誠、横尾忠則、野田弘志、辰巳四郎、長新太、松本はるみ、灘本唯人、井上洋介など錚々たるメンバーがならんだ。写真は藤森秀郎。序文を書いてくれたのは寺山修司であった。身にあまる光栄にふるえる思いであった。この本の出版記念パーティーが赤坂プリンスホテルで行われ、そこに石原裕次郎が撮影衣裳のまま駆け付けてくれたことが今なお感動として残っている。

私はよくかずみの家に泊まった。むろん泊まれない日もあった。そんな日はきっとかまやつが泊まっていたであろう。私はゲーテが小説『親和力』の中で描いた女一人男二人の生活を地でいっていると思っていたし、かまやつは「俺たちは小コミューンというのかな。俺のものはみんなのもの。みんなのものはみんなのものって感じかな」なんてコミュニストみたいなことを言って、あとはただ笑っていた。

私たち四人が街を行くと、信じられないことが起きる。私の書いた歌が右から聞こえ、かずみが書いた歌が左から聞こえ、かまやつやザ・スパイダースの歌がそれにかぶさってくる。道行く人はコシノジュンコのデザインした服を着て歩いている。四人は互いに顔を見合わせて、なにやらにたりと笑う。四人が同時に時代の先端を走っているると肌身で感じる瞬間だ。それをキザだとか生意気とか言われてもちょっと困る。事実そうだったのだから。

年末の日本レコード大賞は『港町ブルース』で期待していたのだが、残念ながら佐良直美（さがらなおみ）の歌った『いいじゃないの幸せならば』に敗れた。が、森進一は最優秀歌唱賞、弘田三枝子は歌唱賞、ピーターは最優秀新人賞に輝いた。NHK紅白歌合戦では『恋泥棒』『人形の家』『雲にのりたい』『忘れられた坊や』（中尾ミエ）、『バラ色の月』『港町ブルース』の六曲が歌われた。

昭和四十五（一九七〇）年の春がまだ始まったばかりの頃だ。私たち四人はムゲンで落ち合った。私はかずみの運転するロータスに同乗して行った。踊れない私としては久しぶりのことだった。

席につくなりかずみは私を放り出し、かまやつとジュンコやほかの友達とホールで踊りはじめた。私は例によってジントニックを舐めながらホールを見渡してそれなりに楽しんでいた。そこへ声がする。

「あら、礼さんじゃありませんか」

振り返ると、フジテレビの「今週のヒット速報」という音楽番組の司会を高橋圭三（たかはしけいぞう）と二人でやっている松任谷國子（まっとうやくにこ）だった。その番組では作詩家や作曲家を招いて、色々と話を聞くのが通例だった。ヒット曲の多い私は毎週のように呼ばれて出演していた。だから松任谷さんとは十分に顔見知りであった。彼女の本業は画家だ。

「礼さんは踊りにならないんですか？」

「ええ。踊れないんですよ」

「あら、GSの歌をお書きになってらっしゃるのに？」

「できるのはチークダンスくらいのもので……」

「それならそれでいいじゃないですか。私とチークダンスしましょうよ」

「ええっ、ここでチークダンスですか？　目立つなあ」

「かまうもんですか。人は自由です」

松任谷國子は私の手をぐいっと引いた。

こんなことをする人とは思えなかったが。

「お仲間は？」

「みんな楽しく踊ってます。実は私もゴーゴーはあまり得意じゃないんです」

私たちはホールのやや端のほうへ行き、そこで軽く抱きあって踊った。音楽はハードなリズム＆ブルースなのに、それを無視するかのように私たちは抱きあったまま踊るというよりはただ体を揺り動かしていた。

しかしこれはこれで心地好いものだった。あたりの世界を透明のヴェールで遮断して、二人っきりの世界に浸る。

松任谷國子の背丈は私よりちょっと低く、チークダンスをするにはまさにぴったりだった。しかも彼女はなんの衒(てら)いもなく私の首に腕をまわし、全身の力と緊張を解いて私に身を寄せてくる。体のサイズに不似合いなほどのバストが私の胸を圧迫する。私は揺すっている腰は私の腰にぴったりと押しつけられたまま一瞬として離れない。私はもう頭がおかしくなるほど恍惚としてしまった。

「私、前から礼さんのこと好きだったんです」

國子はあえぐような声でつぶやく。

「ぼくだってそうですよ」

私はそれだけ言うのがやっとだ。胸が苦しい。

時々、珍しいものを見るようにゴーゴーを踊っている客たちが私たちのそばにやってきて、にやにや笑って遠ざかる。

と見ると、笑い顔の中に、ひときわ険しい目付きがあった。かずみの視線だった。

それは明らかに怒りにひきつっていた。

かずみもこんな表情をする時があるんだ。

私は不思議な感じにとらえられた。あれほどのＹｅｓ！の精神にあふれた人なのに……。

かずみがやきもちを焼くなんて考えられない。

なぜなら、かずみは嫉妬心というものをなによりも嫌っていたからだ。

なんなら、もっとやきもちを焼かせてやれ、という意地悪な気分が高まってきて、私はいっそう熱烈に國子を腕深く抱き、くちづけまでした。くり返し、くり返し。

それはもう甘美なものだった。

困った。止められない。

唇を合わせたまま、つと片目でかずみのほうを見ると、今しもかずみは、私から怒りの視線をはずして、ホールを駆け出すところだった。

私は「ごめん！」と一言残して、國子から離れ、かずみの後を追った。

かずみは外へ出た。そして走った。赤坂見附の表通りに向かっている。路上駐車してある車に向かっているのだ。

私が表通りに出ると、かずみが車にエンジンをかけたところだった。

二つのライトが目のようにぽっかりと開き、そして爛々(らんらん)と私を睨(にら)んだ。

そのライトに向かって私は手を振り、止まってくれと合図した。

かずみは車を発進させた。

私は歩道から車道に降りて、車の行く手をふさごうとした。

が、車は私に向かって突進してくる。

止まるどころかスピードを緩める気配もない。

どんどんスピードを上げ、車は目の前五メートルまできた。私はとっさに身をひるがえし、歩道に倒れ込んだ。つもりだったが、私の腕は何者かにつかまれて体は宙に浮いた。

「ああ、ゴースト、ありがとう!」

私はゴーストの背中の上からかずみの車の後を目で追った。オレンジ色のロータスは赤いテールランプを点滅させながら、弁慶橋のほうへ消えていった。

「そろそろ虹色の島へ帰ってきてもいい頃よ。みんな、待ってますよ」

「そうだね。人生の初体験に追われて、しばらく帰っていなかったからね」

ゴーストは心なしか身をゆするような飛び方をした。私は松任谷國子との濃厚なダンスを思い出していた。

私の虹色の島よ
七人の娘たちのいる島よ
そこには優しさと平和と
心ゆくまでの恍惚と陶酔がある
赤よ　橙よ　黄色よ　緑よ
青よ　藍よ　紫よ
今宵は君たちと湯浴みをして
俗塵を洗いながそう!

第八章　幻滅

夜は、そのあまりにも大きな夜が最後にやってくるまで、
毎日なんの変哲もなくやってくるのだ。
——A・バルビュス『地獄』より

「さあ、みんなこっちへおいで。みんなで吐息の交換をしよう」

私がそう呼びかけると、裸の娘たちはなにか嬉しげな表情をして私のまわりに集まる。それぞれが、それぞれの名前の色のついた薄物の貫頭衣をすっぽりと身にまとって。

ゴーストが七人の娘たちに吐息の交換器をわたすと、娘たちはみな仮面のようにそれをつける。顔は誰やら分からないが、まとっている衣裳の色によってそれと分かる。赤、橙、黄色、緑……といった具合だ。私の目の前に虹色の輪ができる。この世にこんな美しい眺めがあろうか。世話係のゴーストはいつもの白い貫頭衣だ。そして私は黒い貫頭衣風のパジャマ。

室内にエンドレスで流れている音楽はドビュッシーの「牧神の午後への前奏曲」。どこからともなくもれ入る午後の光が空気中にゆらめいている伽羅の薄紫の煙を浮きたたせる。

最初のうちは向かい合った同士が吐息の交換をする。自分の吐息を相手が吸い、相手の吐息を自分が吸う。そうしているうちに体と心が一体となり、相手と自分との区別がつかなくなってくる。吐息の混合が血の混合になり、それがそのまま魂の融合につながっていく。他人と自分とが一体となることのえも言われぬ幸福感。結合の神秘。これこそが人間が求めてやまない平和と安らぎであろう。

中には吐息の交換をしているだけで、息を荒くし、身をよじり、恍惚(こうこつ)の声をあげる娘さえいる。なにも媚薬(びやく)などを仕掛けている訳ではないが、人間の想像力ないしは妄想力というもののもたらす計り知れなさ、または不思議さであろう。そして、その息を吸っている相手の娘も同じような状態になる。そのうち吐息の交換をしているのか、離れたまま接吻と愛撫(あいぶ)をし、肉体的結合を交わしているのか判然としないような倒錯した感覚になる。

ここまで来たら次の段階に移る。今度は、それぞれのマスクについている管を一度真ん中のステーションに集める。そのステーションで八人の吐息が集まり、そこでミックスされた吐息が各自に配分されていく。酸素の補給はどうなっているのかという疑問が当然湧いてくるが、マスクそれ自体が顔に完全密着しているわけではないから酸素は自然に吸えるのだが、中央のステーションにゴーストがそれとなく酸素補給をほどこしていることは言うまでもない。なによりも神秘なのは、複数の他人との吐息の交換と同時に起きる酸素の希薄な状態が人間にもたらすある覚醒の瞬間であり、その持続である。この時、人はもっとも死に近いところまで行き、そして生に戻ってくる。なんども覚醒し、なんども死に絶え、なんども生き返る。頭脳に想像力が満ちあふれ、創造の意欲に突き上げられる。

この状態がしばらくつづくと、幽体離脱を実感するようになる。七色の娘たちがみな空中に浮かんで見える。私自身もその輪の中にいる。娘たちはみな過剰多感になり、空中でちょっとでも体が触れあうと、悲鳴をあげて絶頂に達してしまう。空中に浮かぶ娘たちの七色の貫頭衣の裾がひらひらして夢のようだ。

十六本の吐息を吐くための管と吐息を吸うための管が集まっている中央のステーションのまわりを私と七色の娘たちはゆっくりと右から左へと旋回する。イスラムの行者であるスーフィたちが長いトルコ帽をかぶり、右手を天に向け、左手を地に向け、時を忘れて旋舞するように、私たちも同じようなポーズをとりながら宙に舞う。スーフィたちの無我の恍惚境が私たちにも乗り移ってくる。私たちは神と一体になったかのような歓喜につつまれるが、神を信じないにしても、七人の人間と魂を交換しているという深い愛、愛の海、その海の波間に浮遊している歓喜。自分の内部の奥の奥の奥底にあるかつて知らなかった自分自身とめぐり逢ったような歓喜。この時、人は新しく生まれ変わる。

「ああ、室田さん、私は今、自分の心の奥の奥の奥底に眠っていたもう一人の自分と遭遇したわ。この瞬間こそが、私があなたに出会って以来、ずうっと無意識の中で願いつづけていたものだったということが今分かったわ」

母がそう言った。私が虹色の島で思っていることと同じことを言った。この言葉によって、私は母が官能に陶酔していることを知った。そして驚いた。

母は室田をいっそう強く抱きしめた。涙が母の目からあふれた。私は全身、母の涙に洗われて濡れそぼった。

「俺もそうだ。俺と雪絵さんは相寄る魂なんだ。そうとしか考えられない」

室田もうっすらと涙を浮かべ、母をいとおしそうに抱きよせた。

「室田さん……。エレナのこと許してくださるかしら」

「もういいんだ。エレナのことは」

「ああ……」

母は大きな溜め息をついたかと思うと、そのまま深い眠りに落ちていった。

母が瞼を閉じたせいで、私にはなにも見えなくなった。室田が母から身を離し、右隣に横になって荒い息をしているのは感じられる。

母は甘い慰藉の中で眠っているらしく、その寝息は深くゆったりとしていた。

私は真っ暗な中で、いや正確に言えば、午後の光が瞼という蓋にあたっているから、それが透けているのか瞼の中の世界は赤く輝いている。

私は赤い闇の中で母と室田の間に今日なにがあったのか、思い出していた。

室田が阿片中毒から全快して、どこへ行くとも告げずに、私たちの住む家から出ていったのは六月の半ばだった。治るには治ったが、全身が禁断症状のせいで衰弱していたから、人並みに身体を動かせるようになるまでには、数ヵ月がかかったのだ。

母は来来軒の太太（女主人）に頭を下げて、娘の宏子を解雇してもらった。

姉はそれを母のわがままと受け取ったが、

「とにかく、お前の働きには助けられたわ。今日からはお母さんも働かなくっちゃね。また街に出て一緒になにか売りましょう」

母にそう言われて姉は少しは機嫌を直した。

母と姉はふたたび街に出て働きはじめた。こんどの商売は古着屋である。

モストワヤ街と買売街の角にできたバザールの中に中国人の泥棒市場があって、中たくさん並んだ露店で、本当に盗品かどうかは分からないが、とにかく安い値段で古物の衣裳や靴などを売っていた。そこで仕入れたものを肩にかけ、少し離れた街角でなに食わぬ顔をして売るのである。

「衣裳買売（イーシャンマイマイ）、衣裳買売」

姉の宏子が黄色い声を張り上げると、なぜか面白いように売れた。

私が虹色の島の吐息の交換の恍惚境からゴーストの背に乗って飛び立ち、最高塔の頂点に達し、そこから母の目の中へ飛び込んだ時、ハルビンは七月初めのある晴れた日の午後だった。

室田が向こうから歩いてくる。室田は村中守を名乗っていたが、室田自身も右膝に傷を負っているから、右足をひきずるようにして歩く。モストワヤ街の人ごみの中を、室田が身体を上下させながらやってきて、母の前でぴたりと止まり、言った。

「喜べ。日本への総引揚げが決まったぞ」

なに？　日本へ帰れる？

母は膝からくずおれそうになった。

安堵（あんど）と喜びばかりでなく、一年になろうとする逃避行と避難民生活の疲れや、またこれから先の人生への期待やら不安やらさまざまなものが一度に母の胸にせまってきたのだろう。

「宏子、礼三」

と声をかけて子供たちをそばに呼びよせた。

「日本へ帰れるんだよ」

「本当に？」

姉の宏子は母と室田の顔を交互に見た。

「本当だ」

室田が答えた。

私は呆然と母を見上げている。そんな七歳の私を私は母の目の中から見下ろしている。

「いつ？」

と七歳の私が室田に訊いた。

「八月か九月だ」

「うわあ、もうすぐじゃない」

姉の顔に花のような笑顔がひろがった。

「室田さん、あなたはどうなさるの？」

母は真剣な思いを声に込めて言った。

「そのことで話があるんだ。ついて来てくれないか」

室田の目にはなにか思いつめたものがあった。

「いいわ」

室田は、今来た道を戻るように、モストワヤ街を西に向かって歩きだした。

母は肩にかけていた古着を姉に渡し、

「お前たちは家に帰っていてちょうだい」

と言って、あわてて室田の後を追った。

室田は振り返りもせず、右足を引きずって黙々と歩いた。母は数歩おくれてその後についていった。

モストワヤ街からキタイスカヤ街に出て右に曲がり、真っ直ぐ北に向かった。丸いドームのあるプラゴヴェーシェンスキー寺院を右手に見て線路を越えると、突然目の前が開けた。そこは松花江（スンガリー）の川岸だった。

海のように広い川だった。日の光にきらめきながら、清らかな水が静かに豊かに流れていた。

朝鮮の白頭山（はくとうさん）を源とするこの川は、ここからまたはるか遠くソ満国境を東流する黒龍江(アムール)にそそいでいる。私は中国大陸の大きさに、幼い頃からそう思っていたけれど、あらためて気の遠くなる思いがした。

七月ともなればハルビンも日中は三十五度を超す暑さとなり、人々は松花江で川遊びを楽しむ。水着をつけた中国人やロシア人がわがもの顔ではしゃいでいる水際で、日本の避難民たちも下着姿になり、水と戯れ、にぎやかな声をあげたりしている。岸辺には細長いボートが幾艘(そう)も舫(もや)っていて、笠(かさ)をかぶった中国人の船頭たちが客待ちをしていた。

室田はその一人に声をかけた。

母の手をとり船尾に坐らせ、自分は船首に後ろ向きに乗った。

二人の間に坐った船頭がオールを力強く漕(こ)ぎだすと、ボートは風を切って走った。その風に母が自由の匂いを感じていることは、目の中にいる私にまで伝わってきた。

頭上には満洲独特の黄色い太陽が輝き、白い雲が青空の裾をレースのように飾っていた。

室田は母をどこへ連れていくのだろうと私は思ったが、船頭のむこうの船首に坐っている室田は日の光に顔をしかめ不機嫌そうにしていた。

私はただ嬉しかった。故郷を失い、家も財産も消え果て、父までが死んだ。それでもとにかく、母と姉と私は無傷のまま日本へ帰れることになった。その日本という国がどんなところかは知らないが、従業員たちが夜毎に歌をうたってむせび泣くほどに恋しがる祖国だもの、きっと素晴らしいところに違いないという期待に胸がふくらんだ。

今しも、松花江に架かった大鉄橋の上を列車が渡っていた。

あの列車に乗って日本に向かうのだろうか。

私は去年の八月九日から始まったソ連軍の攻撃に追われての逃避行、避難民生活を思うと、よくもまあ今日まで死なずに来られたもんだと、深い疲労とともに思った。母や姉への感謝の念もあるが、なにか知らぬ幸運のようなものにずうっと支えられていたような感じはぬぐえない。そういう感覚は、自分の目の前を弾丸が通過していく時の恐怖を知らぬ人には分かってもらえないだろう。戦争という暴力がまき散らす災禍の中では人間の知恵などという姑息なものは通用しない。大きな偶然があるだけだ。その偶然から偶然へと己の意思に関係なく流されることがつづけば、それを幸運と呼ぶのだろう。私の言う幸運とはそんなものだ。

松花江には太陽島という名の中の島がある。

主にロシア人たちが避暑地として愛した島でもある。

私たちを乗せたボートは緑の木立の生い茂る太陽島の砂浜に乗り上げて止まった。

砂浜では水着姿のロシア人の男女がボール投げをしたり、ブランコに乗って遊んでいた。

室田は木立を切り開いてつくった細道を歩き、小高い丘の上にあるロシア人の別荘地に入った。

日本の敗戦後、ソ連に引揚げたロシア人が多いらしく、白いペンキが剝げ落ちていたり、手入れのいきとどいていない家が多かった。

一軒の空き家とおぼしき家の前で立ち止まり室田は言った。

「ここが俺の家だ」

母は驚きの眼差しで室田を見た。

「俺はハルビンに残る」

「あなたは日本へ帰らないんですか」

「帰らない。帰る資格もない。俺にはやらねばならぬことがある」

「なにをなさるおつもり？」

「俺は満洲に在留している日本人を一人残らず、一刻も早く日本へ帰してやりたいんだ」

「それは国がやることでしょう？」

「国は何もできないでいるのだ」

昭和二十（一九四五）年の九月二十四日、宮崎ハルビン市駐在総領事はソ連軍に拘引されたが、その時、

「日本政府機関たる総領事館に代わる機関として在留民並びに難民救済とその帰還については、ハルビン日本難民会が、その任務にあたられたい」と言い残していった。つまり、日本総領事館は敗戦後の在留民と難民救済については公的活動を放棄していたのである。

それゆえに、難民救済の仕事はハルビン日本難民会という民間人の有志による団体が一手に引き受けてやってきた。

昭和二十一（一九四六）年の七月初旬、ハルビン市および市外に在留する日本人の総引揚げ実施についての連合軍の基本方針を伝達するために、アメリカ軍のベル大佐が単身ハルビンに飛来したが、訪れた先はモストワヤ街所在の難民会事務所であった。

総引揚げ方針に対応するため、難民会は、従来の難民救済体制から本国帰還体制に切り替え、会名も「ハルビン市日本人遣送民会」と変えた。

が、中国国内は国共内戦の最中であったから、輸送にたいする方策と安全の確保に苦慮した。また膨大に金がかかる事業でもあった。国からは一銭も出ない。

そこで遣送民会は会債を発行して在留日本人から難民救済および遣送資金を募った。返済は帰国後、政府が責任をもってするというものだったが、こんな裏付けのない約束で資金を集めることは至難の業だった。

引揚げに関するおおむねを語ったのち、室田は言った。

「俺は、この会の人たちの仕事ぶりに頭が下がる思いがした。この人たちの手伝いをすることが、元軍人だった男の、満洲という幻の国家づくりに荷担して罪多き命を生きた者の最後の務めではないかと思うのだ」

「あなたはそのために、私たちの前から姿を消したのね」

「そうだ。どんな仕事でもいいからやらせてくれと言って、その会に自分を売り込みにいっていた。むろん民間人村中守として」

「仕事が終わったら、村中守として日本に帰るんですか」

「いや。俺は、最終列車を見送ったら、元牡丹江省地方保安局特捜班長室田恭平として東北民主連軍に自首するつもりだ」

「殺されるわ」

「望むところさ」

室田の顔は精悍な若者のものだった。

精悍な若者のような室田の顔を見て、私は初めて室田が中西酒造担当の協和物産社員として、わが家にやってきた時のことを思い出した。背が高くどこからどう見ても男前であり、戦時中にしては珍しく髪を七三に分けている。紺の背広に黒のソフト帽というその身嗜みは女性たちの心を捉えないはずがなかった。案の定、姉の宏子が「室田さんて素敵！」と言い、母も「相当なものだわね」と応じてはいたが、心穏やかでない様子だった。

それからしばらく経って、姉がロシア語を習いたいので適当な先生はいないかと、協和物産の塚本牡丹江支社長に相談した時、エレナを連れてきたのが室田だった。そのエレナという二十一歳の娘が西洋人形のように美しかった。

昭和十八（一九四三）年夏、内地の立教大学学生だった兄の正一が帰省していた。その兄が一目見てエレナに恋をしてしまった。

「あんな美しい人に思いを残して戦地に行けるなら特攻隊も悪くないな。俺は来年の学徒出陣には必ず志願してみせる」

と張り切ったことを言い、うっとりとエレナに見惚れていた。

「映画ぐらい誘ってあげたら」

と母がけしかけた。すると横にいた室田が親子の会話に割って入った。

「失礼ですが、ちょっと待っていただけませんか。実は、エレナさんを誘惑の手から守るように私はご両親から頼まれておりまして……」

冗談とはとれない口調で言った。

「随分無粋なことをおっしゃるのね」

「なんだ、彼女はあんたの恋人だったのか」

兄は口を歪めて言う。

「いいえ。違います」

「じゃ、いいじゃないですか。彼女だって子供じゃないんだから」

「私にはエレナさんのご両親との約束を守る義務があるのです」

「この僕では不足だと言うんですか」

「そうではありません。エレナさんを誘うなら私の知らないところでおやりになってください」

「なんだとう。さもなくば、私をなぐり倒してからにしてください」

「じゃ、勝負しようじゃないか」

「お受けします」

「面白いことになったなあ。得物はなににする」

と父までが話を盛り上げた。

兄は柔道も剣道も二段だったが、体格から見て柔道は不利と判断したのだろう、

「剣道にします」

と宣言した。

ということの次第で、翌日、第一新市街の積善街にある牡丹江市警察署の剣道場の昼休みを拝借して、二人は決闘することとあいなった。

北の神棚にたいして東側の位置に室田がつき、西側に兄がついた。道着は二人とも紺色であったが、胴は兄の黒にたいして室田は赤だった。赤胴が背の高い室田にはよく似合った。

「室田さん、赤胴をつけるとは失礼じゃないですか」

「胴の色に決まりはありませんが」

「普通は、明らかな上級者がつけるのではないですか」

「そうです」

「ではなぜ、あなたは赤胴を……」

「あなたに絶対負けないために」

そう言って室田は薄く笑ったが、その顔は面の陰に隠れて見えなくなった。

兄の正一は怒りに肩をふるわせ、面の紐をしばるのももどかしげだった。

警察官たちの剣道指南にあたっている錬士が審判となり、一声、

「三本勝負」

と声をかけた。

二人の剣士は立ち上がり、礼をし、さっと構えた。が、勝負はあっけないものだった。

兄は蛇に睨まれた蛙のようなものだった。身をかためて防御の構えをしたままほとんど動けない。一歩前進一歩後退、一歩左へまた一歩右へ。時々、奇声を発して己の存在を示すのが精いっぱいであった。が一瞬、兄の足が止まるやすかさず室田が跳躍し、楽々と兄の右面を打った。

「面！　一本」

そして構えなおすや、間をおかず、

「突き！　一本。勝負あった」

正一はもんどり打って倒れ、面がはずれて転がった。わが兄ながら無様なものだった。

もはや決闘と言えるものではなかった。情け容赦のない室田の強さをただ見せつけられただけと言ってよかった。

面をはずした室田は汗一つかいていなかったが、まるで剽悍な黒豹を思わせる獣の闘志が焔をあげていた。

私は、その時まだ五歳になるところだったが、この時のことは鮮明に憶えている。特に、竹刀を持って構えた時の室田の美しさには見とれるばかりだった。面垂れを大きく反らせた面の奥に光る眼光に殺気のようなものを感じた。しかも赤胴が似合った。その上、なんという敏捷正確な動き。横にいた父が思わず、

「ただものではないな」

ぽつりとつぶやいたのも耳に残っている。

あの時、これほどの腕の差がありながら、いささかも手心を加えることなく、正一を瞬時にして打ちのめした室田の妖気漂う、その非情さにその場にいた人々はみな打たれた。特に女たち、母、姉、エレナの心を鷲掴みにした。

「人を殺したことだってあるのではないか」

そんなことを言う人までいた。

でも美しい。こんな男を見たことがない。

あの時、五歳になるかならないかの私が感じた熱い思いを母も感じ、それを今、母が思い出していることが目の中にいる私には分かった。母の全身が火照り、その熱度が目の中にまで伝わってきて私の体までが熱くなった。

息苦しくなって母がよろめいた。その母を抱きとめ、室田は言った。

「雪絵さん、俺はあなたから助けてもらった命をもって罪のつぐないをしなければならないのだ」

母はわっと泣き、室田にすがってその肩をゆすった。

「私はどうすればいいの。どうすれば……。もしもあなたが村中守として日本へ帰れるなら、一緒に帰って、そして日本でひっそりと一緒に暮らしたいと、私は心ひそかに夢見ていたわ。それもダメとなったら、私、とても生きていけない」

室田はしばらく母を胸に抱いたままだったが、

「雪絵さん、おいで」

室田は母の肩を抱いて別荘の中へ入った。

「遺送民会の人の世話で、この家に住むことになった」

こぢんまりとした別荘だった。

入ったところがサロンと食堂、奥に寝室、それだけだった。長い間人が住んでいなかったらしく、どこもかしこもうっすらと埃(ほこり)がたまっていた。

「眺めはいいんだ」

室田は窓を開けた。

川遊びを楽しむ人たちの笑い声が聞こえてきた。現下に松花江(スンガリー)が見え、それははるか地平線にまでつづいていた。

「大地、私の生きた大地」

母は深い溜め息とともに言った。

と同時に、母は幻のようなものを見た。この大地とともに生きた十三年間のさまざまな場面が遊園地の回転木馬のように駆けめぐった。にぎやかな円舞曲(ロンド)に乗って、七色のイルミネーションに飾られた木馬たちはぐるぐる回った。木馬には夫の政太郎(せいたろう)が乗っていた。大杉(おおすぎ)少将が乗っていた。エレナが乗っていた。塚本も乗っていた。軍人たち、馬賊たち、使用人たち、誰もが楽しげに笑いながら回っていた。やがて木馬はその回転のスピードをあげていき、そのうち目にも留まらぬ速さとなり、そして最後には竜巻のように渦を巻き、煙となって舞い上がった。

呆然としている母の足下に、木馬やそれに乗っていた人たちがばらばらと空から降ってきた。

この幻想を私も母の目の中で見た。

母と私は灰色の世界に立っていた。木馬と人間の死体の数々は、逃避行の最中に、時々ソ連軍の照明弾が夜空で弾けて大地の景色を明るみにさらし、そこに私たちが見た無数の屍を敷きつめた大地を連想させた。地獄図にも似たその凄惨な光景は累々と闇のかなたにまでうちつづいていた。

母は泣いていた。恐怖と不安と孤独のあまり、迷子になった子供のようにべそをかいていた。

「雪絵さん」

室田に呼ばれて、われに返った母はあわてて涙をふいた。

室田は母の肩をうしろから両手でささえていた。二人は寄り添って雄大な大地の風景を眺めていた。

「俺は、あなたが好きだった」

「嘘でしょう。あなたは私が嫌いなはずよ」

「そうだ。大嫌いだった。だけどたまらなく好きでもあった。俺とあなたは似た者同士というだけではない。避けても逃れても離れても嫌がっても引き戻される、そんな相寄る魂だということに、俺はあなたの看病を受けながらずっと感じていたのだ」

「室田さん……」

向き直った母を抱きよせ、その唇に室田は唇を重ねた。

夏木立の匂いのする空気を二人は唇を重ねたまま小刻みに吸った。

水と戯れる男女のさんざめきを二人の溜め息が時々打ち消した。

室田の手がもどかしげに母の身体を服の上からまさぐった。

「雪絵さん、俺のものになってくれ」

「私はとっくにあなたのものよ。あなたが受け取らなかっただけよ」

二人が倒れ込むと、むき出しのベッドから埃が立ちのぼった。

室田は母の服を脱がせていった。そして自分も裸になると、

「あなたの優しさには棘があった。あなたの愛はわがままだった。だけどあなたは俺の女神だった」

母の中へ激しく入ってきた。

母は室田にすがりつき、

「抱いて。抱いて。私に命を与えて。あなたの命を私にちょうだい」

うわ言のようにつぶやいた。

汗にまみれた二人の身体に埃が墨のようにへばりついた。母のふるえる指先が室田

った。

の痩せた背中を走るとそこに筋がつき、母の白い肌は室田の手のあとでいっぱいにな

「室田さん、死なないで。お願いだから死なないで」

「俺は今こそ、生きたいと思っている。雪絵さん、あなたと一緒に」

「村中守として日本に帰りましょう。そして生きて、私と一緒に生きて」

「俺の抜け殻と暮らしても仕方あるまい」

「抜け殻でもなんでもいいわ。それがあなたなら」

「村中として生きても、生きたことにならない」

「あなたの命に変わりはないわ」

「俺は卑怯で臆病で罪深い男だが、それだけはできない」

「どうして。どうしてあなたは死にたがるの」

「………」

「それが軍人の誇りなの」

「違う。人間の責務だ」

わずかな沈黙のあと、

「人間ってなんなの、教えて。ね、こうして抱きあっている私たちは人間なの、人間

じゃないの。どっちなの。ね、教えて」

「…………」

「与えられた命を生きることがどうしていけないの」

「人間は、命を捨ててでも守らなければならないものがある。それは、己の尊厳だ。罪の意識にとらわれたまま、そしてあわよくば逃げきろうとして生きる命になんの意味がある」

「私には分からないわ。あなただって、きっと分かってなんかいないんだわ。私のことを愛していないから、そんな理屈が言えるんだわ」

「愛している。分かってくれ。頼む」

母は両手で顔をおおって泣いた。

室田も声を殺して泣いた。

しばらく経って二人が泣きやんだ時、やや暗くなった部屋を茜色の光がみたしていた。

煤でよごれたような二人の顔も茜色に染まっていた。目の下には二人とも涙のあとがついていた。

空と松花江を分かつ一本の黒い線、それが地平線だった。今しも太陽はその地平線のかなたへ沈んでいくところだった。

黄金の太陽はうなりをあげてぐるぐると旋回し、あたりに金粉を撒(ま)き散らし、松花江の水をすべて蒸発させかねないほどの熱を放っているかのようだった。

母にとっても、私にとっても愛しい満洲の落日だった。

裸のまま窓辺にたたずむ母を室田はうしろから優しく抱いた。

母は言った。

「室田さん、ありがとう。あなたに愛されて、私には生きる勇気が湧いてきたような気がする。だから日本へ帰るわ。あなたの帰りを待つために日本へ帰って、そして生きるわ」

「しかし俺は、万に一つも助からないと思うが」

「いいのよ。あなたが死んだという知らせを受け取るまでは待ちつづけるわ」

「気の遠くなる話だ」

「一生かかってもいいの。あなたの帰りを待つことが、今日から私の生きる望みになったのだから」

「雪絵さん、俺はまた生きのびる算段をしそうだよ」

「ぜひそうして。そして、室田恭平として生きて帰ってきて」

太陽はやがて赤い火の玉となって燃えつき、地平線の陰に消えていった。

空も松花江も濃い紫色となり、残光はしだいに輝きを失っていった。

「雪絵さん、俺たちはなぜ今ここで死なないのだろう」

「必ずまた会えると信じているからよ」

「あなたは生きることの天才だ」

「もう一度、私を抱いて。生きることの天才を分けてあげるわ」

室田は母を軽々と抱きあげ、ベッドまで運び、下ろすやいなや、埃まみれの身体のまま激しく結ばれた。

母は四年前から始まっていた恋情に決着をつけるかのように執拗に官能の高みへと登っていった。室田は己の罪悪のすべてを吐きだすようにして母を貫き犯していた。

母は四十二歳。女盛りと言えばそうかもしれないが、私にとっては単なる母である。その母が、息子と呼んでもおかしくない二十五歳の男に抱かれている。

その抱擁の最後に、母がつぶやいたのが、

「室田さん、私は今、自分の心の奥の奥の奥底に眠っていたもう一人の自分と遭遇したわ。この瞬間こそが、私があなたに出会って以来、ずうっと無意識の中で願いつづけていたものだったということが分かったわ」

という言葉だった。

そんな女心と性の陶酔が母の目の中にいる私には十分に理解できる。しかし七歳の私は、母の心のうちを知れば知るほど、また室田に抱かれたに違いないと確信すればするほど、母に幻滅した。その幻滅は満洲という幻の国家が消滅したことよりも、父が私たちを捨てるようにして死に急いだことよりも、なによりも大きな衝撃だった。

母と室田が夜の松花江をボートで渡っている時、一羽のかもめがボートの上空を旋回し、一声鳴いた。その声は、

「迎えにきたわよ。脱出しなさい」

と言っていた。

ああ、ゴーストが迎えにきてくれた。

「分かった。今すぐ飛び出す」

私は安堵の思いを込めて言った。

私が母の目の中から脱出するのと、かもめが母の頭をかすめるのは同時だった。

「あら、変な鳥だわね。夜だというのに」

母は眉を寄せたが、船首に坐って船頭ごしに母を見ていた室田は、ははははっと笑い、

「君の頭になにか虫でもついていたんじゃないのかい」

気にとめる様子もなかった。

私はゴーストの手に引きあげられ、その背中に乗った。ゴーストはぐいぐいと高みに上がった。

「ええっ、どうして？」

「レイ君、君、熱があるんじゃない？」

「レイ君の身体、ものすごく熱いよ」

私の身体はさっきまでの、母と室田との抱擁の余熱にまだ火照っていたのだろうか。さもなくば、人に言えない怒りに身体中が燃え上がっていたのかもしれない。

「病気じゃないよ。ちょっとね……」

「見てはいけないものを見たとか？」

「見てはいけないものまで見ろと言ったのは誰なんだい？」

「むろん私よ」

「ぼくは今、ただ泣きたい気分なんだ」

「そんなに心と身体が燃え上がっていたら泣けないわよ。泣く前に、見たものを冷静に受け止めるよう心の準備をしたほうがいいわ。それより第一、君は泣けないんじゃないかな。涙を私に売り渡したんだから」

私は忘れていた。そうなんだ。私は涙をゴーストに売り渡して『黄金の毒』を手に入れたのだった。そのお陰で最高塔に登り、記憶の最深部にまで潜っていくことができるようになったのではなかったか。

「忘れてた？」

「うん。うっかりね」

「幼い頃の君にとっては想像するしかなかった場面そのものを君自身の目で確認できたのだから素晴らしいことじゃないの」

「残酷なことをさせるね、ゴーストは」

「残酷じゃないわ。きわめて冷静な知的作業を君に勧めたのよ。人間は誰でも自分の過去の記憶を自分が思い出したいように修正する悪い癖があるからね」

「記憶修正主義？　そんな言葉あったっけ」

「そう。大抵の人はそれをやってなんとか自己嫌悪と他人からの軽蔑を逃れているんだわ。そしてそのうちに修正したほうの記憶を本当の記憶だと自分でも信じてしまい、それを堂々と人前で披露し、おまけに尊敬されるに至るっていう例が山ほどあるわ」

「きっとそういう人間が歴史修正主義者になるんだろうね。国民や世界人類の共通認識を変えようってんだから独りよがりもいいところだ。それが独裁者ってやつだ」

「人間はみな一種の記憶修正主義者だから、独裁者を否定する資格が自分にはないと思い込んでしまう。実は、そこが独裁者の狙いなんだわ」

「つまり記憶修正主義者たちがよってたかって独裁者を生み出すってわけか。最後には敗北するのが独裁者の運命だと歴史が証明しているのにね」

「そう。どんなに立派な偽りの過去をでっちあげ、偽りの理想を謳いあげてみたところで、そんな土台の上には確固たる建造物は建てられない。建てたところで、ある日、手抜き工事の土台はもろくも崩れ去り、すべてが崩壊する。そんな現実を君は、いや日本人のすべてがその目でしかと見たのではなかったかしら？」

私の目には、大満洲帝国というこの実体のさだかならぬ国家が、本当に砂埃を上げて、中国大陸という大砂漠の砂地獄の中に沈没していく姿が見えた。

「ああ、確かにゴーストの言う通りだ」

「だから、君のこれからの人生を堅牢なものにするためには、幼年期の記憶を厳密に確かめて、それを丸ごと受け入れ、自分自身の精神の礎石としなければならないのよ。そのためじゃなかったの？　君が最高塔に登りたかったのは」

「そうだ。あなたに『毒』を求めた時、ぼくの念頭にはボードレールの詩があった」

俺たちに力をつける
お前の毒を注いでくれ
俺たちは、その火炎に
脳髄を激しく焼かれて、
地獄であろうと天国であろうと構わぬ
深淵の底に飛込み、
未知の世界のどん底に
新しさを探し出そうと欲するのだ。

（『悪の華』「旅」より）

「そして君はそれを飲んだ」
「うん。確かに」
「すべては君が求めていたことなのよ」
上空から見るハルビンの街は、緯度が高いせいか夜とはいえ真の闇に包まれてはいなかった。地平線の向こう側に沈んだ太陽がいまだためらっているような余韻が夜空を白々とした影で染めていた。宵闇とでも言えばいいか。月のない夜であったが松花江は星の光を映じてちらちらと弱く輝きながら遠く地平線を作る低い山並みの方向へ曲がりくねってつづいていた。

室田の家がある中の島の太陽島には人の住んでいる家が数軒あるらしく、その家の窓明かりが森の木立の陰に揺れて見えた。

東洋の巴里と謳われたほどの街であるから、平和な時ならばさぞかし街路も人で賑わい、街灯と街明かりでまぶしいくらいであっただろうが、今やそんな派手さはなかった。どこもかしこもうろうろとさ迷い歩く避難民の影がうごめき、窓明かりもぽつりぽつりとかぞえられる程度だった。ロシア人街で知られるキタイスカヤ街もモストワヤ街も建物は立派だが、戦争の混乱と危険を避けてみんなソ連へ逃げ帰ってしまっていて、ほとんどが空き家同然だ。明かりのついている窓はないと言ってよかった。母と姉がその前の広場で煙草売りをしていたソフィスカヤ寺院は宵闇の空に丸屋根と二つの三角屋根の頂点に輝く黄金の十字架を燦然と突き出していた。ただし例外的に、道外にある中国人街だけは、たぶん、いつの時代もそうであったであろう、この世の変遷には見向きもせず、また動揺の素振りさえも見せず、確実な生活が営まれているようだった。赤や青、色とりどりの提灯の下には笑い声と嬌声までがはじける。長い歴史を滔々と流れる大河のように生きてきた民族の賑わいとさんざめきが空の上まで伝わってきた。

ボートを降りた母と室田はまるで恋人のように腕を組み、薄暗い街を寄り添いながら歩いていた。室田は右足をひきずっている。母は室田の左側をなに食わぬ顔で歩く。

暗闇があると二人は立ち止まり、互いの目を見つめあい、これが最後とばかりに熱い口づけを交わした。

そうしながらも次第に買売街に至り、来来軒のそば近くまで来てしまった。

そこでは二人はなにも言わなかった。

室田は手をあげて、さよならをした。

母も顔のあたりまで手をあげて応え、家に向かった。

「そうだね。牡丹江のわが家の庭でソ連軍爆撃機の爆弾が炸裂した時、ぼくの人生の序章も開始されたのだ。それから牡丹江脱出、そして命からがらの逃避行、そして瀕死の状態でハルビンにたどり着き、戦争が終わったのを知った瞬間に序章も終わった。まるでベートーヴェン交響曲第五番『運命』の第一楽章のアレグロ（きわめて速く）みたいに目まぐるしい展開だった。まだよく目が見えてなかったぼくにとっては悪夢の真っ直中にいたようにしか思えなかった。ただ呆然としていた。その後に来た避難民生活。ナショナルホテルの一室でソ連軍の朝鮮人通訳にピストルを突きつけられ、引き金を引かれ、ガンッという音とともに銃口に赤い火が出て、弾丸がぼくの右耳をかすめていった時、そして背後のガラス窓がバリンッと割れた時、ぼくははっきりと目が見えるようになったのだ。だから、ぼくの人生はその時に始まったんだよ。まさしくハルビンから始まったんだ。だからぼくは、見える目を持った以上、当事者としてまた観察者として、どんな細部であっても見逃してはいけないのだ。『見たくもないのに、俺たちは　到る所で、宿命の梯子段の天辺から下まで　一面、永劫不滅の罪業の退屈きわまる光景を　見たのであった。（同前「旅」より）』とこれまたボードレールは言っていた」

「その通り。よくできました」

　ゴーストはそう言って、もう一度ハルビンの上空を大きく旋回し始めた。

　六歳の終わりから八歳の初めまでの一年一ヵ月と十日を過ごしたハルビンの街の風景を、昭和四十五年（一九七〇）、三十一歳になった私がゴーストの背中に乗って飛翔し、はるかな上空から見下ろしている時、私の胸の中に「歌」が湧き上がった。

『ハルビン1945年』

あの日からハルビンは消えた
あの日から満洲も消えた
幾年(いくとせ)　時は移れど
忘れ得ぬ　幻のふるさとよ
私の死に場所は　あの街だろう
私が眠るのも　あの地(つち)だろう
青空に抱かれて　キラキラと輝く
白い街ハルビン　幼い夢のあと

街に流れる　ロシアの匂い
広場の花壇に　咲く花リラよ
辻馬車が行くよ　蹄(ひづめ)を鳴らして
キタイスカヤ街　モストワヤ街

プラタナスの葉　黄ばんできたら
それは厳しい　冬の訪れ
息もとぎれる　眉毛も凍る
指もちぎれる　涙も割れる
あの冬の寒さ　あの雪の中を
シューバーを着込んで　歩いてみたい

私の出発はあの街だった
私の幕切れも　あの地だろう
父母（ちちはは）と暮らした　ペチカのある家よ
白い街ハルビン　幼い夢のあと

凍てつく松花江（スンガリ）　氷の上に
鈴の音（ね）のこして　消えゆく橇（そり）よ
あの冬の寒さ　あの雪をつかみ
涙をながして　歩いてみたい

私を背に乗せたゴーストはふたたび私の脳内の自動記憶想起装置の回路に飛び込み、それを逆行して、まずは最高塔に向い、ふたたび七歳の私に戻った。

母が家に帰ったのは夕食の時間だった。

「ごめんなさいね、遅くなって」

と母が言うと、

「晩ご飯の支度なら私しといたわよ」

と姉が応じた。

「あら、悪かったわね」

「別に。いつものことじゃない」

姉はことさら気にするほうがおかしいとばかりに言ったが、どことなく棘々(とげとげ)しい感じがした。

母は少しばかり顔を赤らめた。

「室田さんが太陽島の空き家に住むことになって、その片付けを手伝っていたの。もう身体じゅう埃まみれだわ」

母は言い訳のように言ったが、

「あらそう。良かったじゃない」

姉の返事はすげないものだった。

日本へ帰ることが決まったことは話題にもならなかった。なんとも言えない気まずい雰囲気が充満していた。

「ぼくはご飯いらないよ」

これも私なりの抵抗だった。なんとなく今夜の母は怪しかった、なにが怪しかったのかは判然としないが、とにかく私の母らしくなかった。

「あら、どうして？」

姉が訊いた。

「ナターシャの家にみんな集まって、ぼくのためにお別れ会をやってくれるんだ」

「あら、いいわね」

母と姉が同じ声の調子で言った。

私は家を出た。

お別れ会なんて家を出るための口実だった。

とにかく私は中庭を突っ切ってナターシャの窓の下に行った。

「ナターシャ……」

中庭から窓をたたくと、すぐにナターシャが顔を見せ、家の窓を開けた。

私は慣れた物腰で窓から室内に入った。

「ああ、ナターシャ……」

私はナターシャの腕の中に飛び込んだ。

「どうしたの、レイ。あなた熱があるわ」

私を抱きしめると、ナターシャは心配そうな顔で言った。

「なんでもないよ。ただ悲しいんだ」

「どうかしたの？」

「ぼくたち日本に帰ることになったんだ」

「本当に？　良かったじゃない。おめでとう」

「うん。良かったことは良かったんだけど、日本という国のこともよく分からないし、それにナターシャや友達と別れるのがとてもつらいんだ」

「分かったわ。今からみんなを集めて、お別れ会をしましょうよ」

ナターシャはにっこり笑って言った。

ナターシャがアパートじゅうを駆け回り、あっと言う間に仲良し全員をアパートの空き部屋に集めた。全員といっても朝鮮人の男女と中国人の男女四人の子供たちだ。

「レイが近いうちに日本に帰るんですって。みんなでレイの旅立ちを祝いましょうよ」

と言うと、全員が拍手した。

「淋しくなるけど、レイにとっては良かったね。おめでとう」

全員がにこにこと私を励ました。

みんなが持ち寄ったパンや駄菓子、饅頭（マントウ）や餃子をつまみながら、とめどなくしゃべっていたが、そのうち最初の頃にできあがった恋人カップルが寄り添うようになり、いつしか三組の子供たちはキスすることに夢中になった。

「みんな、ちょっと待って！　私がレイの帰国を祝って、ダンスを踊ってあげる」

ナターシャは民族衣装のような肩上げのついたブラウスに赤、青、緑の刺繍（ししゅう）のついたフレアのスカートをはいていたが、まるで大人の女のように腰をくねらせて踊りはじめた。

目はじっと私を見据え、時々パチリとウインクまでする。しかしその目は今にも泣きだしそうなくらいに濡れていた。

ナターシャがハミングしていたのは誰もが知っている『別れのブルース』だった。

ハミングしつつ腰を振り、ナターシャは着ているブラウスの胸の真ん中を結んでい

る紐をもどかしげにほどき、ほどき終わるとブラウスの前を両手でゆっくりと開きつつ、

窓を開ければ　港が見える
メリケン波止場の　灯が見える

と今度は言葉をつけて歌いながら、ふっくらと丸みをおびた乳房を惜しげもなくみんなに見せた。なんという優しいことをしてくれるんだろう。私は感動に泣いた。

夜風　汐風　恋風のせて
今日の出船は　どこへ行く
むせぶ心よ　はかない恋よ
踊るブルースの　切なさよ

ナターシャは目にいっぱい涙をためて踊っていた。たまらず全員が泣きだした。
ナターシャは走り寄って私の上に倒れ込み、私たちは涙まじりの口づけをいつまで

もいつまでもつづけた。

待望の引揚げ列車がハルビン駅からの出発を開始したのは九月十日だった。

まずは軍人軍属と満鉄関係者及び緊急を要する人たち、次いでもともとハルビンに住んでいた一般市民、その次によそからの避難民（私たちはそこに入る）、なぜか開拓団民は最後だった。

引揚げ者一五〇〇人をもって一個大隊とし、一列車で二個大隊の輸送。列車は、貨車の旧満鉄三十屯積無蓋車でそう大きくはなく、一輛に平均七、八十人がすし詰め状態で乗った。

引揚げ列車は二日に一度、ハルビン駅を発った。

日本へ持ち帰れるものは、各人持てるだけの荷物と満洲国紙幣千円だけ。リュックサックを背負い、両手に荷物をぶらさげてもたかがしれていた。長旅が予想されたので、大きな水筒に水を入れ、乾パンを大量に用意した。残りの家財道具は、前の住人の遺品を含めて、中には惜しいものもあったが、来来軒の太太にやってしまった。太太は大いに喜んだ。

私たち一家に順番がまわってきたのは九月の二十五日だった。

ハルビン駅前にできた長い行列に従ってホームに入り、石炭で真っ黒に汚れた無蓋車の片隅に席を与えられた。

母はすぐに人込みに目を走らせた。室田の姿を求めていることは私たちにも分かった。

遠くのほうに背広姿の室田が見えた。彼は右足をひきずっていたが、かねてから私たちのいる場所を知っていたかのようにまっすぐに歩いてきた。

今日の室田は、「ハルビン市日本人遣送民会」の村中守として充実した毎日を送っているらしく、顔は夏の日に焼け、頬もふっくらとして血色もよくなっていた。

「ついに日本に帰れるんですね。おめでとう」

室田は人目を気にしつつ、ことさら他人行儀な口調で言った。

「あなたの決心は変わらないのですね」

母は室田と二人だけの会話をした。

「ええ、変わりはありません」

「でも、帰ってきてくださいね。私はいつまでも待っておりますわ」

「生きて帰る日が万に一つでもあったら、真っ先にあなたのところへ連絡します」

室田の目には迷いのないまっすぐな落ち着きがあった。

「室田さん」

母は室田の手をとり、そして言った。

「あなたはバカよ。愛すべき愚か者よ。正しいつもりで間違っていて、強がるくせに弱虫で、勇敢に見えてその実臆病で、慈悲深くて残酷で、まるで日本という国そのもののように矛盾だらけだわ。そう、そのせいよ。私があなたをたまらなく愛しているのは。あなたは私の祖国なのよ。あなたは日本そのもの。だから、あなたは死んではいけないんだわ。日本が死んではいけないように」

途中から涙まじりになった母の言葉を室田は真剣な表情で受け止めていた。

室田は瞬きもせず母を見つめ、

「うん」

とうなずいた。

列車は動きだし、二人の手は離れた。

「生きて帰ってきて。必ずよ」

私も姉もここはためらうことなく室田に向かって懸命に手を振った。

長いホームが切れて、手を振る室田の影も見えなくなると、それと同時に母と子供たちの間に、また気まずい空気がもどってきた。

まず、母がエレナを密告したということほど衝撃的なことはなかった。まるで母が重罪人のように子供たちには思えていた。そして母は、室田を看病しただけでなく、そのまま恋に陥ったらしく、快癒した室田と七月の初旬、日本への帰還が決まった日に、室田に連れられ、どこかへ行ったあと、すっかり暗くなってから帰ってきた。母は生き生きとしていたし、いつも母の身にまとわりついている悲しげなものがなかったわけではないが、体内から湧いてくる喜びについ顔がほころんでしまうといった感じがあった。

その様子から私と姉は同様に母が室田を相手に不貞を働いたことを嗅ぎとった。七歳年上の姉宏子はもともと感じ易い性格の上に十五歳の思春期であったから、顔を歪めて母のことを蔑視していた。私は、昨年の八月十一日の牡丹江脱出以来、母につき従い、母の指示に身を任せて命拾いをしてきた実感が胸の底にどっかと存在していて、その恩が私自身の母への反発を止めようとするのだが、しかしどう考えても、父が臨終の際にあれほどまでに懇願し、それにたいして約束したことをいとも簡単に破ってしまった母の行為は、そこにどんな理由があるにせよ、これまでの私の短い人生の中で、最大の幻滅であった。私自身の血が母と室田によって汚されたような、嘔吐をもよおさずにはいられない嫌悪感に身も心も焼かれるようだった。

ハルビンを出発してからというものは、私と姉は心一つにして母と対峙しているような奇妙な緊張状態がつづいた。最小限の会話しか交わさない毎日であったから、せっかくの引揚げも喜び半ばだった。

着の身着のままの引揚げ者としてではあるが、姉は北海道の小樽で生まれ、とにかくその生まれた家に帰るのだから、胸躍る思いはやはり隠せないでいた。が、私は日本という国についてなにも知らない。北海道についても小樽についても、その小樽の家を守り住んでいる父方の祖母についてもなにも知らないのだから、不安は募るいっぽうだった。

しかし、不安は母にもあった。日本へ帰ったらまっすぐ小樽の家に向かうつもりでいたが、果たして、父が死んでしまった今となって、嫁が子供たちを連れて帰ってきたからといって、快く迎えてくれるかどうか、それはまったく当てにならなかった。

そのことを母は時々口に出して言った。

「大事な息子を死なせて、こんな無一文の姿で帰ってきた私たちをおばばは優しく迎えてくれるかしら。おばばは孫を可愛がるような性格の人ではないからね。せめて正一が戦地から生きて帰ってきてくれたら、また話は違うんだろうけど……心細いかぎりだわ」

母の不安はそのまま私たち姉弟にも伝わり、私たちを一層無口にした。

列車は大連のほうに向かって南下していた。が、東北民主連軍地区は国共内戦によって線路や橋が破壊されていたり、トンネルが崩壊しているせいかよく停まった。そして列車は前触れもなしに発車した。

無蓋車だから雨に降られれば全身がずぶ濡れになり、風が吹けば目も開けていられない。トンネルを抜けると煤煙で顔は真っ黒になった。中国人の子供たちが沿道から投げる石つぶても飛んできた。それでも、牡丹江からハルビンへの逃避行の時に比べたら、ソ連軍機の機銃掃射がないだけましだった。

国民政府軍側に引き継がれてからは比較的順調に走ったが、その頃には乾パンもなくなり、水もなく、時々中国人が売りにくる食べ物を高い値段で買ってひもじさをしのいだ。

夜、列車が理由もなく停まっている時、白い月光の下で、誰かがハーモニカを吹いた。

夜の静寂にしみいるような音色だった。

泣くな妹よ　妹よ泣くな

泣けばおさない　二人して
故郷をすてた　かいがない
（佐藤惣之助作詩、古賀政男作曲）

『人生の並木道』。私はこの歌を知っていた。四番まで空で歌える。うちの従業員たちが日本から離れていることの淋しさをこの歌を歌って泣いてまぎらわせていた。だから毎晩のように聞かされていた。

いつとはなしに列車に乗っている人々は歌いだした。低く、うめくような歌声はやがて嗚咽となり、白い夜霧となって大地をおおっていった。

私はただ不思議だった。私の両親もそうであったが、日本から満洲へ渡ってきた人たちの中には一人として、満洲国の消滅を予想したものはいなかったはずだ。なのにどうして、こんな不吉な、いかにも満洲での生活が惨めで悲しいような歌を満洲へ渡った人たちが好んで歌ったのだろう。詩人が直感していた崩壊の情景を満洲に生きる人々もまた無意識のうちに見ていたのだろうか。

遼東湾の西側にある葫蘆島という港町についたのはハルビンを出て十日後のことだった。ここが引揚げ者の集結地で人があふれかえっていた。たくさんならんだバラックの一つに収容され、一日二度、赤い高粱のお粥を与えられた。

乗船の順番を待ってまた日にちが経った。

十月九日、ついに私たち一家も引揚げ船に乗ることに決まった。

出発の日の朝、港に向かって歩いた。

すでに浜辺のものと思われる砂の道をゆるゆると上っていった。しだいに海の香りがしてきた。

砂の道はあと少し、人間の背の高さくらいあった。よく晴れた暑い日だった。ようようその砂の道を上りきって、目の前が開けた時、私は嘆声を上げた。

それは海を知らない私にとっては驚くべき眺めだった。

真っ青な海がささやかな波を立てながらも静かに、確実に横たわっていた。それは、はるかかなたの水平線までつづいている。海は私の両手を開いた幅よりもはるかに広々とそこにあった。水平線の上には空がつながっている。青い青い空が。本当に雲一つない。

そんな青い空の下の青い海の沖合に軍艦のような貨物船のような船が一隻錨を下ろしていた。

「あれだ。あの船だ。あの船で日本に帰れるんだ」

人々は口々に叫んでいた。

そうだ。あの船で私たちは日本に帰るんだ。

私は全身の力が抜け、砂の道にへたりこんだ。手のひらに触れる砂も膝のあたりに当たる砂も熱かった。涙が一粒ぽたりと落ちた。

私は立ち上がり、両手を広げ、意味をなさない叫び声をあげた。なにか叫ばずにはいられない気分だった。それは喜び以上の喜び。歓喜以上の歓喜。なにか自分がここにふたたび生き返ったような復活の産声と言ったらいいか。よく分からない。

昭和二十（一九四三）年八月九日に、ソ連軍の満洲侵攻が始まった。十一日には大編隊のソ連軍爆撃機がやってきて、わが家の道一本隔てた前にある陸軍の倉庫に爆弾を多数落とした。その時、庭で遊んでいた私は爆風で玄関前にまで吹き飛ばされた。幸い怪我はなかったが、門扉はひしゃげ、家のガラスは割れ、壁も崩れ、家の中には埃が舞い上がっていた。棚に飾られてあった藤娘（ふじむすめ）の人形のケースが落ちてガラスも割れていた。

この時までの私は、まさに揺り籠の中でうつらうつらと幼い夢を見ながらまどろんでいたのだろうが、この爆撃で揺り籠はひっくり返されて、私は外に転がり出た。

「起きろ！」と誰かにどやされたように私は目覚めた。

そのあとにつづく逃避行。ソ連軍機の機銃掃射。雨、風、寒さ、暑さ、ひもじさ、あまたの死を見る恐怖。身近に迫りつつある自分の死への恐怖。そして敗戦。満洲国崩壊。ピストルを突きつけられ、目の前で引き金を引かれ、弾丸が自分の耳をかすめていった時の失神しそうな恐怖。ソ連軍兵士たちによる夜毎の暴行。避難民生活。ここにひもじさと病気への恐怖。父との再会。束の間の安堵ののちに強制連行される父の後ろ姿。一家心中のあった家への転居。死の匂いのする家での生活。父の帰還とその死。父のあまりに粗末な埋葬。祖国日本から見棄てられた悲しみ。室田との同居。室田の狂気的病気との母の格闘。それを日毎夜毎に見る恐怖。恐怖、恐怖、恐怖……。密告者としての母の犯行を知った幻滅。あげくの果てに不貞をはたらいた母への幻滅ふたたび。なにか一つでもいいことがあったであろうか。なにもない。なんにもない！

それが今、初めて私の胸を打つ出来事が起きた。生まれ故郷の満洲から離れる淋しさはある。祖国日本にたいする不安もある。しかしとにかく、雲霞（うんか）のごとき中国人に囲まれて暮らす避難民生活という境遇から少なくとも脱出することができる。なにはともあれ、日本人として日本に帰るのだから、今まで以上に悪いことはもはや起きないであろう。いいことはなにもなかったと言ったが、忘れてはいけない。そうだ。たった一つある。それは私が今日の今日まで死なずに生きてきたことだ。しかも目の前に広がるこの青い海と青い空、それは祖国にまでつづいている。うっすらと煙をあげている沖合の船。あれが私たちを祖国へと連れていく。ほとばしる涙をぬぐいもせず、私は空を仰ぎ見た。太陽は燦々と降りそそぐ、私は奇跡の光に打たれたように立っていた。

　桟橋から私たちは上陸用舟艇に乗せられた。

　平底の簡便な舟は静かな海を少し跳ねながら進んでいき、沖合の軍艦に横付けされた。軍艦と呼ぶにはあまりに無味乾燥な、灰色の鉄の船だった。

　揺れる舟から、揺れるタラップへと足をかけ、のぼりつめると甲板だった。日本人の若い船員が「ご苦労さまでした」と声をかけてくれた。

　この軍艦は米軍のＬＳＴ（戦車揚陸艦）と呼ばれる輸送船で、船底は平らになっていて、そこに戦車や装甲車を大量に積んで輸送する。海岸に接近するとこの船自体が直接浜辺に乗り上げ、そこで船首を観音開きに大きく開き、上陸用の渡し板を繰り出し、そこから戦車や装甲車などの重兵器や兵士たちを直接上陸させる仕組みになっているそうだ。この船一隻で約二五〇〇人の人間が運ばれる。その船底に私たちは押し込まれ、毛布一枚与えられた。窓一つない黒く大きな鉄の箱だ。床には戦車の滑り止めのための幅五センチほどの凸部が三十センチ間隔で横線を描いていて、真っ平らなところはない。だから、私たち引揚げ者は全員進行方向にたいして横向きに、三十センチの間に身を横たえることになる。大体畳一枚に二人か三人の割合だった。エンジン音が響き、天井の高いこの船底全体が絶え間なく小刻みに揺れていた。

上陸用舟艇が幾艘も海岸と往復してこの船に乗る引揚げ者全員を乗せ終わると、汽笛が鳴った。

私たちは船底の壁にそってついている狭い階段を駆け上った。

船がゆっくりと動きだした。

とたんに緊張の糸が切れたように、私は気が遠くなった。たぶん母も姉もそうだろう。みんなで甲板のフェンスにしがみついたのだから。

甲板にいる人々は遠ざかる大陸をぼんやりと眺めていたが、誰かが突然、

「満洲のバカヤロー！」

と叫んだ。

すると、みんながそれにならった。

「満洲のバカヤロー！」

人々はそう叫びながらも顔はくしゃくしゃにして泣いていた。

誰かが空中になにかを投げた。

それは紙吹雪として空を舞った。よく見ると、緑色の満洲国紙幣だった。持ち帰ってよいとされている金は一人千円と決められていたが、みんな万が一に備えて余分な金を隠し持っていたのである。が、どんなにたくさん持っていたところで、日本に持ち帰ったら千円しか日本円と交換してもらえないなら持っていても無駄だった。そこで人々は泣きながら札をばらまいているのだ。満洲への未練を断ち切るような思いを込めて空に向かって投げていたのだ。

「満洲のバカヤロー！」

その言葉には満洲への愛しさ、腹立たしさ、家族を失った悲しさ、すべてを失った空しさ、徒な夢を見たことの悔しさ、それらすべての思いが込められていた。

満洲国紙幣の紙吹雪は船から尾を引いて空中を漂い、やがて海に舞い落ちた。

葫蘆島から外洋に出て二日ほど経ち、船酔いにもいくぶん慣れた頃だった。

麦の雑炊と砂まじりのひじきの夕食が終わったあとだった。三人の男が立ち上がり、なかの一人、分厚い眼鏡をかけた柄の大きな男が大きな声で呼ばわった。

「ここに桃山小学校の収容所で避難民生活を送られた方は何人おられますか？」

ざっと二百人以上の人が手をあげた。

「ならばみなさん、憶えていらっしゃると思いますが、その中に、ソ連軍の手引きをして、毎夜、われわれ仲間の女性をソ連軍兵士に提供していた男が交じっています。今、ここで、その男にその時の心境をお尋ねしたいと思いますが、いかがでしょうか」

突然、船底には緊迫した空気がみなぎった。

が、その空気を切り裂くように、あちこちから「賛成」という声もあり、「おい、リンチかい？ リンチならよしときなよ」という声もあった。みな顔を俯けているので誰が言ったのかは分からない。

三人の男の中の中心人物と思われる眼鏡の男が憎しみに歪んだ顔で、

「私ははっきりと憶えています。その人は、あの男です」

と言い、しゃがみ込んでいる人々をねめまわして、一人を指さしていった。みんなの視線がその方に向かった。指さされた中年の男は今さら身をかくすような素振りをしたが無駄だった。

「出てきてもらいましょう」

と言うが早いか、二人の男が人込みをかき分け、中年の男に近づき、左右から両肘をかかえて立ち上がらせた。

中年の男は二人の男に支えられながら、おずおずと歩を運び、前に出た。

「名前はなんとおっしゃいますか？」

「………」

小さな声なのでよく聞こえない。

「この男は、いつ誰が決めたのか分からないうちにソ連軍兵士たちの手先となり、お国のためだからとか、みんなを助けると思ってなどとご託宣をならべて夜毎に人妻や娘を説得してまわり、ソ連軍兵士に提供していたのです。そうですね？　あなたはそれをしましたね？」

「はい。いつのまにかそういう役回りになっていて……辛い役目でした」

「あなたが自分からその役目を買って出たとソ連軍兵士の通訳は言ってましたよ」

「まさか、そんな……」

引き出された男は怯え切っている。

「じゃあ、訊きますが、あなたには奥さんはおられますか？」

「はい……」

「あなたには娘さんはおられますか？」

「はい……」

「お国のためだと言うあなたは、当然、あなたの奥さんや娘さんを率先してソ連軍兵士たちに差し出したのでしょうね？　どうなんですか？」

「…………」

「あなたの奥さんや娘さんは無事だったのですか？」

「……ええ」

しゃがみ込んでいる人たちが次々と立ち上がり始めた。みんな怒りに震えている。

「みなさん、こんなことが許されると思いますか？」

「許せない！」

の声があちこちからあがった。

「この人はお国のためと言って他人を説得しておきながら、その実、自分の妻や娘をしっかりと守っていた。こんなことがあっていいと思いますか？」

怯える男は眼鏡の男にすがるようにして、

「実は、今日こそは今夜こそはと考えていたのですが、妻や娘を説得できなかったのです」

「ほかの家の娘を説得できたのに？　笑わせないでください。あなたがソ連軍の女衒をやることで、一家の無事は保証されてたんじゃありませんかな」

怯える男は首を振って懸命に否定した。

「あなたには、自分の愛する妻や娘が、日ソ不可侵条約を一方的に破って満洲国に侵攻し壊滅させた敵国ソ連軍の兵士に犯されることの悲しみや悔しさ、それがどんなに辛いものか、死んでも死に切れないほどに辛いことであることを全然分かっていない。私の妻も、私の娘もソ連軍兵士によって弄ばれ、一生消えない傷を負いました。しかし、それも仕方ないとあきらめています。戦争に負けたらこんなこともあるでしょう。爆弾に当たって死ぬこともあるでしょう。片腕を失うこともあるでしょう。だがしかし、私が許せないのは、仲間たちのその悲しみを知っていながら、自分の妻や娘をひた隠しに隠して、他人の妻や娘を兵士たちに提供していたこの男の、まるで悪魔のような卑怯な利己主義です。一体こんなことを、みなさん、あなた方は許そうとなさるのですか？」

この時、今度は女たちが、たぶんソ連軍兵士に犯された女たちであろう、あちらでもこちらでもおいおいと泣き声をあげ始めた。

その時、引き出されていた男は言った。

「ちょっと待ってください」

「どうかしましたか？」

「いえ。私は自分のやったことを否定しませんが、ソ連軍兵士の手引きをやったのは、なにも私一人ではありません。あの大きな桃山小学校には教室がたくさんあり、一人の縄張りは大体三教室でした。ですから私以外にあと十人は同じような仕事をした男がいるはずです。その人たちをもここへ引き出してください。さもないと、私一人が、今みなさんの前でこんな辱めを受けることに納得がいきません」

「なにが辱めだ。人に辱めを与えておいて」

眼鏡の男はどなったがすぐに声を落として、

「うん。気がつかなかった。私はあなたの顔ばかりを憎しと思って憶えていたが、そう言えばそうだ。あと十人はいるはずだ、みんながこの船に乗り合わせているとは限らないが、まだ何人かはいるだろう」

男はふたたび声を張り上げ、

「身に憶えのある人は自らここへ出てきてください。逃げ隠れしたら、鉄拳制裁を加えることも厭わない。さあ、さっさと出てきてください」

船内はざわついた。「これはリンチだ。いやだねえ」という声があるかと思えば、「これぐらいのことは当然だよ。やつらは鬼か、さもなくば悪魔の弟子だ」と怒りをあらわにわめく声もある。

自ら出てきた人もいるが、まわりから促されしぶしぶ立ち上がった人もいる。全部で六人の男たちがみんなの前に整列させられた。

「では、ここで、改めて、ソ連軍のために立ち働いた人たちに質問してみましょう」

ちょっと間をおいて、

「あなた方の中で、自分の奥さんないしは娘さんをソ連軍兵士に提供した人はおられますか？」

船内はしーんと静まり返った。

みななにかを期待していたのだ、誰か一人ぐらいは、自分の妻や娘を提供したと答える人がいてもいいはずだと。ところが、誰もがむっつりと下を向いている。

「どうなんだ？　誰もいないのか？」

眼鏡の男は悲鳴に近い声を発した。

六人の男たちはわれ関せずといった風情で各自そっぽを向いている。

「私は、なにも自分の妻や娘がソ連軍兵士に犯されたからって、それを恨んでこんな真似（まね）をしているんではない。たぶん、こんな申し合わせというか、裏取引があって、こいつらは、いやこの人たちは女衒の真似をしたのではないかと思っていたから、今、それを確かめたのだ。なんと悲しい真相ではないか。あの敗戦の混乱と恐怖と屈辱の中で、同胞たる仲間たちにはお国のためとかなんとかぬかして犠牲を強い、自分の妻と娘はしっかり無傷で守り抜いたとは、なんという美しい家族愛であろう。敷島の大和心を人問はば朝日に匂う山桜花……これをしも天晴れ大和魂とでもいうのでしょうか。なんという腐れきった大和魂であることよ」

眼鏡の男は、泣きじゃくりながらずるずると坐り込み、そのまま言いつづけた。

「私が、私が、言いたいのは、この抜け目なくというか、狡賢くというか、巧みに立ち回ったことで自分の妻や娘を守り抜いた男たちにも私たちの悔しさと傷の痛みを分かってもらいたいということだ。だから、出てきてもらったのだ。さあ、あやまれ。みんなにあやまれ！　私たちと同じ悲しみと痛みを今からでもいい、分かち合うのだ」

六人の男たちは互いに顔を見合わせ、しぶしぶと土下座の姿勢を取りはじめた。しかし中にはすでに、慚愧の念に耐えかねて、滂沱と涙を流しているものもいる。

眼鏡の男は言った。

「これはリンチではない。ただの確認作業だ。あなた方に、卑怯な手練手管で弱い者の世界を生き抜いたことを自覚してもらいたかっただけだ。さあ、あなた方は自分の卑劣な行為を一生悔いて生きるか、それともそれを自慢に生きるかは分からない。しかし傷痕は残るだろう。あなた方の手引きによってソ連軍兵士に犯された女たちの悲しみがあなた方の頭から一生離れないことを祈るとしよう。もう、お終いだ。席に戻るがいい」

眼鏡の男は立ち上がり、涙をふいた。が、六人の男たちは坐ったまま動こうとしない。

よく見ると、みな肩をふるわせ、泣いている。

そのうちの一人が、床に額をこすりつけるようにして言った。

「みなさん、悪かった。私が、いや私たちが悪かった。ソ連軍兵士による暴力によって強制連行され、中には死んだ人もあろうというのに、姑息にも、わが身わが家族だけを大事にふるまったことの罪は一生拭えない罰となって今日から私の心を、生きているかぎり苛むでしょう。私も、この心がソ連軍によって犯され汚されていたのです。どうぞ、卑怯だった私をも、いや私たちをも、深い傷を負ったあなた方の仲間に入れてください。お願いします。お願いします」

この言葉に心動かされたのか、他の五人の男たちもみな泣きじゃくりながら、頭を下げた。船内は寂として声なく、あちこちからすすり泣きが、深い森の中で聞く清流の音のように伝わってくる。敗戦の悲しみばかりではない。戦争をすることの愚かさ、その愚かさの中でますます狂気になっていく人間のおぞましさ、すべてへの反省が涙まじりに溜め息となって、今船内の人々の心を一つにした。

私たち家族も、また私個人も、やはりそれらの悲しみを分け合うものの一人であったが、私の中にはもう一つ別な感情というか言い分がわだかまっていた。

私、といってもまだ八歳になったばかりの少年ではあるが、八歳とはいえ大人以上の体験もしてきたし、大人以上に傷ついてもいる。その私からみれば、ソ連軍の手先となって女を斡旋提供した男たちは当然責められていい。ましてやその協力的行為によって自分の妻や娘の安全を守ったとなると、それはもう卑怯千万と言われていいだろう。しかしだからといって、この逃げ場のない引揚げ船の中で、衆を頼んで過ちを犯した人間たちを引き摺り出し、暴力こそふるわなかったものの、理屈はどうあれ言葉の暴力によって衆人環視の中で辱め、泣かせ、傷つけることのどこに正義があるというのか。第一、この戦争とその災禍から免れて、とにもかくにも、この引揚げ船に乗っている人たちは全員、その心の奥にうしろめたさをかかえているのではないか。

この私自身でさえが卑怯千万の張本人であるからだ。私は、軍用列車に乗せてくれと懇願する開拓団員たちの手を振り払い、突き落としてわが身を守った時のことを思い出す。あの行為は鬼の行為ではなかったのか。それよりもなによりも、牡丹江駅前に阿鼻叫喚をなす群衆たちを尻目に軍用列車にもぐり込んで牡丹江を脱出したあの行為は悪魔に踊らされていたのではなかったか。

だからといって、少なくとも私には、みんなの前に土下座して許しを乞う気持ちなどさらさらない。なぜなら、ここにいる人間たちはみんな同罪だからだ。誰一人、正しさだけでここまで生き抜いた人間などいないからだ。

そう思ったなら、人を糾弾する資格など誰にもないということだ。それゆえに、たった今、目の前で演じられた民衆裁判めいたリンチ劇は殴る蹴るはなかったにせよ、誠に見るに耐えない人間醜劇であった。

私は男と女の区別なく人間と名のつく大人たち全員が大嫌いになった。このもっともらしい表情という仮面をつけた化け物どもはまったくどうしようもなくダメな連中だ。こんな大人になるくらいなら、このまま成長が止まればいいと私は心底願った。

この引揚げ船には花園小学校とか他の収容所からの避難民も乗っていた。桃山小学校の避難民たちの間で起きた裁判劇はそれら他の収容所からの避難民たちに飛び火し、似たようなことが船内のあちこちで起きていた。中には一人、二人を囲んで口喧嘩になり、あげくは殴る蹴るの暴行に及んでいるのもあった。私はそれらを見るのがイヤで昼日中はほとんど甲板で過ごした。

今、船は日本に向かっているのだろうが、前後左右どこにも陸地の影は見えなかった。あたり一面が水平線である。どこを見ても水平線。どこまでも水平線。なんという心細さだろう。船は白波をかき立てて確実に前進している。本当に、日本に向かっているのだろうか。

私は日に日に不安が募った。

その不安は私だけでなく、大人たち全員にもあるらしく、夜になると、

「果たして日本に本当に着くのかどうか怪しいもんだぜ。途中機雷にぶつかって沈没するかもしれんし。そんな心配などしても無駄だから、ちょっとこっちへ来て、俺の腕の中であたたまりなよ」

なんて言葉がくぐもった声でささやかれ、船内の至る所に抱きあう男女の塊ができる。それがもう無数だ。それらは毛布を頭からかぶって顔を隠し、もぞもぞとうごめき、低く抑えたあえぎ声まであげている。

耳をふさぎ目をきつく閉じて、それらの光景を見まいとしているうちに、いつしか眠りに落ちてしまったりすることもある。しかし激しい揺れが来ると、身体が浮き上がり、とても寝てなどいられない。

薄暗がりの中をさがしてみたが、姉の姿が見えない。が、抱きあう男女の姿は見え

る。激しい船の揺れに毛布も引きはがされ、目のやり場に困るというよりは、目を覆いたくなる光景だ。

なんというおぞましい奴らなんだ、大人なんて大嫌いだ！　大人という名の人間どもにたいする嫌悪感が私の胸の中で煮えくり返った。

重なる男女を飛び越え、飛び越え、鉄の階段にたどりつき、それを上って甲板に出ると、姉の宏子は暗い海を見て、立っていた。

「ああ、姉さん、ここにいたの」

姉は泣いていた。

真っ黒な海、真っ黒な空、デッキには灯もついていない。

「もう、毎晩こんな醜いものを見ながら生きていく元気がないわ」

姉の胸の中にも人間にたいする幻滅が渦を巻いていたのだろう。

「礼ちゃん、死のうか」

「ああ、いいよ。一緒に死のう」

私は自分の言葉として言った。

下を見ると、舷側だけは波立つ泡で夜目にもはっきり白く見えた。船はかなりの速さで走っている。時々、飛沫が降りかかってくる。

姉はデッキのフェンスに右足をかけた。

私も姉と同じ体勢をとった。

姉にならって私もフェンスの鉄柵に片足をかけ、二人して真っ暗な海に飛び込もうと身を乗り出しているところだった。

「宏子、礼三。やめなさい！」

母の叫び声が聞こえた。

私も姉も一瞬気をそがれて、鉄柵にかけていた足を下ろした。

「お前たち、なにをやっているの」

母は揺れる甲板で右左によろけながらも走ってきた。

「お母さん、そばへ来ないで。あんたなんか大嫌いよ」

姉の宏子は金切り声をあげて母を制した。

「お母さんの人殺し」

私は母に向かって人さし指を突き出した。

「礼三、お前、なんてこと言うの」

母は呆気にとられた顔で言う。

かさにかかるようにして姉が言った。

「私、もう人間に絶望したの。特にお母さん、あなたに」

「あんた」とか「あなた」と呼ばれて驚いたのか、母は風の中で口をぱくぱくさせていた。

「人間なんか、みんな不潔で愚劣だわ。毎晩、船底で抱きあっている大人たちも最低。お母さんもあの人たちと同じよ。エレナ先生を死に追いやり、そしてお父さんとの約束を破って室田さんと結ばれたわ。もう夢も希望もないわ。私は死にたい。死んでお父さんのそばに行きたい」

姉の顔はひきつっていた。

「礼三、お前もそうかい？」

母は私の両肩に手をかけて訊いた。

私はうなずいた。

「暗い海を見ていて、私が死にたいと言うと、ぼくも死にたいって礼ちゃんも言ったのよ。礼ちゃんだって私と同じように悲しんでいたのよ」

母の視線は姉から私に移った。

「ぼく、なんだか疲れちゃったんだ」

私はそれだけ言うのが精いっぱいだった。

「でも、死んではいけないわ。どんなに疲れててもよ……」

母は私たちを説得しようとして、ことさらに優しい声で言ったが、私と姉は母をにらみつけることをやめなかった。

すると、母は急に語気を強め、

「お前たち、私をなんだと思っているの」

「母よ」

姉が答えた。

「女はね」

母は噛んで含めるような言い方をした。

「子供を産んだからといって、それで母になるものではないわ。母になろうとして母になるんだわ。母であることを自らあきらめて子供を捨てたり売ったりした女をお前たちだってたくさん見てきたじゃないの。私だって、母であることをやめたい時がなんどもあったわ。だけど、私は私の意思で、お前たちの母であることをやめなかったんだわ。そのことを忘れないで」

「ぼくたちを捨てたいって思ったことがあるの……」

「あるわよ。なにもかも捨てて死んでしまいたいって……」

私はなにも言わなかったが、母のその言葉を聞いただけで、もはや十分だった。そう、私たちはすでになんども母に捨てられていたのだ。苦しみ悲しみはともかくとして、母は断続的に母でありつづけたにすぎなかったのだ。母でない時があったからこそ、室田に抱かれるなんてことができたのだ。そのことを母は気づいていない。気づかないまま母はなにか言っている。

「母であるためには生きなければならない。生きるためには愛しあう人が必要なのよ。人間とはそういうものなのよ。愛なしでは生きていけないものなのよ」

なに、人間とはそういうもの？　愛なしでは生きていけない？　ならば船底で抱きあっている男や女たちまでが全員無罪放免になるではないか。母の言葉は私の耳には、もはやうわ言のようにしか聞こえない。

「愛しているのは私たち子供じゃないの？」

姉が訊いた。

「お前たちは私自身じゃないの」

「…………」

私と姉は母の口の上手（うま）さに呆然としていた。

母は言い勝ったと思ったのか、私と姉をじっと見据えていた。

姉の顔が歪み、そしてそれは泣き顔に変わった。姉の悲しみは、それまでの悲しみよりも一層大きなものになっていることを私は理解したが、母はどうだろう。

「だからね、大切なのは自分自身の命を生かしつづけるための愛よ。愛あってこその命、命あってこその母なのよ。母として生きるとはそういうことなのよ……」

「母さんのバカ！」

「えっ……」

「子供って愛よりも大切なものじゃなかったの？……なら、死んでやる！」

姉はふたたびフェンスに向かって突進した。

「やめないか。なにを危ないことをしているんだ」

若い男の声がして、姉はその男に抱きとめられた。

「君たちはいったいなにをしようとしていたんだい？死ぬなんてことを考えてはいけないよ。もっと元気を出さなきゃ。お母さんがいてくれたから無事に済んだけれど、そうでなかったら大変なことになるところだった」

その男はこの船に乗った時に「ご苦労さまでした」と声をかけてくれた船員さんだった。

「私は船員の福島誠といいます。ちょっとお子さんたちをお預かりしますが、よろしいでしょうか?」

母は煮え切らない表情のままうなずいた。

「坊やたち、ぼくの部屋に遊びにこないか。美味しい紅茶でもご馳走しよう」

笑うと白い歯が夜目にも光って見えた。

福島という船員は先に立って歩いた。私たちはそのあとに黙ってついていった。

福島は甲板の上に建てられている船室のドアを開けて「さあ、どうぞ」と言った。中は十畳ほどの船室で右奥にはハンモックがゆらゆらと揺れていた。柱に取り付けられている電球は金網で覆われていた。

福島はポットから紅茶を柄つきの三つのカップに入れ、テーブルというか備え付けの物入れのような鉄製の箱の上に並べた。

部屋にはラジオがあった。彼はそのスイッチを入れて紅茶を飲んだ。私たちも飲んだ。久しぶりの紅茶の味と香りだった。なにか生き返ったような気分になった。

「もうそろそろ、日本の短波が入るはずだ」

福島はダイヤルを回して調節をしていたが、そのうち女の人の歌う声が聞こえてきた。

青空のように晴れやかな女の人の声だった。

「この歌はね、『リンゴの唄』(サトウハチロー作詩、万城目正作曲、並木路子歌)っていうんだ。ねっ、いい歌だろう。今、日本では敗戦の悲しみを忘れて、みんな頑張っているんだよ。この『リンゴの唄』をうたいながら、焼け跡から立ち上がろうとしているんだ。君たちも、死のうなんてことを考えないで、頑張らなくちゃいけないよ」

福島青年は力強い言葉で私たちを慰め、

「教えてあげようか」

元気よくうたいはじめた。

赤いリンゴに　くちびるよせて
だまって見ている　青い空
リンゴはなんにも　いわないけれど
リンゴの気持ちは　よくわかる
リンゴ可愛いや　可愛いやリンゴ

なんという明るい歌だろう。私の母国の日本人たちは、もうこんなに明るい歌をうたっているのだろうか。私たちが、まだ、こうして真っ黒な海の上にいるのに、着の身着のまま、食うや食わず、命からがら逃げつづけた同胞がまだ母国の土を踏んでいないのに、そして私たちのほかに大勢の同胞が大陸に取り残されているだろうというのに、なぜ平気でこんな明るい歌がうたえるんだろう。どうして、もう少し、私たちの帰りを待っていてくれないのだ。『リンゴの唄』は私にとってとても残酷な歌だった。

隠れんぼの鬼をやらされていて、ついに「もういいよ」の声が聞こえてこないので仕方なく両目をふさいでいた手を広げてみたら、誰もいなくなっていたような、夕闇の中に置いてきぼりをくったような、悲しい思いが込み上げてきて、私は『リンゴの唄』を聞きながら、泣いた。泣きながら、へなへなとその場に坐りこんでしまった。日本という国に帰ることをあんなにも楽しみにしていたのに、この歌を聞いたお陰で、その国が海の向こうにさあーっと遠ざかっていくように感じたからだ。

引揚げ船の船底暮らしは五、六日間ほどだった。

海の色は日に日にやわらかく、波も穏やかになっていった。海風は湿気をおび、空気が重く感じられた。

そしてついにある朝、汽笛が鳴った。

母と姉と私の三人は競うようにして階段をかけ上り、甲板に上がった。

「おーい、陸が見えたぞ」

という声が聞こえた。

空は薄ねずみ色に明け初めていた。

「日本だ。日本が見えるぞ」

どやどやと大勢の人たちが甲板に上がってきて、船首のほうに寄りかたまった。その人たちが指さす灰色の海のかなたに陸影がかすんで見えた。

九州の島影だろうか。誰にもはっきりしたことは分からないらしい。

「とうとう私たちは生きて帰ってきたんだわ」

母は勝ち誇ったような笑顔で私と姉を見た。

日本。真っ青な海、どこかで見たことのあるような港の街景色。あまりの美しさに私は大きな声をあげた。その瞬間、私は死にたいという考えを忘れさっていた。忘れたというよりも、この美しい日本の海を、自分の死で汚してはならないと心底、自分に言い聞かせたのだった。姉もたぶんそうだったろう。

東の空は一段と明るさをまし、日本の影はくっきりとその姿をあらわしてきた。緑の山並みまでが見える。

「あそこで」

陸影を指さして母は言った。

「お前たちの人生が始まるのよ。それはきっと美しいはずだわ。だから、もう二度と死ぬなんてことを考えちゃだめ。なにがなんでも生きるってお母さんと約束して」

母は私たち姉弟をそばに抱きよせ、力強く言った。私たちはうなずいた。

引揚げ船はゆっくりと沖合に停泊した。

上陸用舟艇が何隻もやってきて、私たち引揚げ者はそれぞれに分乗し、岸壁に向かった。

上陸用舟艇から岸壁まで歩くたびに撥ねあがるような渡し板を渡った。

岸壁に白いヘルメットをかぶったアメリカ兵が数人いて、腕にはなにやら機関銃のようなものをかかえていた。降りるなり私は襟首をつかまれて空中に浮くような感じになった。

背中に機関銃のようなものを突っ込まれた。

なにをされるのかと思っていると、シュッーという音とともに大量の白い粉が背中に流し込まれた。それは冷たく、私は思わず、ヒェッーという声を発した。次は帽子をとられ、頭から全身白い粉でまぶされた。

白い粉はＤＤＴという消毒薬らしい。

私の母国日本への第一歩はＤＤＴの粉末によって歓迎された。

それは十月十五日のことだった。

私はこの時、ほとんど無意識のうちに、今日までの悪夢のような体験を忘れ去ろうとしていた。私はこの岸壁にＤＤＴにまぶされて誕生したのであり、過去の自分にこだわっていてはいけない、今日この今から、自分の人生、そんな言葉は知らなかったが、とにかく自分のこれからの生活は始まるのだと、自分の心に言い聞かせた。きっと溌剌（はつらつ）とした明るいものが待っているようなそんな期待に胸をふくらませていた。

波止場から私たちは長い列を作って鉄道の駅まで歩いた。もう全身疲れきっていて、あたりを見る余裕もなかった。日本にたどり着いたという安心感につつまれて、そこにどっと倒れ込みたい気分だったが、ただ流れにまかせて歩いていった。今更のように空腹も感じられた。日本の土を踏んだからにはもう赤い高粱粥は食べなくてもすむだろうと思うと、一層お腹が鳴るのだった。

駅に着いてみると、そこにも人があふれていた。ただ母や姉のあとについて歩いている私にはここがどこなのか、どこへ向かって私たちは行こうとしているのか、なんにも分かっていなかった。私の頭の中には日本という国の輪郭すらなかった。北海道、本州、四国、九州の区別さえ判然としていなかった。

長い時間待たされて、順番が来て、私たちは列車に乗った。幸い私たちは坐ることができたが、列車は人であふれ返っている。窓から人がはみだしそうだ。ＤＤＴの洗礼を受けた群衆を乗せて、列車は走りはじめた。

途中なにを食べたか、なにも憶えていない。どのくらいの時が流れたか、その意識すら判然としない。硬い椅子に腰掛け、ただひたすらに眠った。時々、目を開けてあたりを見ても、面白そうな景色はなかった。低い山があり、そこに小さな家が点在し、田圃（たんぼ）がひろがっていた。それを美しいとか懐かしいと思う感情は私にはなかった。なにやら全体にこぢんまりとした造りの風景だなと感じただけだった。こんな風景の中に、母が言うところの美しい人生があろうとは全然考えられなかった。だからますます眠った。これもまた夢であってくれと願うように。

途中、青森というところから青函（せいかん）連絡船という大きな船に乗った。この船の三等船室にあっても眠りつづけた。

函館（はこだて）から汽車で六、七時間ほど揺られて、やっとわが家のある小樽に着いた。十月二十日のことだった。日本の土を踏んでから五日間、汽車と船に乗っていたことになる。

父の実家である家は、坂の多い小樽の街の、豊川町（とよかわちょう）というかなり高いところにあって、家の前の道路には一間幅の疎水（そすい）が流れ、海に目をやれば街を見下ろす形になる。放射線を描く家並みと道路の中心点に小樽湾がわずかに見える。家はさほど大きなものではなく、そのあたりの家並みに合った普通の家だった。

その家にやっとの思いでたどり着いて、

「只今、帰りました」

と母は元気な声で言ったのだが、中からはなんの返事もなかった。

おばば、つまり父の母がまだ元気でいるはずだったが、家の中は薄暗かった。

宏子は、かつて自分が生まれ育った家でもあることだし、靴を脱ぎ、勝手に上がっていった。

「あら、おばば、やっぱりいたじゃない。私たち満洲から帰ってきたのよ。ねっ、帰ってきたのよ」

おばばは振り向きもせず煙管（キセル）で煙草を吸っていた。おばばの前にはだるまストーブがあり、どてらを着たおばばはそこから動こうともしない。

「お母様、只今、帰りました」

母は両手をついて丁寧にお辞儀をしたが、

「帰ってきたとは誰がね。息子が死んでしもうて、嫁と孫二人が帰ってきたからといって、よろこぶばばあがどこにおるね」

「申し訳ありません」

母は泣いて頭を畳につける。

「まあ、勝手にするがいい。わしは邪魔も助けもせんから」

これが母国日本のわが家到着の一日目のことだった。先を思うと、私の中に眠りかけていた暗澹（あんたん）たる思いが、むくむくと頭をもたげてくるのだった。

小樽での生活はぎくしゃくとしたものだった。

おばばは自分で食事を作り、一人で食べ、残った物は、

「お前たち食いたけりゃ食えや」

と言ってどこかへ行ってしまう。私がそれを食べようとすると、

「食べちゃダメ」

と姉が手で止めた。

「おばばの作ったものは何日前のものか分からないからきっと腐っているわ。私は

昔、一緒に暮らしたことがあるから分かるの」

はたして姉の言うとおりだった。おばばの残した野菜の煮染めはぷんと悪臭がして、糸を引いていた。

「おばばはよく平気だね」

「昔からああなの。一度おかずを作ったらそれを食べつづけ、いよいよ傷んできたら食べ残す。それを食べた人はお腹を下したり大変なことになるんだけど、おばばは平気なのよね」

私たちだけで勝手なものを作って食べるわけにもいかず、お粥などを作って、隠れるようにして食べた。

「お父さんが死なないでいてくれたら、特攻隊に行った正一さえ帰ってきてくれていたら、こんな惨めな思いをしないですむのにねえ」

風呂に入り、旅装を解いたことは解いたが、はるばるわが故郷へ帰ってきたという実感は全然湧かなかった。

それでも私は家の裏山を一つ越えたところにある手宮西(てみやにし)小学校に姉に連れられていって、二年生への転校手続きをした。

私はハルビンでほんの数日、寺子屋のようなところで勉強しただけだったが、みんなについていけないほどの学力差はなかった。

夕方になると、おばばは疎水の流れる豊川町の坂道を大きなむしろ袋を肩にかついで上ってくる。中にはイモがいっぱい詰まっているのであったが、おばばは決して手伝わせようとはしなかった。おばばにとって私たちは見えない存在だった。

そんなところへ、たぶん戦死したであろうとあきらめていた兄正一から手紙が来た。無事復員したという。学徒出陣して陸軍特別操縦見習士官となり、特攻隊として出撃したはずの兄は戦死していなかったのだ。

歓喜の大ニュースだった。

その兄が、その年の十一月の末、よく晴れた昼下がりの午後、女連れで、豊川町の雪道をのらりくらりと上がってきた。

兄は、赤と黒の大柄なチェックの半オーバーを着ていた。軍人の名残のかけらもない。連れている女は何者なのか。口紅が真っ赤だ。

これがあの兄か？　私はいぶかしんだ。ただの不良ではないか。

兄と連れの女のまわりにはなんとも言えない饐（す）えた匂いがまとわりついていた。

反社会的な、反道徳的な、虚無的な、投げやりな、人を人と思わないような不敵な薄笑いを浮かべて、にたにたと坂道を歩いてくる。幼い頃の私がその膝に抱かれて写真を撮った時の、あの聡明そうな凜々しい兄の面影はもはやどこを探してもなかった。

おばばは兄の復員を喜んだが、兄の腹積もりはまったく違ったところにあったようで、みんなで輪になっていろいろと将来のことについて話しても一向に話題が嚙み合わなかった。

兄の口癖は一攫千金であり、二十二歳の若さで戦場から世の中に放り出された若者にはそれしか生きる道はないと力説するのだが、ではどうしてその一攫千金を手に入れるのかと質問すると、煙草の煙で輪を作り、

「なあに、細工は流々まかせておきなって」

と煙に巻く。

連れてきた女は兄の妻で、まだ二十歳、名前は美津子といった。パーマをかけた美人だった。

二人は朝から晩までジャズを歌っていた。

「ジャズだよ、ジャズ。ジャズくらい歌えなくっちゃ新しい日本人じゃないぜ。ゴンナテーク、センチメンタルジャーニー……」

夕食が終わると、

「箪笥は空でもダンスはやめられない」

などと駄洒落を飛ばしてダンスホールへ行く。ダンスに行かない夜はビリヤードで球を撞くか、いつの間に知り合ったのかしらない友達と麻雀をする。なにかしら遊んでいる。

私たちを連れて映画に行ったりもする。『無法松の一生』『人情紙風船』『姿三四郎』『エノケンのちゃっきり金太』『エノケンの法界坊』などは兄に連れられて観たものだ。

しばらく遊び暮らす毎日がつづいたが、年が明けて三月になると兄夫婦が突然いなくなった。

近所の高利貸しが来て言うには、兄に三十万貸したという。なんと借用書にはおばばの実印が押してあり権利書までが添えられている。兄はおばばの留守を狙っておばばの部屋に忍び込み、実印と権利書を盗み出したらしい。

兄はこの高利貸しの近藤から借りた金でニシンの網を買うと言って増毛に行ったという。

おばばの怒るまいことか。

「ああ、うだで、うだで（おぞましい）。とんだ疫病神が帰ってきてくれたもんだ。ニシンの網なんぞを買って一山当てようなんて極道もんは地獄に落ちるがいい。この家も早晩高利貸しのものになってしまうだで」

毎日泣きどおしだ。

母は兄を捜すと言って増毛に向かった。当然、無謀な計画をやめさせるためにだ。が、母から来た葉書には「もう、止められない」と書いてあるきりだった。

「お前たちも増毛に行けや。お前たちの顔も見たくないわ」

おばばにそう言われて、私と姉は二人して増毛に行くことになった。

小樽から札幌まで一時間半。深川(ふかがわ)まで出て、そこで留萌(るもい)本線に乗って増毛へ。途中ずっと雪に降られ、寒い寒い空腹つづきの旅だった。

増毛は小さな駅だった。母の葉書を頼りに宿へたどり着いてみると、兄は気炎をあげていた。

「なあに、俺はあの家で生まれ育ったんだ。もともとあの家は俺のものだということよ。俺の家を俺がどうしようと、おばばにとやかく言われる筋合いはないんだ」

ニシン場の網元みたいなドテラを着た兄はなんの反省の色もなかった。母もすでに兄の勢いに押されていて、

「本当にニシンが網に入ったら、お前もニシン成金になれるかもね」

などと言っている。

夜の浜辺に立って兄は自慢げに言う。

「見ろよ、このニシン場の美しいこと！」

篝火(かがりび)が燃えさかっている。夜空を焦がし、雪を溶かして燃えている。増毛の浜には五十メートル間隔で篝火が燃えている。その光の中にニシン番屋がぼんやりと浮かんで見える。海にも篝火が一つ二つと見える。汐の匂いがする。炎の匂いがする。当てにならない幸運の匂いがする。祭りの前夜のような緊張が張りつめている。

「なんだか戦が始まるみたいだね」

「そうさ。これが男の仕事よ」

兄は眉を上下させて小さく見得(みえ)を切った。

一日一〇万、三〇万の金で三日間の網を買う。

そのうち一日でもニシンが入ったら、兄の取り分は一〇〇万円になる。もしも三日間ニシンが入ったら、三〇万が三〇〇万円になるのだ。むろんこれはあくまでも楽観的予測であって、一日も入らないってこともある。いや、むしろその方が確率が高い。それはそうであろう。そうでなかったら、ニシンの網を買わないバカはいない。だから博奕(ばくち)なのだ。種も仕掛けもない。群来するニシンの先頭を走るニシンの気分まかせの危険なというより無謀な、素人が手を出してはいけない大博奕なのだ。

「なあに、必ず入るって。なんたって敵のグラマンと空中戦をやって、死なずに帰ってきたんだからな。俺は運が強いんだ」

兄の強気を嘲笑うかのように、一日目は、はるか遠いところの網に大量のニシンが入ったが、兄の網には一尾も入らなかった。

二日目は、兄の網のすぐ右隣の網に五十万尾にものぼるニシンが入った。兄は地団駄踏んで悔しがったが、どうなるものでもない。

そして三日目、こんなことってあるのだろうか。兄の網にニシンが、しかも六十万尾という大量のニシンが入ったのである。

兄の網を曳くヤン衆たちの歌うソーラン節を聞きながら、兄は得意満面であった。

「だから言っただろう。俺は必ず勝つって」

母も姉も手放しで兄を褒めあげる。

「さすがは中西家の長男は出来が違うわ。父譲りの勝負強さだわ」

「これで私たちもお大尽ってわけね。一時はどうなるかと思ったけど」

「はらはらさせるのも色気のうちさ。そこでだ」

兄は私たちをねめまわして、なにを言い出すかと思ったら、

「勝ちに乗じてもうひと勝負するのが名将の心得というものではなかったかな」

みんな意味が分からなかった。

兄は言う。今日の大漁で兄は一〇〇万円を得ることになる。しかしこの大量のニシンを輸送船をチャーターして秋田の能代まで運べば、三倍の値段になる。そうすりゃ、三日間ニシンが入ったことと同じになる。これをやらない手はない、ということだった。

さすがに母も姉も、そんな危険な真似だけはやめとくれと頼んだが、止めて止まるような兄ではなかった。

兄の取り分である三十六万尾のニシンをふた晩がかりで五隻の輸送船に積み終えた。

大漁の翌々日、雪まじりの北風の吹きすさぶ中、海軍の弾丸輸送船だった武蔵丸という名のおんぼろ船に乗って兄は日本海へと出航した。

兄はなにを思ったか突然、私たちに向かって陸軍式の敬礼をした。

それを見て私は思った。この戦いは負けると。

私たちは、心配というか不吉な予感というか、そんな不安をかかえて小樽に帰った。

しかし、五日経っても七日経っても、兄から何の連絡もなかった。

高利貸しの近藤が訪ねてきた。兄から連絡があったという。そして言うことには、兄は無事なことは無事であったが、五隻の船は、嵐のような時化に遭って翻弄され、ニシンはみんな、白子や数の子を吐き出しちゃって生ゴミ同然になってしまい、その生ゴミを海に投げ捨てて命だけは助かったのだそうだ。

「金は返せないから、あとは好きなようにしてくれと言っていたから、一日も早くこの家を空けていただきたい」

近藤は冷徹に言い、煙草に火をつけた。

兄はどこにいるのだろう。

「東京の下宿にいるはずだわ」

私と姉は毎日おばばの嘆き節を聞き暮らした。

翌朝、母と美津子は東京に向かった。

一週間経って、やっと母から一枚の葉書が届いた。

「まだみつからないが、ここで正一を待つ」

という内容だった。

「高利貸しの近藤が出て行け出て行けとうるさいから、わしはもうこの家を出て、娘の嫁入り先の世話になるわい。お前らも東京へ行けや」

おばばは私たちに東京行きの切符をくれたが、それは知恵をしぼりにしぼって、小樽から東京まで最も安い料金でたどり着くルートの切符だった。小樽築港から貨物船に乗って富山の伏木港へ、そこから東京へ汽車で関東を縦断して移動するという面倒なものだった。

「お前らが憎くてこうするんではないんがのう。金がないんじゃ。明日の朝、出ていってくれや」

翌朝、私と姉は五時に家を出た。

外はまだ暗かった。私たちはリュックサックを揺すりながら、凍てついた坂道を下り、運河を右に見て倉庫街を抜けて手宮岸壁に出た。

明けやらぬ海を眺めて、私と姉は足踏みをしながら、船の来るのを待った。

六時になって、岸壁に接岸したのは北祐丸という千トンにも満たない黒い貨物船だった。……こんなちっぽけな船で、日本海を無事航海できるのだろうか……。

胸苦しい不安を抱いてタラップを渡った。

振り返れば、小樽の街はまだ眠っていた。たった五ヵ月間のわが故郷。小樽という故郷があったればこそ、さまざまな苦しみに耐えられたというのに。なんという呆気なさだ。

ソ連軍の爆撃で始まった逃避行はまだつづいている。いったいいつ終わるのだ。

「これじゃあ話が全然違うじゃないか」

私は泣き叫びたい思いだった。

小樽で生まれ幼年期を過ごした姉はすでにおいおいと泣いていた。

船は出航した。

「あら、この船はドラも鳴らさずに出てしまうのね」

「ドラ鳴ったよ」

「うそ」

「本当さ」

あんな大きな音が聞こえなかったとは。姉は悲しみのあまり気が遠くなっていたのだ。

船室へ降りた。船底に急ごしらえの床をしつらえ、そこに油紙のようなものを敷いただけの簡便なものだ。広さは二十畳ぐらいか。行商人や出稼ぎの男たちが数人、端のほうに横になっていた。金網で包まれた裸電球が提灯のように二個ぶらさがっていた。丸い窓が二つあり、そのガラスを飛沫がたたきつけていた。白い鉄壁で囲まれた船室はエンジンの音とともに絶え間なく震動していて、まるで冷蔵庫の中にいるように寒い。隅のほうに薄っぺらい毛布が積まれていて、それで暖をとれということか。その隣にアルミの洗面器が十個ほど重ねてある。嘔吐用だろう。

一眠りして目を覚ますと夕食の時間だった。

ご飯を食べていると、どどおっーん！　と大きな音がして、船が空中に浮いた。私と姉の食膳が舞い上がり、茶碗やお椀が飛び散った。服も毛布も味噌汁でびしょ濡れだ。

船の揺れはぐいぐいと力強く押し寄せてくる。

「礼ちゃん、洗面器」

あっちこっちで嘔吐が始まった。

ふたたび、どどおっーん！　と波がぶつかってきて、いよいよ本番とばかりに、船はきりきりとうなりを上げて舞いはじめた。

船室の人間たちは右へごろごろっと転がされ、次には左へごろごろっと転がされる。つかまるところはなにもない。フライパンの上であぶられる大豆のように、果てしなく、転げまわらされる。ヘドでいっぱいになった洗面器はひっくり返り、どこもかしこもヘドだらけだ。

「兄さんのバカ！　母さんのバカ！」

姉は泣きわめく。

外はもう嵐。日本海の大時化だった。

右から左からぶつかってくる大波に翻弄されて、船は揉みしだかれ、宙に吊り上げられ、次には海にたたきつけられ、かと思うと、そのまま谷底へザァッーと横滑りしていく。ああ沈没だ。心臓が喉まで突き上げてくる。

「なんだよこれは？　なにが美しい人生だ。話が全然違うじゃないか」

私は泣きわめいたが、舌を噛みそうになる。

時化は翌日も翌々日もつづいた。

兄もこんな時化に遭って、死ぬ思いをしたのだろう。バカな奴。お前なんか最低だ！

日本海の時化は五日つづいた。普通四泊五日のところを五泊かかり、その間、一時の休みもなく、船は揺れっぱなしだった。

六日目の夕方、船は伏木港の沖合で停止し、ゆっくりと岸壁に接岸した。

陸に上がると、突然まわりのものがぐるぐると回りはじめた。歩けない。私も姉もしゃがみ込んだまま、伏木の岸壁を這って歩いた。

まさしく幻滅にとどめを刺された状態だった。

第九章　天上からの墜落

この戦争を終わらせることが出来るのは、どちらか一方の死だけである。

——M・モンテーニュ『随想録』より

伏木港から東京へ向かった。高岡、富山、糸魚川、松本、塩尻。おばばは余分なお金は一銭も持たせてくれなかったから、途中下車して旅館に泊まることもかなわなかったし、弁当を買うことさえできなかった。夜行列車の中で二晩過ごした。汽車はどれもこれも、折り重なるように乗っている買い出しの人でふくれあがっていた。ほとんど坐れなかった。やっと東京の新宿にたどりついた時はまだ夜明け前だった。私も姉も疲労と空腹で倒れ込みそうで、なんとかして明るくなるまで列車内に残っていて、わずかでも寝たいと思っていたが、車掌に降ろされてしまった。

薄暗い待合室には人っ子一人いなかった。そこで始発電車を待った。窓の外は灰色に明けていたが、雨が降っていた。

新宿から渋谷へ、渋谷から緑色の井の頭線に乗って代田二丁目へ。電車は直線コースになると四輌編成の全車輌が見通せた。私たちのほかには誰も乗っていなかった。

吊り革の白い輪が左右に揺れて、荷棚にぶつかってからんからんと音をたてていた。不気味な眺めだった。

寒い朝だった。四月なのに針のような冷たい雨が降っていて、母の葉書の字が雨ににじんで読めなくなるまで、お屋敷町をあちこちと捜し歩いたが、兄の下宿はみつからず、代田二丁目の駅前の交番に飛び込んだ時は、二人とも頭から足の先までずぶぬれで、まるで浮浪者のようであった。

巡査に教えられて、やっとたどりついた大きな家の裏庭にある二階建ての離れが兄の下宿らしく、その玄関に立って巡査が大きな声でよばわった。

「誰かいませんか」

二階からどやどやと降りてくる足音が聞こえた。それは母だった。

「あら、あんたたち、いま着いたのかい。おばばから電報が来ていたよ」

なんというそっけない言葉と声であろう。今にも泣きだしそうだったのに、その涙も引っ込んだ。

そこへベージュ色のカーディガン姿の兄が降りてきた。

「なんだ、お前たちも来たのかあ」

兄の顔には日本海での悪戦苦闘の名残なぞ微塵も残っておらず、たった今風呂から上がったばかりの色艶だ。まるで乞食じゃないか」

「どうしたんだい？　貨物船で小樽から伏木港まで来て、そしてあとは汽車で来たのよ」

姉が泣きながら言った。

「ええっ？　あの日本海を船で来たのか。よく無事だったなあ。さあ、上がれ！」

二階に上がると、私は全身から力が抜け、へなへなと坐り込んだ。

「おい。美津子、布団敷いてやれ。そしてお粥かなにか作ってやりな。な、お前たち、食べたら寝るんだ」

あとは独り言のように言いつつ母のほうに戻っていった。

「おばばもひどいことをするじゃないか。いくらケチだからって、こんな子供たちに日本海を貨物船で渡らせることあないじゃないか」

その言葉を聞きながら私は眠りに落ちつつあった。

「なにもおばばのせいじゃないよ。兄さん、あんたが一番悪いんだ。すべてはあんたのせいなんだ」

私はぶつくさと文句を口の中で言った。

眠っていると、突然、目の前に金網で保護されたオレンジ色の裸電球が暴れまわる。天井からぶら下がっている金網付き電球はなんども天井にぶつかるのだが、電球は割れない。うまくできているななどと感心している暇はない。私自身の身体が宙に突き上げられ、床にたたきつけられ、前後左右、東西南北に転がされるのだ。どこにもとりつく島はない。壁にぶち当たって止まり、また逆の壁にぶち当たって止まる。兄のニシンは日本海の時化に遭遇して白子も数の子もみんな吐き出してしまったというが。私たちだって臓物を全部吐き出して、身体が裏返しになりかねないほどの激烈な揺れであった。

私は目覚める。全身汗ばんで。

私はこの時、それまでに感じていた幻滅などは比較にならないほどの極め付きの幻滅を感じている。この幻滅以上に恐ろしいものがこの世にあろうか。

それまでの幻滅の原因には戦争という不条理があった。私を襲った恐怖も危険も飢餓も寒さも苦難も困窮も、そして父の死もすべては戦争がもたらしたものだ。母の不貞もそこに入れておいてやろう。つまり戦争の不条理に翻弄されたがゆえの人間の悪と愚かさとおぞましさが、私にいくたびもいくたびも幻滅という石つぶてを投げつけてきた。しかし、この日本海の幻滅は、避けようと思えば避けられたものであるがゆえに、私は幻滅の極め付きと言うのだ。

母の頭は私たちのことを考える余裕などなかったかもしれない。おばばは自分の全財産を一瞬のうちに奪い去った悪魔のような孫憎さに正気を失っていたかもしれない。しかし、それにしてもだ、十五歳の少女と八歳の少年を千トンにも満たない貨物船に乗せて日本海を渡らせるという暴挙をあえてしたその心根に私は悪意以外のものを見ることができない。一歩間違えば、ニシンのように臓物を吐き出して死んでいたかもしれないのだ。船が遭難することだってあり得る。兄も母もおばばも人間の人間としての人間らしき心を見失っていたのだ。心の奥底で「ひょっとしたら死ぬかもしれない」と考えなかったはずがなかろう。それでもおばばは「それもしかたあるまい」と結論づけたのだ。そのおばばの結論は、母の愚かさと兄の狡猾(こうかつ)さが導き出したものなのだ。全員が私の肉親だということのこの恐ろしさ。

「ゴースト、ぼくを迎えにきてください。もう二度と、意識の奥底に眠る記憶のさらなる奥底にある記憶以上の真実に触れたいなどという傲慢(ごうまん)な考えを持たないことを誓います」

眠りつづける八歳の私自身を兄の下宿に置いたまま、私はゴーストの金色の翼に迎えられた。私の脳内の自動記憶想起装置の回路に入って、ゴーストが順調な飛行をつづけている間、私は眠りつづけていた。そして私が戻ってきたところは昭和四十五

（一九七〇）年の四月だ。

現実には二十三年前の出来事ではあったが、私が最高塔から自動記憶想起装置の回路をめぐって、無意識下の記憶の奥底にたどりつき、そこでその出来事を追体験し再確認して戻ってきたのはたった今だ。私は記憶の奥底から現実世界に戻ってきただけのことなのに、私は荒波にもみしだかれ、ヘドを吐きつづけ、泣きわめいた八歳の少年のようにぐったりと疲れ果てて椅子に腰かけていた。

「四月は残酷極まる月だ……」

「埋葬」（T・S・エリオット『荒地』）冒頭の一節がふと私の口の端に浮かんだ。

「なんだか不吉な匂いのする言葉だなあ」

そう思いつつ庭に目をやった。

窓の外には冷たそうな雨が降っていた。空は灰色。私はぼんやり机に肘をついて空を眺めていた。

「四月は残酷極まる月だ」。この言葉の二十行ほどあとに、得体の知れない言葉がある。「このしがみつく根は一体なんなんだ」。その言葉の意味をまさぐっている時、どたどたと足音がして、二人の男が書斎に飛び込んできた。

「中西（なかにし）さん、大変です」

と言ったのは経理を任せている秘書の沢井(さわい)で、そばに立っているのは弁護士の斉藤(さいとう)だ。


「なにがあったんだい」

「当座預金からお金がどんどん落ちてます」

「それってどういうこと？」

「つまりですね、誰かが、中西さんのプライベート小切手に中西さんの偽サインをして、ほうぼうに支払いをしているということです」

「犯罪じゃないか」

と言う私に、

「そうです。立派な刑事事件です」

弁護士の斉藤はうなずく。

「誰なんだい犯人は」

「銀行で聞いたところ、中西さんのお兄さんが先月の初め頃に小切手帳をもらいに来たって言ってました」

「兄貴がやったっていうの？」

「ええ、これが落ちた小切手です。この字は確かにお兄さんのものではないでしょうか」

沢井はテーブルの上に支払い済みの小切手を十枚ほどならべた。見ると、横長の黄色い小切手に私のものでない筆跡で私の名前がサインされていた。私にはすぐ兄の字だと分かった。

「銀行はなんだって本人以外の人間に小切手を渡したりするんだろう」

「本人が忙しくてこられないと実の兄が言えば、銀行だって疑ったりしませんよ」

「で、いくらくらいつかったの？」

「今のところ一枚平均三〇万で三〇〇〇万ですね。小切手帳は三〇枚ありますから、まだまだまわってきます。一〇〇〇万はいくでしょう」

「相手先はどんなところ？」

「ほとんどが街の金融業者です」

横から斉藤が言う。

「中西さん、どうします？　黙ってお金を落としつづけますか？　それとも私文書偽造で訴えますか？」

「実の兄を訴える？　そんなことできるわけがないだろう」

私は叫んだ。

「ですが、今こうしている間にも、小切手がまわってくれば現金が消えていくんですよ。それを止めるためには、金を供託しておいて、小切手が偽造されたことを訴えなければなりません」

「預金を引き上げたらいいじゃないか」

「そんなことをしたら不渡りが出ますよ。出すのは中西さん、あなたです。世間の笑い者ですよ」

「だけど、弟が実の兄を告訴したら、それこそ世間の笑い者だよ。身内の恥は自分の恥さ」

「兄弟は他人の始まりとも言いますよ。罪は罪です。いま訴えなかったら、絶対に将来に禍根(かこん)を残します」

　斉藤は断言した。

「なんの証拠があって、そんなこと言うんだい」

「犯罪の常識ですよ。一度やったことは必ず繰り返します」と斉藤はいかにも専門家らしく言い、「お兄さんは一体なににこれほどのお金をつかうんですか？」と訊(き)いた。

「女。そして賭け麻雀だろうね」

　私は思ったとおりに答えた。

「女と博奕（ばくち）の癖は治りませんよ」

そうだろう。だけど、私はことを起こすこと自体が面倒だった。第一、自分の兄を罪人にしてどうなるというのか。そんなことをすれば、一番嘆くのは母だろう。そして私は世間から指弾を受けるだろう。兄弟愛も解さぬ不人情なやつと。私の名前にも傷がつく。

「告訴とか裁判とか考えただけでもうんざりだな。金で済むことなら多少のことは我慢するよ」

「お兄さんの思うつぼですね」

斉藤は顔を振り振り言った。

「ほっといてくれよ。俺の金なんだからさ」

私の全身の血が逆流した。

「顧問弁護士としては、そうはいきませんな。あなたは名のある作詩家としても、また会社（なかにし礼商会）の社長としても責任があります。あなたのお兄さんはなにをしでかすか分かりません。とにかく事件の再発は避けなければなりません。そのためには最初が肝心だと言っているのです。事件を未然に防ぐのも私の仕事ですからね」

斉藤の言うことはすべて納得できたが、私の感情がついていかなかった。

「たった一人の兄だし、むかしは世話になった。この気持ちは他人には分からないだろうな」

言葉が口から出るたびに自分の背中に虫酸が走った。私は心にもないことを言っているのだ。なのに自分の言葉を真実のものだと思い込もうとする心の動きがある。なにかそうすることが、自分の与えられた役回りにふさわしいことのように。私は自分自身の懐疑を覆い隠すように一層有無を言わさぬ口調で言った。

「今回はもういいよ」

「じゃあ中西さん、小切手一冊分まわってくるたび、せっせと落としつづけるんですか?」

と沢井が言った。

「ああ、そうするしかないね」

「そんなお金、手元にないかもしれませんよ」

沢井はふくれっ面をつくった。

「借りてでも落とすのさ」

「民事で損害賠償請求だけでも起こしておいたほうが身のためだと思いますがねえ」

と斉藤が言い、沢井も同意したが、私は、

「もういいよ。とにかく兄貴と話をして、被害は最小限に食い止めるからさ」

私は二人を部屋から追い出した。

私はなにもかも分かっていたのだ。ついにこの日が来ることも、兄がその本性を見せる日が来ることもみんな内心予測していた。それが今日になっただけのことなのだ。兄は弟の私にはその素振りも見せずにひそかに爪を研ぎつつ機会を待っていた。そして、頃はよしとばかりに決行したのだ。内心してやったりであろうし、後悔の念など微塵(みじん)もないであろう。

小樽でニシンの網を買うことを画策している時、「細工は流々まかせておきなって」と言って、煙草の煙で輪を作ってみせた時のあの兄のふてぶてしい顔を思い出すと、すべてのことはあの顔に収斂(しゅうれん)していく。あの顔からなにもかもが始まったのだ。

兄貴がどんな人間であるか。どんな悪党であるか、すべてこの目で見てきて知っているのだ。小樽の雪の坂道をのたりのたりと女連れで歩いてきた時のあの姿を見た瞬間、あっ、悪魔だ！と私は思ったのだ。私は兄のことは考えただけでぞっとするほどに嫌いだったんだ。案の定、兄はおばばの実印と権利書を盗み、小樽の家を担保にして高利貸しから大金を借り、ニシンの網を買うという大博奕を打って結局失敗して一文無しになり、私たちは小樽を追われた。

戦争から帰ってきた兄はなにかが大きく壊れていた。と言えば兄に少し甘すぎるかもしれない。兄は満洲の新京一中時代の頃、メリケンをはめた拳で教諭をなぐって顔に傷を負わせ退学処分をくらっている。メリケンというのは剣道の竹刀の鍔のことをいうのだが、鍔そのものをメリケンとは呼ばない。喧嘩の道具として手にはめた時に初めてメリケンと呼ばれる。不良の使う道具だ。退学になった兄は横浜の本牧中学に転入したが、ここも名うての不良学校で、兄はそこですっかり不良になじんでしまった。つまり兄は、満洲で造り酒屋として成功した成金一家のボンボンとしてわがままいっぱいに育った不良バカ息子だったということだ。兄の悪行は生まれついてのものであり、それに戦争という不条理が絶好の言い訳を与えてくれたわけだ。健全な青年の精神を戦争という名の理不尽が破壊した。つまり、兄も渡りに船とばかりに戦争犠牲者の仲間入りをし、特攻隊生き残りという特殊体験者としてまわりを睥睨するような態度をつづけている。

その夜、真夜中に帰ってきたところをつかまえて、私は兄と書斎で向き合った。

私は換金済みの古い小切手を机にならべて、兄を強く詰問した。

「なんでこんな詐欺みたいなことをするの？」

「詐欺なんて人聞きの悪い言い方をするなよ」

兄はいきり立つ私を鼻で笑い、落ち着けよとばかりに煙草に火をつけ、深々と煙を吸って、ゆっくりと輪を作りながら吐き出した。

私は自分に正義があると思ってしゃべっているのだが、兄の馬耳東風（ばじとうふう）とばかりに受け流す態度を見ているうちに自信がなくなってくる。それでも態勢を立て直そうとやや力んで言った。

「小切手を偽造したら立派な詐欺じゃないか」

「話がいちいちオーバーだよ。借りただけだよ。返す意思があってやってるんだから、詐欺でも泥棒でもないさ。兄が弟の金をつかったくらいで、そう目くじらを立てなさんなって」

「どのくらいの金額つかったの？」

「さあて、どのくらいかなあ」

とぼけたポーズを取りながら、兄は背広のポケットから小切手帳を取り出し、自分で計算しな、とでも言うようにテーブルの上にぽんと投げ出した。

二つ折りになった小切手帳は表紙しかなかった。小切手は全部きれいにつかい切られていた。小切手が切り落とされて残った耳には振り出した金額が兄の手できちんと書かれてあった。ざっと計算して一〇〇〇万に近かった。

「こんな金を一体なににつかったわけ？」

「仕事さ」

「建築の？ どこで工事やってるの？ 工事現場はどこにあるのさ？」

「まだ現場はないけど、注文を取るためには根回しに色々と金がかかるのさ」

「博奕じゃないの？」

「博奕はやめたよ」

「じゃ女かい？」

「仕事だって言ったろうさ」

兄は煙草をいらいらともみ消すと、新しい煙草にまた火をつけた。

その凍りついたような無感覚な顔を見ていると、とびかかっていってぶん殴ってやりたかったが、それもできず、両膝の上で手を震わせて耐えていると、悲しくなって涙が出てきた。

「めそめそするなよ。俺がよっぽど悪いことをしたみたいじゃないか」

兄は舌打ちして、顔をしかめた。

「兄さん、俺、兄さんのこと訴えようかと思ったんだぜ」

「訴える？　面白いじゃないか。やれるものならやってみなよ」

兄はせせら笑った。

「俺だって、そんなことはしたくないさ」

私の声は小さかった。

「そうだろうさ。それが常識ってものよ。いいか、礼三、よく聞け。借りた金ってのは返すことができる。だけどな、受けた恩っていうものは、どうやったって返すことなんかできないもんなんだ。恩ある兄を訴えたりしたら、忘恩の徒として笑われるのはお前のほうさ。お前が今日あるのは、俺の存在なしには考えられないんだからな。そのことをよおーく考えて行動しなよ」

形勢逆転と見るや、兄は余裕綽々たる態度で私に教え諭すように言う。

「しかし、そんなことを言ったら、弟は一生兄に頭があがらないじゃないか」

「そうよ。そういうことよ」

と得意満面、鼻を鳴らして笑った。

「礼三、お前、なにか勘違いしているようだから言っておくけど、お前に歌を書く才能があって、そのお陰で大金が入ってくるようになったけど、その金はお前一人のものじゃないんだぞ。言うなれば、わが家の地下から先祖伝来の埋蔵金が出てきたようなもんなんだ。発見したのはお前かもしれないけど、先祖伝来の埋蔵金となれば管理監督するのは当然のことながら長男の仕事だ。お前の取り分はせいぜい半分ってとこじゃないのか。そう思ったら、俺のつかった金なんて微々たるもんじゃないか。俺はお前にまだ貸しがあるくらいのもんだ」

兄はいかにも美味そうに天井に向けて煙を吐く。その顔に向かって言った。

「そんな手前勝手な人情話は誰も相手にしないよ。江戸時代じゃないんだからさ」

「そうかな。じゃ、試しに訴えてみなよ。世間はどっちの味方をするか。世間は理屈で動いちゃいない。お前が今バカにした人情で動いてるんだ。そんなことも分からないで、よく歌なんぞ書いてられるな」

「書けるさ。現に書いてるじゃないか」

「右から左に口からでまかせをならべているようなもんじゃないか」

「兄さん、人の仕事を侮辱するのはやめてくれ」

「ははっ、そうだった。この家もその口からでまかせの印税で建てたんだっけな。玄関は『恋のフーガ』か。サロンは『恋のハレルヤ』。この書斎はさしずめ『愛のさざなみ』ってとこか。まったくこの家の中は柱や壁に歌のタイトルが千社札みたいに貼りついていて落ち着かないぜ」

「いやなら、出ていけばいいじゃないか」

兄の顔が変わった。時々、兄はヤクザのような殺気を秘めた表情をする。私は身を堅くした。

「いいか礼三、よく聞け！　とにかく、俺の理屈はさっき言った通りだ。お前は埋蔵金の発見者にすぎないんだ。だから俺はまだまだ金をつかう。なんたって俺の取り分があるんだからな」

「俺だって兄さんの勝手にはさせないよ。自分のものは必死に守ってみせるよ」

「ははは。できるかな。悪知恵を働かせて攻撃するほうは常に有利なんだ。いつでもどこからでも奇襲攻撃をかけられる。防御するほうとしちゃあ大変だぜ。相手がどこから攻めてくるか分からない。常に後手にまわらざるをえない。まっ、しっかりやるんだな」

兄は書斎を出ていった。最後の捨て台詞(ぜりふ)はまるで兄の宣戦布告のように聞こえた。

四月も終わりの頃だった。秘書の沢井と弁護士の斉藤がそろってやってきた。

「お兄さんがまたやってくれました」

「なにをやったていうの？」

「日本音楽著作権協会(ジャスラック)からの印税を横取りしたのです。つまり、中西さんのお兄さんが、ぼくたちの知らぬ間に、印税の振込口座を変更したんです」

「どうして、そんなことができるんだ」

「ジャスラックに問い合わせました。今月の初めにお兄さんが、中西さんの実印を持って、振込口座を変えてほしいと言ってきたんだそうです」

「本人確認もしないで変更するなんてジャスラックも随分杜撰だなあ」

「まあ、通常の手続きですからね。実印さえ持っていれば拒否する理由はありませんよ」

私は鍵のかかる机の引き出しを開けてみた。私しか知らないはずの鍵の隠し場所から鍵を取り出して机の引き出しを開けてみた。実印はちゃんとあった。兄はこれを一体いつ持ちだし、いつここに戻したのだろう。いや、小樽のおばばの実印を盗み出すことに比べたら、極々たやすいことだったのかもしれない。

「次から次とよくも悪知恵が浮かぶなあ。感心しちゃうよ」

宣戦布告した兄のこれが攻撃の第一波かと思うと、その手際のよさに私はあきれていた。

「感心している場合じゃないでしょう。つい先日の小切手のこともあるし、こんどこそ告訴しないと、中西さん、あなたが破滅しますよ」

斉藤は業を煮やした顔をする。

「中西さん、あなたは稼ぎがあるもんだから、金銭感覚が狂ってしまっているようですね」

沢井は遠慮がちに言う。

昨年、私が作詩したレコード売り上げは一二〇〇万枚を突破し、大晦日の紅白では私の作品が七曲も歌われた。当然のことながら、そのレコード印税は相当なものだろう。そんな状況だから、私の金銭感覚はどうかしていたかもしれない。

「まったく状況判断力の欠如ですな」

斉藤は吐き捨てるように言う。

「で、いくら横取りされたの？」

と私は沢井に訊いた。

「五〇〇万ちょっとです」

私の稼ぎだした金の半分は自分の取り分だと兄は宣言したが、そのことをまずはこういう実力行使で表現してみせたわけか。

「実に天才的な詐欺師ですな」

斉藤は天を仰いで言った。

「天才的かどうかはわからないけれど、詐欺師であることは間違いないね。兄は以前にも詐欺めいたことをやっているからね。ただし、兄のやり口はもっと質（たち）が悪いと思うよ」

「それはどういう意味ですか？」

私はおばばの実印のことを思い出しつつ言う。

「同じ詐欺師でも兄の詐欺は一番悪質だと思うな。なぜなら、絶対に訴えられないことを確信して、悪さをやらかしているのだから。いや、それどころか、悪さを楽しんでいると言ったほうが正しいかも」

「ということは、中西さん、あなた、告訴しないんですか？」

「うん。告訴したくないんだ」

「どうして？」

「悪に対して愛をもって報いよ、といったところかな」

なんというバカな台詞（せりふ）を吐いているのだろうと分かってはいた。しかし、ほかに言葉がなかった。

「寛容はそれにふさわしい報酬を与えられない、というのが世間の常識ですよ」

斉藤は笑い、そのあと、

「ところで、あなた、総理大臣の月給がいくらか知っていますか？」

「知らないけど」

「五五万円です。ついこないだ小切手詐欺で一〇〇〇万を失い、今度は五〇〇〇万横取りされている。あなたは、総理大臣の年収三年分に近い金をお兄さんにうばわれたんですよ。あなた、腹が立たないのですか？　それで怒らないなんて、中西さん、あなたこそ異常ですよ」

「なんと言われても兄弟だからなあ」

この言葉を聞くと、斉藤は顔を真っ赤にしてどなった。

「どこが兄弟なんです。あなたは兄さんという鵜飼いの鵜です。カモです。餌食です、奴隷です。これをしも兄弟などと言って笑っていられる神経のあなたは究極のマゾヒストです。性倒錯者とは、これ以上話しても無駄でしょうな」

結論は前の時と同じだった。私は兄を告訴しなかった。面と向って兄を咎めることもしなかった。ジャスラックに行って、振込口座をもとに戻しただけでことを済ませてしまった。なまじっか怒るよりも黙っているほうが、私の怒りが兄に明瞭に伝わるのではないかと期待していたのだが、それは私の甘い思い過ごしだった。兄は恬として恥じないどころか、私の沈黙を黙認ないしは合意と解釈したのか、まったく何事もなかったかの如く、なに変わることなく私の目の前で生活していた。そして結果的には、五〇〇万という金を私が兄にプレゼントした形になって、この一件は終った。

ある日、兄はなにを思ったか、突然セックスの話をしはじめた。

「セックスなんてお前、あんなもの命がけでやらなかったら面白くもなんともないぜ」

冗談を言っている顔ではなかった。

「俺たち戦闘機乗りはな」と兄はつづけた。

「敵の戦闘機と戦って、弾丸を撃ち残して帰って来ようものなら、ものすごいビンタを食らって叱られたものだ。弾丸の最後の一発まで撃ちつくして戦い抜く。それが帝国陸軍の飛行機乗りだと教え込まれていたんだ。撃ちてしやまんの精神さ。空中戦だってお前、もし死なないと分かっていたら、まさしくありゃあただのゲームだ。戦慄(スリル)も興奮もありはしない。倦(あ)きちまうよ。毎回今生(こんじょう)の別れだと思って戦うからいいんだよ。よく恐怖でしょんべんをもらすって言うだろう。俺ももらしたよ最初のうちは。だけどな、しょんべんもらしているうちはまだ子供でな、しっかり大人になってくると恐怖で勃起するようになるんだ。でな、敵の戦闘機に向かって機関銃を撃ちながら射精するんだ。ダッダッダッダッダッダッダッとな。撃って空中に舞い上がって、宙返りして戻ってきてまた撃って、その度に射精するのさ。死の恐怖に震えながら絶頂に達する恍惚(こうこつ)ってのは、空中戦をやったものにしか分からないだろうな。そりゃあもう最高だぜ」

兄は遠い日の陶酔をかみしめる目つきをして、もったいぶった沈黙に沈む。ややあって、ふかい溜(た)め息をついて現実に戻ると、

「お前は死ぬまでそれを味わえないんだなあ」

と哀れむように私を見た。

「俺は別に命がけのセックスをしたいとは思わないな」

「だからな、女とやる時には、数かぎりなく死ぬほどやるんだよ。もう駄目だ、これ以上やったら死ぬってとこまでやりぬくんだよ。最後の最後の射精の瞬間てのは、まさにめくるめくほどに素晴らしいんだ」

「命がけの恍惚か。そんなに恍惚かな、死におびえながらいくってのは」

「人生最後の恍惚だからな」

「まるで決死隊だね」

「特攻隊と言ってほしいね」

「玉砕か」

「ちょっと違うな。散華だな。思いっきり咲いたあとにパッと散るんだよ。はかなく妖しく潔く、桜の花のようにな」

「極楽往生、まさに安楽死だね」

「安楽死じゃない。快楽死だよ。墜落死といってもいいな。だから俺は腹上死に偶然出会うことをぼんやり期待してるんじゃないんだ。腹上死に向かって突き進んで行くんだ。毎回挑戦するんだ。もう死ぬって思いながら最後の一滴を射精する寸前、俺の目には、白い絹のマフラーを首に巻いた飛行服姿の自分が映るんだ。そして瀬戸内海の茜色の朝焼けの空の向こうに敵機グラマンの大編隊の影が見える。怖いぜ。キ45という黒い双発の戦闘機に乗った俺は、恐怖のうなり声をあげて敵の大編隊に向かっていく。相手に近づくや、機首をぐっと持ち上げて舞い上がり、そして急降下しながら機関銃を発射するんだ。ダッダッダッダッダッとな。そう、射精しながら撃つんだ。そんな若き日の幻想を見ながら、今も俺は射精する。ふと気がつくと、俺は女の上でまだ生きている。もう一度やったらこんどこそ絶対に死ぬ、と思うと恐怖でまた勃起するんだ。そのくり返しで朝が来る。俺にとってセックスは、空中戦の再現みたいなもんだ。美しい恐怖の夢のつづきなんだ」

「そのうち本当に死んじゃうよ」

「もって瞑すべしさ。壮士一度去って復た還らず、だ」

「荊軻のその詩、兄さん好きだね」

「ああ、好きだね。いい文句じゃないか。風蕭々として易水寒し。壮士一度去って復た還らず」

漢詩を朗詠するように節をつけてうなった。

「何回くらい戦ったの？」

「そうだな、五十回くらいはやったね」

「よく生きて帰ってきたね」

「要するに俺は戦争の死にぞこないよ」

兄が自嘲的な笑いを浮かべて、その話を打ち切った時、ふっと風がながれたような奇妙な沈黙が走った。

「兄さん、なにか話があったんじゃないの？」

「…………」

「言いなよ」

「うん。実は今日、債権者会議があるんだ」

「なにそれ？」

耳慣れない言葉だった。

「会社が倒産するんだ」

「会社って、なにも仕事らしい仕事していなかったじゃない」

「前々からの負債がたまりにたまっていてな、ついに手に負えなくなったんだ」

「一体いくらくらいあるの？」

「一億三〇〇〇万ってとこかな」

「はあ？」

あまりに金額が大きすぎて実感が湧かない。

一億三〇〇〇万円、一体どうやったら、あんな小さな会社でそれほどの負債ができるのだろう。一度行ってみたことがあるけれど、古ぼけた木造アパートの二階の一部屋に事務机を四つならべただけの、資本金たった一〇〇万円の名ばかりの株式会社だ。全員でぶらぶらと無駄飯を食っていたにしたってこんな金額はつかいきれまい。

「なんだって突然、こんな大きな負債が目の前に出現するわけ？」

「五年間の孤軍奮闘の結果さ。懸命に頑張っていたんだけれどね」

「頑張ってたようには全然見えなかったけど」

「前々からの借金に金利がかさんで、それをやり繰りしているうちにこうなってしまったんだ。衆寡敵(しゅうかてき)せず。ついに刀折れ矢尽きたのさ」

「兄さん、そのとってつけたような漢語まじりの日本語やめてくれないかな。己を美化しているみたいでみっともないよ」

「つい教養というか……癖でな」

「教養？　ただの軍国主義の悪癖だよ。とにかくそんな金ないよ。第一、俺には関係ないし、債権者にはあきらめてもらうんだね」

　私は冷たく言い放った。

「そうもいかないのさ。返せないとなると、どこかへ連れていかれて半殺しの目にあわされるだろうな」

「どうして？」

「ヤクザがらみの金だからさ」

「それで済むならお安いご用じゃないか。東京湾に浮かんだらいいさ。兄さんは運が強いからめったなことでは死なないって」

「ひどいこと言うじゃないか。弟のくせに」

「ま、冗談さ。でも責任は兄さんがとるんだな」

　兄はさぐるような目で私を見上げていた。

私はそれを無視してあらぬ方を見た。

兄はやにわに、座卓に両手をついて哀願した。

「頼む。今日の債権者会議に出てくれないか。横にいてくれるだけでいいんだ。な、頼む。一緒に来てくれ」

私はもうこんな会話をしていることがいやになった。朝飯が済んで、ちょっとの間があったから私の書斎で一服する流れになった。そうしたら、急に真剣な顔つきになってセックスの話をしはじめる。それも大まじめな命がけのセックスについてだ。ああ、また例の戦争病の蒸し返しかと思ったら、さにあらず、突然債権者会議に出てくれときた。なんだか話は最初から仕組まれていたような気がするが、そのへんの兄の心情を思えば哀れをもよおさないでもない。これが私の甘さか。今、ここに沢井や斉藤がいたらなんて言うだろう。そうか。兄は沢井や斉藤に相談する暇も与えず、一気に決着をつけようとしているのだ。そしてそれが功を奏している。

兄は怖いような目で私を見ている。

「まさか兄さん、あんた今、勃起してるんじゃないだろうね」

「なにを言い出すんだい。勃起なんかするわけないだろう」

「なんだ、してないのか。となるとさっきの話も眉唾(まゆつば)だな」

「どうして？」

「だって兄さん言ったじゃないか。もし死なないと分かっていたら、空中戦なんて、ありゃお前ゲームみたいなもんだって」

「それがどうしたい？」

「だからさ、死なないと分かっていたら、会社経営なんてゲームみたいなもんだって、ご丁寧にも種明かしをしてくれたようなもんだからさ」

兄の顔色が一瞬変わったように見えた。

「兄さんは会社の経営者である。仕事らしい仕事はなにもしない会社ゴッコである。なのに、借金だけは日に日に増えていく。自然に増えていくのではもちろんない。兄さん、あんたが日夜奮励努力して借金を増やしてるんだ」

「見てきたようなことをいうじゃないか」

「兄さんの仕事は掛け金の高い博奕をやって興奮すること。兄さんはその時、命がけの空中戦をやってる時みたいにきっと勃起してるんだろうさ。だけど結局負けてしまう。あとは勃起した性器を女の中にぶち込んで射精する。これで一幕だ。これを兄さんは毎晩やってるんだもの、そりゃあ借金は増えるさ。増えなきゃおかしい」

「なんでそんなバカな真似をしなきゃならないんだい？」

「返さないと殺されるほどの借金を作るためさ」

「どうやって？」

「兄さんが戦争から帰ってきて以来、一日として休むことなくつづけていたもの、それは女と博奕だ。毎晩女と遊び、毎晩悪友たちと博奕に興ずる。兄さんは負ける。勝っても最後まで行かないと気がすまないから、結局は負ける。その金は友人と組んで作った会社の手形や小切手で支払う。その手形や小切手はあっちこっちの金融業者に持ち込まれ、割り引かれて現金化され、そしていつか満期が来る。満期が来たら、さらに高利の金を借りてその場を取り繕う(つくろ)が、そういつまでもつづかない。毎度ながらの倒産。そして逃げ回る。そうやって兄さんは十や二十の会社を作っては倒産させてきた。その長年の借金の合計金額たるや、まかり間違えば命にかかわるような桁になった。そこで兄さんの頭はきらりとひらめいたのさ。野放し状態だった借金をこの際ひとまとめにして、債権者会議とやらを開いて一挙に解決してしまおう。その時、売れっ子作詩家の弟が黙って横に立っていてくれたら、それは債権者たちにたいする無言の裏付けというか、貸し倒れにはならないという希望的観測を与えるには十分な風景にはなるのではないかとね。だから俺を連れていこうとしているんじゃないか。だけど俺はそんなことに利用されるのは真っ平御免だね」

兄はいらいらとし、怒りもあらわに、

「随分と言いたい放題を言ってくれるじゃないか。ここで恨みでも晴らそうってのかい」

「俺は兄さんのやってきた過去を回想しているだけだ。間違っていたら訂正するけど、その必要はなさそうだね」

「なんだって、そんな嫌みったらしい言い方をするんだ」

「当たり前だろう。うっかり、その債権者会議に出ていったら、一億三〇〇〇万の保証人にさせられるかもしれないのに、ここでじっくり考えない手はないよ」

「そんな真似をするわけないだろう。第一、お前にだってそんな大金のないことぐらい知ってるよ。さっさと切り上げて出かけようじゃないか。債権者会議、な、お前、出てくれるんだろう？　お前が側にいてくれるだけで、債権者たちは、将来的にはとりっぱぐれがないと安心するんだよ。それが狙いなんだから。それだけなんだから」

「分かったよ。ここは兄弟のよしみで、兄さんの言葉を信じることにするよ。まあ、兄さんがどんな人間なのかその研究材料のためにも、債権者会議をのぞいてみるよ。いやな感じが少しでもあったら、その場で席を立って帰るからね」

「もちろん、それでいいよ。約束は守る」

「最後に一つ条件があるんだ」

「なんだい？」

「もう今日限り、借金作りのためみたいな会社経営ゴッコはやめてくれないかな」

「もちろんだよ。そんなこと分かってるよ」

「なんだかなあ、今一つ疑わしいな」

「本当だ。迷惑はかけない。な、頼む」

「側にいるだけだよ」

「来てくれるか。助かった」

兄は急に雲がはれたような明るい表情になった。その顔を見ながら、私は自分が罠(わな)にはまったことを知った。いや、自ら罠にはまってやったといっていいだろう。しかし、なにがどうしたからって、私が債権者会議に出なきゃならないんだ。出ればそれなりの責任を負わされることは火を見るよりも明らかじゃないか。私としても、兄の会社を救えるものなら救ってやりたいと思わないこともなかった。が、真面目に仕事をやっている気配もない会社を、あれほどまでに遊んでばかりいる会社を救ってやるのは業腹(ごうはら)だった。かといって、この借金から逃れる方法はあるのか。結局は、遅かれ早かれ、私が責任をとることになるのだろう。それならば、今ここでじたばたしてみせるのも子供じみていやしないか。私は本当にもうどうしたらいいか分からなかった。

私は自分から進んで罠にはまってみせたつもりでいたが、ひょっとすると、その罠は私が想像するよりもはるかに巨大なものなのかもしれない、という疑念がふと脳裏をよぎった。ことさら理由はないのだが……。私は口の中が苦いものでいっぱいになった。

麴町の兄の会社に行くと、狭い部屋にはあふれるほどの債権者がひしめいていた。立っていたり坐っていたり勝手なポーズでみんな煙草を吸っていたが、人相も悪いし柄も悪い男たちばかりだ。煙がむんむんしている。

兄の会社の弁護士が出てきて自己紹介し、数々の書類を読み上げ、一々承諾を取って議事を進行させ、最後に次の言葉でしめくくった。

「当社の負債総額は一億三〇〇〇万円であることを確認します」

みんなそれに同意した。

「ところでみなさん」

と弁護士が言う。

「これはあくまでもご提案なんですが……もし、いまある負債をばっさりと半分にしてくださったら、一両日中にでも現金で返済の可能性があるんですがね」

ほーっというどよめきが起こった。

兄が私の袖を引いて隅の方に連れて行く。

「な、いいだろう？　お前、ちょっと立て替えておいてくれよ」

「なにを言い出すんだい」

「一億三〇〇〇万円は無理でも、六五〇〇万円なら、なんとかなるだろうよ」

「俺は一銭一厘だって立て替える気はないよ」

「六五〇〇万円で俺の命が助かるなら安いもんだろう。な、頼むよ。恩に着るよ」

兄は、債権者たちには見えないようにしながら、私に両手を合わせた。

ほとんど回収不可能と思っていた金がたとえ半分になったとしても、即金で返って来るなら一も二もなかった。急転直下で話が決まり、あれよあれよという間に私は、二日後の期限で兄の借金を現金返済することを約束させられていた。

「いやあ、悪かったな。助かったよ」

兄の言葉を聞きながら私は悔し涙をこらえていた。債権者会議に出ることを承諾した瞬間、口の中が苦いものでいっぱいになったが、その正体はこれだったのか。罠は二重にも三重にも掛けられていたのだ。私は兄の「悪」の底深さというものを改めて思い知らされた。

翌日一日かけて私は金づくりをした。銀行預金を下ろし、昭和四十三（一九六八）年に建てたばかりの家と将来発生するであろう印税を担保にして音楽出版社から急遽金を借りた。

で、その翌日の朝、私が、

「じゃ、兄さん、出掛けようか」

と言っても、兄は立ち上がらない。

「俺はいいよ。行かないよ。返すのはお前なんだから、お前だけで行って来てくれ」

「兄さん、あんたの借りた金を返しに行くんだよ。本人が行かなくてどうするの」

「誰が行ったって同じさ。返してやればそれでいいんだ。なんだったら、お前だって行く必要はないんだぜ」

私はもう開いた口がふさがらなかった。

マネージャーの角津が運転し、私は助手席に座った。現金六五〇〇万円の入った紙袋は私と角津の間に置いた。秘書の沢井と弁護士の斉藤が後部座席に座った。カーラジオからはついこの間、ポール・マッカートニーが脱退宣言したビートルズの『ヘイ・ジュード』が流れていた。

五月の初めにしてはやけに陽射しの強い日だった。ハンドルを握る角津は、大金を横に置いているせいもあって額にびっしょりと汗をかいていた。表参道の緑がはじけるように光っていた。街のいたるところに万博のポスターが貼ってあった。岡本太郎の太陽の塔のあの顔、あれは日本古来の道化役火男から来ているに違いないなどと埒もないことを考えていた。

青山から大木戸をぬけて新宿まで金融業者の事務所の一軒一軒に頭を下げて金を返し、借用書や手形、小切手を回収してまわった。全部で二十八軒あった。

ある事務所では、「借金を半分に値切っておいて、銀座ででかい面して飲んでやがったら、ただじゃおかないって兄貴に言っときな」と凄まれ、またある事務所では「俺たちプロを相手に勝とうとするところが兄ちゃんの可愛いところだけど、弟さんに苦労かけたんじゃあ後味が悪いから、金輪際一緒に遊ばないって言っといてくれ」とも言われた。

一〇〇〇万の札束は厚さにして約十センチ、それが六個半、その金がみるみる減っていく時の胸の痛みは、いかに私の金銭感覚が狂っていたとはいえ、激烈なものだった。

金がきれいになくなった時、目頭がにじんだ。しばらく口がきけなかった。

うしろから斉藤が言った。

「ですから私が言ったでしょう。最初が肝心だって。四月の時点でお兄さんを告訴していれば、こんなことは起きなかったのです。起きたとしても無関係でいられたでしょう。中西さんのお兄さんは悪性のがん細胞ですからね、手術で剔出（てきしゅつ）しないかぎり、どんどん大きくなるんですよ。それがこの結果です」

「今日の肩代わりも一種の手術かな」

「なにをおっしゃる。がん細胞に栄養を与えたようなもんですよ」

「どうしたらいいんだろうか」

斉藤は声に出して笑った。

「絶縁して、そのことを広く世間に発表するんですな。そうでもしないかぎりお兄さんは、弟の信用でまだまだ金を借りまくりますよ」

斉藤はこともなげに言う。

「しかし、それは兄に中西の名を名乗るなということぐらい難しいことだな」

「そんな気の優しいことを言っていたら、中西さん、あなた、本当に破滅しますよ。私だったら、お兄さんを破産させて、準禁治産者にしてしまいますよ。それぐらいのことをしないと分からない人です。あなたのお兄さんは」

「選挙権もとりあげちゃうのかい？」

「町を歩かしてもいけませんよ」

「この先まだなにか起きるってのかい？」

「もちろんですよ。もう今頃、お兄さんは新しい借金をどこかでこしらえてますよ」

「そんなことありえないよ」

「ありえないことが現にあったではありませんか。中西さん、あなた今回、まるで自らの意志のようにお兄さんの罠にはまりましたがね、これがお兄さんの全借金だと思ってるんですか？」

「無論さ」

「何の証拠があって？」

「…………」

私の頭は空転した。

「全体のほんの一部かもしれませんよ」

「おどかさないでくれよ」

「いやいや、冗談ぬきです。中西さん、あなたは甘いんですよ。あなたは自分の稼ぎと兄弟愛という幻想に惑乱されて目がくらみ、お兄さんのことがよく見えていない。

あなたのお兄さんは、あなたの考えているような人ではない。なのに、あなたはその実像を見ようとしない」

「実像？」

斉藤はちょっと厳粛な声で言った。

「ここに実質一億三〇〇〇万にものぼる手形、小切手、借用書の山があります。女と博奕でこしらえた莫大な借金を平然と弟に払わせた事実ですよ。これがあなたのお兄さんの実像です」

手許に一葉の写真がある。そこには兄の膝の上に抱かれた幼い私が写っている。私が二歳の時のようだが記憶はない。しかし、この写真の絵柄がのちのちまで私の兄弟観となって残り、兄の人間性について考えようとする私を無意識のうち阻んでいた。それゆえに、私の兄弟観というものはいたって平凡というか未熟で、兄弟というからには兄と弟で、兄は兄らしく弟をかばい、弟は弟らしく兄を敬いまた頼りにもする。そして互いに仲良くやっていくのが世の当然であり、そのことに例外などあろうはずがないという極めて幼児的なものを今日の今日まで持ちつづけてきた。もちろんそんな私だって、兄弟親子が血で血を洗うような戦いを繰り広げる歴史を知らないわけではない。が、あれらはすべて歴史というもう一つの人間世界の出来事であって、私自身にはまるで関係ないものとして片付けてきていた。なぜなら時代と状況が私自身からあまりに遠く離れているせいで、物語的興味以上のものを持ちえなかったのである。そうは言いながらも、私は私自身の現実世界において、つまりソ連軍に追われて逃げる逃避行の最中に、母に見放されたのか、母が判断を誤ったのかは定かではないが、危うく死に損なった経験がある。あの時、私は人間のエゴについて学んだはずだ。しかし兄は、あの場面に登場していなかったがゆえに無傷なまま私の中にありつづけた。と同時に、私の兄だけは、二歳の私とともに写真におさまっていた理想の姿のまま、他の人間どもとは別格の存在でいつまでもいてほしいという願望が、私の兄にたいする判断力に麻酔をかけていたことも確かである。

だから、弁護士の斉藤に「兄の実像」と言われて初めて、なにか夢から覚めたごとくに、兄の実像について考える必要もあるかなと思いついたわけで、それほどまでに、私の中にある兄は理想化されていた。しかし私の、兄によってもたらされた現在の状況はかなり切迫したものであるということを私も認めざるをえない。そこで私は、生まれて初めて、私の記憶の中にある兄の実像というものを一つ一つ点検してみることにした。

十四歳上の兄は、中学時代から家を離れていたから、接触する機会はめったになかった。

新京一中の時は新京（現・長春）に、本牧中学の時は横浜に、立教大学の時は東京に、いわゆる下宿をしていたわけで、第二回学徒出陣してのちは宇都宮陸軍飛行学校において陸軍特別操縦見習士官として教育を受けていた。

昭和十八（一九四三）年の夏休みに兄が帰ってきた時は本当に家じゅう大騒ぎだった。

若旦那様のお帰りだ、と従業員も杜氏たちもみな手放しの浮かれようで、まるでわが家の安泰を確信してはしゃいでいるかのようであった。

父は成長した長男を頼もしく思い、それを自慢したいのだろう、兄と私を連れて自分の経営する日本酒工場、ビール工場、ガラス工場、ホテル、料亭などを順繰りに見せてくれた。父は行く先々で兄を跡継ぎとして紹介し、ついでに私のことも一応紹介する。ところが兄は、父が私のことを人に紹介するたびに、聞こえるか聞こえないかといった音量で舌打ちをする。それが私には聞こえる。実にイヤな感じだった。

この父の巡行というか会社見学会が終わった時、兄は私をかたわらに呼んでこう言った。

「おい礼三、お前、間違ってもこれらの会社を自分のものにしようなんて思うなよ、これらは全部俺のものなんだからな。憶えとけ！」

私はぽかんとしてしまった。五歳の弟をつかまえてこんなことを言うなんて、この人、ちょっとどうかしてるんじゃないか、と正直私は思った。兄の我欲の強さ。それが私が兄にたいして感じた最初の違和感かもしれない。

そして夜ともなると、若旦那様、つまり兄のご帰還を祝って、家をあげての大宴会が開かれるのだ。従業員たちが喜び騒ぐのも当然で、大広間を二つぶち抜いて、飲み放題、食べ放題、歌い放題だ。宴もたけなわとなった頃合いに、兄の独演会が始まる。兄の得意はアコーディオンで、座敷の奥に金屏風(びょうぶ)を立ててステージとし、椅子に腰かけた兄がアコーディオンを独奏する。曲は『ラ・クンパルシータ』『夜のタンゴ』『夢のタンゴ』などほとんどが当時流行したタンゴの名曲で、従業員たちは久しぶりに都会の匂いをかぐ思いで大喝采(かっさい)大拍手だ。兄は学生服の前のボタンを全部はずして中の白いワイシャツをのぞかせ、気後れの素振りなど微塵も見せず、堂々というか得意満面というか、いずれにしても幼い私から見れば、よくもまあこんなところで、自分だけ光を当てられて平然としていられるものだと不思議でならなかった。兄にはなにか抜け抜けとしたものがある。私には理解しがたいいけ図々(ずうずう)しさ。それが多分第二の違和感だ。

この夜の宴会の時に、室田が私の姉宏子のためのロシア語家庭教師としてエレナを連れてきた。兄は、二十一歳の美しいロシア娘に一目惚れしてしまった。その兄の恋路を邪魔したのが室田であり、あげく二人は剣道で決着をつけようということになったのだが、結果は段違いの差で兄が負けた。しかも無残に。

「畜生、喧嘩なら負けないんだがな」

勝負が終わったあと、兄は悔しさをにじませて言った。

「剣道なんてなまじルールがあるから面倒なんだよ。喧嘩となればルールはないからな、強いほうが勝つんだ」

そして、自分がなぜ新京一中を退学になったか、そのいきさつを自慢げに語った。

「あまり生意気な先生だったから校舎裏に連れ出して、一対一で勝負したんだ。ま、喧嘩さ。俺はメリケンをはめた右手で奴の左頰をさっとひと刷毛はいてやった。そしたら奴の頰に、横一文字に線が走ったかと思うと、そこから血がさあーっと流れだしたっけな。それが原因よ」

兄は小鼻をふくらませてにやにやと得意顔であったが、その目はなんともイヤな感じの光を放っていた。それを見ながら「なんだこの人はただの不良じゃないか」と私は思った。

兄にはいつも、私が心の片隅で身構えてないといけないような、油断のならないところがあった。兄の凶暴性、これが第三の違和感である。

昭和十九（一九四四）年、兄は第二回学徒出陣を間近にひかえた夏、牡丹江（ぼたんこう）のわが家でもよおされた壮行会の主役であった。立教大学のやや丸みをおびた角帽をかぶり、学生服の上に、武運長久など様々な激励の言葉が寄せ書きされた日の丸の旗を斜め十字に襷（たすき）がけにした兄、立派な出陣の挨拶（あいさつ）をした兄、そして最後に陸軍式敬礼をした兄は凛々（りり）しかった。

そして、昭和二十一（一九四六）年の十一月、兄から手紙がとどいた。なんと、戦死したものとばかり思っていた兄が生きていて復員したのだ。

十一月末、兄が女を連れて小樽に帰ってきた。

すっかり根雪の積もった手宮（てみや）の八間（はちけん）通りをピカピカに磨き上げた革靴を履いて、その滑るのを楽しむかのように、にやにや笑って歩いてくる。着ている半オーバーは赤と黒の大きなチェック柄である。兄の右腕にぶら下がっている女はパーマネントをかけた髪を大きくふくらませ、ピンクのオーバー、こちらもハイヒールで雪道に穴を開けて歩きながら、にたにたと笑っている。

「あんなの兄さんじゃないわ」

と姉の宏子は顔を歪めて言ったが、私にもそう思えた。兄という人間の中にもう一人魔物というか悪魔というか、なにか善からぬ精霊が棲みついたような。薄気味悪いオーラが兄のまわりに満ち満ちていた。兄の悪霊性、それが第四の違和感であった。この違和感は母も姉も同時に感じたらしく、私たちの、戦争をはさんでの再会は感動的なものとはまったくならず、変によそよそしいものに終始した。

なにかがっかりしてしまった私が翌日、二階から細い階段を上って屋根裏部屋に上がってみると、そこに兄がいた。ここは私の内緒の城であり私の隠れ家のはずなのになぜ兄が……。

兄は黄色い紐を口にくわえ、夜叉のような顔つきでなにかしている。

「兄さん、そこでなにしてるの？」

兄は左の腕に注射をしていた。

兄は一瞬あわてたが、観念したと見えて、

「注射よ」

ドスをきかせた低い声で言った。

口を開いたと同時に黄色い紐が海老のように跳ね上がった。ゴム紐だった。

「なんの注射?」

兄は注射針を押し込み、舌なめずりしながら、うっとりとした目つきをし、腕から針を抜いた。

「戦闘機乗りはな、みんなこの薬を打って出撃したのさ。突撃剤といってな、勇気の出る薬なのさ。夜よく目が見えるようになるから猫目剤とも言ったな」

「へえ、なんていう薬なの？」

「ヒロポンっていうんだ。お袋にも誰にも言うんじゃないぞ」

兄は注射器やキラキラ光るアンプルをピンク色した女物のハンドバッグにしまうと、古い箪笥の引き出しに隠した。

「おい、礼三、小遣いやるよ」

兄はポケットから十円銅貨を一枚取り出し、ひょいと投げてよこした。

あの時見た兄の夜叉のような顔、あれはこの世のものとは思えなかった。あれこそまさに、私の第四の違和感である兄の悪霊性を証明するものだった。

兄は嫁の美津子と一緒にしじゅうジャズを歌っている。暇さえあれば遊んでいる。麻雀、玉突き、花札、いかがわしい連中と時間を過ごすのが楽しくてしょうがないといった感じだ。

そこで仕入れて来たのが、ニシンの網を買うという大博奕で、それを絶対やるんだとある日突然言い出した。

母は猛然と反対し、兄と激論の末、

「正一、お前、ヒロポンやってるだろう」

「……？」

「特攻隊員はみんなやってるそうじゃないか。お前はヒロポンで頭がおかしくなってるんだ」

そういって二階に上がってしまった。

「なんだとう！」

兄は母の後を追うようにして二階に上がる。わずかに二人の怒鳴り合う声があり、そのあとに「きゃあ」という母の悲鳴が聞こえたかと思うと、母が二階から転がり落ちてきた。兄が母を突き落としたのだ。

「なにするんだよお！　兄さんのバカ！」

私は二階の兄をにらんで叫んだ。

二階の薄暗がりの中に突っ立って、じっと下を見下ろしている兄の形相の凄まじさは私の脳裏に深々と刻み込まれた。

この出来事はまさに、私が抱いた第三の違和感、兄の凶暴性を実証するものであった。いや、違和感とはもう言えない。私が兄に対して抱いた最初の嫌悪感と言ったほうが正しい。

母は脳震盪を起こしていた。

すると兄は二階からあわてて駆け降りてきて、

「母さん、悪かった。ニシンはやめる。やめるから勘弁だ」

眩暈から覚めた母はその言葉を聞いてほっと胸を撫でおろし、

「本当にやめてくれるんだね。ああ、良かった」

安堵の溜め息をついた。

ところが、数日後、兄と嫁の二人は姿をくらました。おばばの実印を拝借し、権利書を盗み、高利貸しから高額の金を借りて、ニシン場の増毛に行ってしまった。

兄はウソつきである。それどころか詐欺師であり、犯罪者である。これが兄にたいする私の第二の嫌悪感となった。

幸運にも三日目に兄の網にニシンが入った。

しかし、兄はその大量のニシンを五隻の輸送船に積み込み、日本海を越えて秋田まで運ぶ計画を立てた。儲けを三倍にするためである。案の定、その計画は失敗し、兄は行方知れずになった。あとで聞けば、生ゴミ状態になったニシンを肥料として農業組合に売りとばし、その金のつづく限り能代の売春宿にいつづけたという。

母が東京へ急行し、やっと兄をつかまえた頃、私と姉はおばばから家を追い出され、日本海経由で東京へ向かった。命からがらの旅だった。

兄は射幸心が強い。つまり賭博癖がある。ということは現実逃避の破滅型なのか。欲深くその上卑怯者だ。兄弟愛など爪のかけらも持ち合わせていない非人情者である。これらが兄にたいする私の第三の嫌悪感になった。

母と姉と私の三人は母の弟が質屋をやっている青森に移転した。というよりは叔父の家に転がり込んだ。そして質流れの品を駅前の中央市場の屋台に並べて商売をした。

兄は三沢の米軍基地で通訳の仕事にありつき、三沢の基地内のカマボコ兵舎の一室を与えられて暮らしていた。その間に長女が生まれたりしている。あとから思えば、あの三沢での生活が兄の人生で一番平穏だったのではないか。

兄にはこういう思いがけない才能がある。アコーディオンやギターが弾けたり、いつの間にか身につけた英会話の実力が、とにかく二年間も基地で通訳がつとまるほどにあったりする。百人一首はほとんど空で詠えたし、歌舞伎の話などすると、知らないことはなかった。私なんかが読めないような外題、「青砥稿花紅彩画」（弁天小僧）、「籠釣瓶花街酔醒」（花の吉原百人斬り）などをぺろりと読み下し、「歌舞伎の外題くらい読めなきゃみっともないぜ」などと言う。そういう時は私も感心してしまう。

もう一つ、大いに感心したことがある。

私たちが青森に移転した時、私は小学校四年生の新学期だった。そして二年経ったある冬の朝、母が脳溢血で倒れた。なんとか一命はとりとめたが、右半身不随、口の不自由な身となってしまった。母は四十六歳だった。奇しくも死んだ父と同じ年齢だ。

このことがあったがために、兄は米軍基地の通訳をやめ、私たちと一緒に暮らすようになった。人数が増えたのでやや郊外に移転した。兄の嫁の美津子は実にけなげに母の面倒を見た。

半身不随の母の面倒を兄と兄嫁が見ている。この事実は、私が感心したというより、まるで母を人質にとられたかのように私を思考停止にした。兄に頭が上がらないという思いはこのことから始まった。

兄と兄嫁が来てから、貧乏生活が始まった。

兄はヒロポンの密売に手を染めたりしていた。

そして金ができると、すぐに麻雀をやりに行くと言って出かけていき、何日も家を空け、すっからかんになって帰ってきた。

「兄さん」

「なんだ？　礼三」

「兄さん、ぼくのこと、どこかへ養子に出しておくれよ」

「なんでまた、そんなこと言うんだ」

「兄さん、大変そうだからさ。ぼくのことなんか捨ててくれていいよ」

「ふん、生意気を言いやがる」

「お母さんの面倒だけ見てくれたらいいよ」

「なんだとう」

拳が飛んできた。目から白い火花が出た。

私の身体はぐらりと傾いたが、それを立て直すと、また拳が飛んできた。

「兄さん、真面目にやろうよ」

「貴様、兄貴に向かって説教する気か」

途中から平手打ちになったものの、兄の暴力は右左休みなく襲ってきた。

私は雪の上にふらふらと倒れた。

「分かったか。反省しろ」

兄は雪解け道を急ぎ足で歩いていったが、一度も振り返らなかった。

これが私の兄にたいする第四の嫌悪感だ。

四つの違和感と四つの嫌悪感。これほど冷静に兄を観察理解しているのに、私はなにをためらっているのだろう。私は今、兄の憎悪と暴力によって激しく侵略攻撃されているのだ。

兄の実像はもはや動かしがたいほどによく分かった。兄は私の想像など及びもつかないほどの悪党なのだ。私のヒット曲というものは、私を痛めつけ傷つけ私の身も心もずたずたにしてくれたあの悲しくも苦しい幻滅に満ちた戦争体験とまさに等価値にあるというのに、兄は口からでまかせをならべたものだと言って侮辱する。しかも、そこから生まれた果実は先祖伝来の隠し財産が発見されたのと同じようなものだから、管理監督する資格は自分にこそあるのだと強引な理屈をとなえ、その所有権さえ主張する。たぶん私の全果実を自分のものにするまでは兄の波状攻撃はやまないであろう。

「まっ、しっかりやるんだな」

と宣戦布告した時の兄のあのふてぶてしい顔を思い浮かべると、私の身体に戦慄（せんりつ）が走る。

一体どこからどう攻めてくるのだろう。もうすでに果実の半分は兄さん、あんたがつかいきったじゃないか、と私は声を大にして言いたいが、言ってみても聞く相手ではない。

次は、どこからどう攻めてくるのかと考えると夜も眠れない。睡眠薬の力を借りてもだ。ストレスと寝不足が一番悪いといわれているその二つが同時に私の心臓に襲いかかっている。私の心臓が悲鳴を上げるのも間近だろう。

ならば相手の出方を待っているより、先制攻撃をしかけるべきではないか。言うのは簡単だが、なにをどうする。兄を告訴してみたところで、せいぜいその戦果は家族離散がいいところだろう。そしてその延長として兄と完全に縁が切れるかと言ったらそれは難しい。なぜなら、人質として母が押さえられているからだ。母が向こうにいる限り私は母を見放すわけにはいかない。つまり、彼らの生活は兄が自立した生き方を回復しない限りあくまでも私の責任としてありつづけるわけだ。私は母を悲しませることだけはしたくなかった。母に守られたことによって私の命は今ある。あの戦争を死なずにくぐり抜けてこられたのは母の勇気と決断があったればこそだ。その恩のためにも、母に悲しい思いをさせてはならない、と私は強く胸に誓うのだ。母の面倒は兄の妻の美津子がやってくれている。それを取り返して、私が母の面倒を見てやれるものならとっくにそうしている。そんなことを兄がさせるわけがない。母の存在こそが兄にとっての錦の御旗のようなものであり、死に物狂いになって抵抗するだろう。それこそ、母の面倒を見るのは長男の義務だと主張して。ああ、まったくもって打つ手なし。私は両手両足を縛られたように身動きがとれない。

　予想通り、兄の会社の多額の負債による倒産はほとんどの週刊誌に書きたてられ、六五〇〇万円という負債を肩代わりした私の行為は世間の嘲笑の的にこそなれ、誰一人同情などしてくれなかった。音楽評論家の中には、なかにし礼もこれで再起不能であろうと宣言するものまでいた。もはや世間体などにこだわっている場合ではないことは分かっているが、母の存在が私の行動にブレーキをかける。

　それよりもなによりも困ったことは、私は全然歌が書けなくなってしまったのだ。たとえ書いてもヒットにはつながらなかった。心臓は時々軽い発作を起こすし、家も事務所も騒然としていて精神集中などできる状態ではなかった。第一、この昭和四十三（一九六八）年に建てた家には兄の一家も同居していた。全体の生活費は当然のごとく私が負担している。兄には三人の子供がいるが、彼らの大学進学費用などもむろん私が出してやっている。彼らとはめったなことで食事を一緒にしたりしないが、同じ家の中で彼らが生活しているということだけでも、私の神経に障（さわ）った。足音を聞くだけでもだ。

その上、兄はなにかにつけて金を無心してくる。そのたびに五〇〇万、一〇〇万、多い時は三〇〇万と出ていく。もう泣き叫びたいような毎日だったが、泣いて解決するものでもなかった。どうしたら私は歌が書けるのか、どうしたら大ヒットを飛ばせるのか、それが重要だった。なぜなら、そうしなければ、兄の大借金を肩代わりした分を取り戻せないし、また自分の置かれた現実にも対応できない。そうなれば私の将来もおしまいだろう。

家にいるのも不愉快だから、私は以前の住まいである赤坂のアパートの一室をもう一つの仕事場として借りつづけていたから、その部屋で一人暮らしをしていた。

もう何日も寝ていない。歌はうまく書けないが、次々とオーダーがくる。テレビやラジオにも出演する。一週間で合計八時間しか眠れないような忙しさの中にいた。おまけにスキャンダルで騒がれているから、毎日の生活が針の山だ。

クッと胸に痛みが走った。

「あっ、来たかな？」

私は心臓発作を予測した。

胸ポケットからニトログリセリンの錠剤を取り出し、舌の下に入れて、じっと静かにその溶けるのを待つ。大抵の発作はこれでなんとかしのげるのだが、今日のはいつものとはちょっと痛みそのものが違う。痛みというよりは恐怖感というか、動悸が速まり、それによって息苦しいのだ。ひょっとしたら心室細動かな？　そうだとするとヤバイぞ。

私は119番のダイヤルを回して救急車を呼んだ。住所を言うのが精一杯だった。パジャマに着替え、救急車が来たらすぐ分かるようにと思い、私は這うようにして入り口に向かい、重い鉄のドアを内側に開けてストッパーで止めた。五月とは思えないほどの冷たい夜風がどっと吹き込んできた。

私は入り口近くで仰向けになり、荒い息をして、心臓の脈拍はどんどん速まっていく。

ああ、頭が痛い。息が苦しい。

危うく気が遠くなりそうになった時、救急車のサイレンが聞こえ、それが止まったかと思うと救急隊員の階段を駆け上がる足音。すぐに私を認め、担架に乗せた。四階から階段を駆けるように降り、救急車に乗せられるなりベッドに寝かされ、酸素吸入器で口と鼻を覆われた。

私の頭痛は一層ひどくなり、呼吸もまた苦しくなった。血圧も下がっている。

「ああ、ゴースト、ぼくを助けに出てきてください。ぼくはもうダメだ」

私は言葉にはならなかったが、そんな言葉を口の中で言った。

私は目を開けていられず、なにも見えなかったが、いつもの通り伽羅の香りがそよと流れたかと思うと瞼の下に吐息の交換器をつけたゴーストの幻が現れた。

「呼ぶまでもないわ。私はいつも君のそばにいるのです」

ゴーストはそう言って、酸素吸入器をはずし、吐息の交換器を私にかぶせた。

「ゴースト、なんだか久しぶりだなあ」

「そうでもないわよ。短期間のうちにあまりに大きな人生の波乱があったから、そんなふうに思えるだけよ。むろん君が私を忘れていたことは確かだけど」

「ああ、ぼくは死にそうだ。助けてください」

「助けてあげたいけど、私の手にあまる仕事だわ。空先生のお城へ行きましょう。空先生なら、君を救ってくださるでしょう」

「空先生？」

色即是空、空即是色を追究するあまり、ついに肉体を失い声だけになってしまった先生のことを思い浮かべた。

「空先生のお城に行くの？　じゃ、ぼくはまた死ぬっていうこと？」

「君は今、死につつあるのよ」

管からゴーストの甘い吐息が私の喉に吹き込んできた。私はそれを思いきり吸い込んだ。

目の前が真っ暗になった。誰かが私の頭をうしろのほうに引っぱる。私はのけぞるようにして頭から闇の中に転落していく。

「ああ、死ぬんだ」

と思ったのも束の間、私の意識はなくなった。私は闇の中を墜落していった。風がうなりを上げて私の身体をなでさする。やたらと寒い。これに似た感覚を前にも味わったことがあると思った瞬間、私の身体は厚いテントのような布地によってふわりと受け止められた。

私の身体は手早く布によってくるまれ、紐でしばられ、やがて宙に浮いた。これらのことを私は夢でも見ているかのように分かっていた。

私の五感は何者かが歌う歌声とともに蘇った。

カバラミネラリスラビシモンベンカンターラ……。

カバラミネラリスラビシモンベンカンターラ……。

男たちの声が歌うように呪文をとなえている。

私は宙に浮いている。浮かされたまま運ばれている。私は分厚い布に包まれ、四本の縄で縛られその縄の先端は四羽の人間鳥の足につながっている。私がかつてゴーストを抱きしめながら死んだ時と同じように、私は七羽の人間鳥たちの葬列によって運ばれている。

信天翁（アホウドリ）が七羽いる。そう、足と腕の力でばさりばさりと音をたてて自ら空を飛ぶ人間鳥たちが七羽。先頭を行く先導者、二羽の護衛、そして布にくるまれた私を運ぶ四羽の人間鳥。

七羽の人間鳥たちは低く厳かに声明のように呪文をとなえる。

カバラミネラリスラビシモンベンカンターラ……。

呪文は繰り返され、それを聞きながら私の意識は遠のいたり近づいたりした。

薄闇の宙空（ちゅうくう）に聳（そび）え立つ雲の建物にも似た殿堂、それが空先生のお城だ。そう、私がゴーストの上で死んだ時、私の魂の葬列は冥界をさまよい、一度その殿堂の門をたたいたことがある。そして私は、空先生によって救われ、人間世界に舞い戻ってきたのだった。

カバラミネラリスラビシモンベンカンターラ……。

カバラミネラリスラビシモンベンカンターラ……。

葬列は空先生のお城の門前に着いた。

私は紐を解き放たれ、救急車に乗せられたときのパジャマ姿で門前に立たされた。

しかしよく見ると、以前の門とは少し趣が違う。なにやら門は以前のより大きく感じられた。どこからか音楽が聞こえる。それはブルックナー交響曲第九番の第一楽章のようだった。

先導していた人間鳥は翼をたたみ、威儀を正し、太い右腕を振り上げ、拳で門をたたいた。ドーン！　ドーン！　ドーン！　と三回。

すると中から、ドーン！　ドーン！　ドーン！　と同じく三回たたかれた。

中から声があった。よく響く空先生の声だ。

「そこへ来たのは何者か？」

先導者の人間鳥が答えよ、と言った。

「この殿堂の第一の門から人間世界に追い返されたものの、自分を見失い、途方に暮れ、あげく死につつあるものです」

「ははははっ、一度死に損なった魂が舞い戻ってきたらしい。お前のことは憶（おぼ）えておるぞ」

空先生の声が朗々と響いた。

「なんの用があって戻ってきた」

「悪についてお教えください」

私は率直な今の気持ちを言った。

「ふむ。本来の人間世界は、ユダヤの神が『光あれ！』とのたまう前の世界である。ゆえに光もなければ闇もない。『初めに言葉ありき』とのたまう前の世界でもあるから言葉もない。ゆえに善も悪もないと教えたはずだ。神もない、悪魔もないと。徹底した虚無、それが人間世界のあるがままの姿だと」

「はい。憶えております。希望もなければ絶望もない。その虚無の中で、自分を知ろうとする意志を持ったものが人間だったと教えられたことも憶えております。しかし一つ質問があります。もし、私の身近に、この虚無を虚無として丸ごと呑み込み、自分を知ろうとする意志を持とうとする意志さえない人間がいたとします。この人は悪ではないのでしょうか」

「それはのう、虚無そのものだ。虚無の中にあって、己を知ることをやめた人間はもはや人間ではない。虚無の世界で虚無そのものに疑いを持つことをやめた虚無、すなわちまったき悪だ。もはや救いようのない悪人だ。それはお前の兄であろう」

「お恥ずかしい限りです」

「お前が恥じ入ることはなにもない。ところで、お前はその兄をどうしたいというのだ？」

「はい。どうしたら、兄の攻撃から身を守ることができるのでしょうか。それとも、私は兄と戦うべきでしょうか？」

「それほどの悪を相手にお前が戦えるかな」

「やろうと思えばできると思います」

「無駄じゃ。お前は悪についてなにも知らないようだ。悪とはな、懲罰、暴虐の限りをつくす力だ。これと決めたらどこまでも追いかけてくる永遠の憎悪を含んだ復讐心だ。人間世界が始まって以来、今日まで延々と力を蓄え拡大してきた巨大なる蜘蛛の巣のごときものだ。お前の兄はその蜘蛛の巣にからめとられたいわば悪の化身だ」

「では、戦っても勝てる相手ではないと……」

「アメリカの作家ハーマン・メルヴィルは彼の大傑作『白鯨』の中で言っている。『生身の人間には何ひとつなすすべがない』と。彼は巨大な白鯨モビィ・ディックを悪の象徴とし、そのモビィ・ディックと戦うエイハブ船長の物語を壮大な海のドラマとして描いたが、エイハブ船長はモビィ・ディックに勝てたか？　たった一本の銛を背中に突き立てただけで、彼は海の藻屑と消えていった。モビィ・ディックは今なお悠然と海を支配している。これが事実だ」

「ならば手をこまねいて、兄のなすがままにされろとおっしゃるのですか？」

「お前はかつて第一の門から人間世界に追い返され、ふたたび生きることになったが、その意味をまだ憶えているか？」

「この虚無の世界で、自分を知ろうとし、創造の喜びを生きる喜びとし、やがて復活の赤い薔薇の花を咲かせたいと願うものを死の国に送りだすことはできない、と言われたことをしっかりと憶えております」

「お前は最高塔にのぼることを欲していたのではないか？」

「最高塔にのぼって千里眼となり、至福のヴィジョンを見ること、それが私の望みでした」

「そのためにお前は孤独の森に一人で入っていったのではなかったか？」

「はい。確かに」

「しかし、悪の化身である兄と戦うためには、孤独の森から俗界に降り下っていかねばならない。最高塔の上にあって至福のヴィジョンなどを見ている暇はない。つまりお前は世智にたけた一人の俗物として生きることになるのだが、それでいいのか？」

「ああ……」

私は返事に窮した。

「ここに一つの分かりやすい例がある。ブルックナーの交響曲第九番第二楽章と第三楽章だ。知ってはいるだろうが、よく聴くがよい」

さきほどまで流れていた交響曲は第二楽章に移り、金管楽器と弦楽器が奇怪で醜悪な音楽を大音響で鳴らし始める。

「これこそが巨大な悪の咆哮だ。悪は容赦なく獲物に襲いかかる。獲物たちはひたすら逃げるだけだ。ほかになにができよう。それでも悪の暴力は執拗に獲物を追いかけ呑み込み粉砕していく。そして反省の色を見せることもなく、無傷のまま第二楽章は終わる。第三楽章で、ブルックナーの魂はより高い所へより高い所へと逃げのびる。なのになおも悪の蜘蛛の巣は這いあがるようにして追いかけてくる。そんな中で、ブルックナーの魂はついに静かに死の静寂に包まれる。ブルックナーのまさに遺言のような音楽だ。ブルックナーは悪との戦いに勝ったわけでもない。神が救ってくれたわけでもない。ただ逃げ回ったのだ。逃げに逃げてついにブルックナーは悪の餌食になることなく、最高塔の上で息絶えたのだ。これこそが復活の薔薇を夢見るものの死だ。少しは参考になったかな」

「あの時、もし君があくまでも兄という悪と戦うと答えていたら、今頃はここにこうしていられなかったでしょうね」

ゴーストはしみじみとした口調で言った。

「死の国へ送り出されていたことは間違いないね。ぼくがかつて冥界の第一の門で空(くう)先生と交わした約束を破るわけだから」

「どんな約束をしたか憶えてるの？」

「憶えてるさ。自分を知ろうとし、創造の喜びを生きる喜びとし、やがて復活の赤い薔薇の花を咲かせたいと願うものを死の国へ送り出すことはできないって空先生はおっしゃった」

「だから、悪から逃亡することは卑怯(ひきょう)なことでも臆病なことでもないのよ」

「自分の運命を直視して、その運命を徹底的に生きつくすこと。そのほうがはるかに勇気のいる行為であり、雄々(おお)しい戦いだということもね。悪と戦っている時間などはないのだ」

「そのために君は私が差し出した黄金の苦い酒を飲んだのだから」

「記憶の奥の奥のそのまた奥にある記憶をさぐり出し、見極め、再体験し、その最低の底の底から最高塔まで跳躍し、そこで創造という名の格闘をする。その歓喜のためだけに生きるということを、ぼくは空先生の言葉のお陰でもう一度知ることができたのさ」

「あら、ちゃんと分かっているじゃない」

「そう人を馬鹿にしちゃいけない。ぼくは死ぬまで孤独の森の中で瞑想(めいそう)し、暗黒の洞窟の中で幻の詩人たちと戯れ、海に突き出た岬の突端で言葉を吠えつづけ、酸素の希薄な最高塔の上で至福のヴィジョンを創造することを誓ったんだ」

「じゃ、もう迷いはないのね？」

「ないよ。本当に」

その時、白衣の担当医が二人の助手を伴って病室に入ってきた。

「変わりはありませんか？」

「はい。ありません」

「なかにしさん、本当に危機一髪だったんですよ。最初に選んだ薬が見事に命中しましてね、それであなたは助かったんですよ」

医師は自慢したくてたまらないようだ。助手たちもどこか誇らしげだ。

「先生のお陰です。ありがとうございます」

「あと十分遅れていたらアウトでしたね」

「九死に一生を得たってわけですね」

「文字通りにね。ははは っ。もう、明日退院できますよ。しかし、無理は禁物ですよ。いくら売れっ子でも仕事のしすぎはいけませんね」

医師は首にかけていた聴診器をはずし、

「一応、音を聴かせてください」

とベッドのそばに来た。

私は起き上がり、背中を向けた。

医師はパジャマの下に聴診器を差し入れ、あちこちと音を聴き、

「異常はありませんね。くれぐれも無理はなさらないように。そして煙草ね。煙草はやめてください。これ命令です。とはいえ私もやめられない口ですがね。ははは っ」

助手たちを従え、医師は得々と帰っていった。

「ねえ、ゴースト、ぼくはこの病院に何日間いたの?」

「ちょうど一週間よ」

「救急車にこの病院を指定したのはゴースト?」

「当たり前でしょ。ほかの病院へ運ばれて、循環器の先生がいなかったりしたら大変だもの。即座にこのK病院を指定したわ」

「ありがとう」

救急車に乗せられてから数日間の記憶がとぎれている。しかも私の頭は混乱している。

心室細動という発作から救ってくれたのはこのK病院の医師なのか、それとも冥界の城に住む空先生なのか。よく分からない。

私は赤坂のアパートに帰った。

ゴーストはまるで監視者のように私を見張っている。私が俗な考えに左右されないか、それだけを心配しているのだ。しかし私はもうぶれることはなかった。

来る日も来る日も仕事をした。仕事部屋の四方に伽羅の香をたき、ゴーストとともに恒例の儀式を始める。私は作詩家ではない。男でも女でもない。伝統、宗教、習慣などのすべてから解放されている。私は永遠に流れる時間という縦軸の今この時、無限に広がる空間のここ、この場所、つまり時間と空間が作る黄金の十字路の上に一つの魂となっている、という暗示をかけ、暗示を突き抜けて確信になるまで、そして時間と無時間の境界に至るまで考える。そうしながらブルックナーのシンフォニーを必ず最後まで聴く。ブルックナーのシンフォニーはベートーヴェンやブラームスのシンフォニーに比べたら比較にならないくらいに長い。三番四番六番は五十数分、七番は一時間、五番と八番は八十分、九番は七十分だ。しかしこの長さが得も言われぬ精神作用をもたらしてくれるのだ。いや、慣れてくると長さなど感じなくなり、むしろ短いようにさえ思えるようになる。ブルックナーのどこまでも純粋透明な精神が生み出した音楽に身を任せ、その音楽とともにぐいぐいと空を駆け上がっていき、私たち人間が生きる俗界から離れて、異界ともいうべきもう一つのあるべき世界に到達する時、私は空先生の殿堂にいるかのような錯覚に陥る。空先生が常に私を見守ってくれている。ましてやその弟子ともいえるゴーストがそばにいる。私が雑念に惑わされる心配はまったくなかった。

　こうして書いた歌にはもはや戦争の体験に色どられた悲しみや苦しみはなかった。私は完全な一人のプロとして歌を書くことの苦しみを楽しみつつ書いていた。『今日でお別れ』（菅原洋一）、『あなたならどうする』（いしだあゆみ）、『昭和おんなブルース』（青江三奈）、『雨がやんだら』（朝丘雪路）、『手紙』（由紀さおり）、『悲しみのアリア』（石田ゆり）、『悲しみは女だけに』（浅丘ルリ子）、『恋狂い』（奥村チヨ）、『友を呼ぶ歌』（ザ・スパイダース）、『泣きながら恋をして』（ジャッキー吉川とブルー・

コメッツ)、『ドリフのほんとにほんとにご苦労さん』(ザ・ドリフターズ)、『ロダンの肖像』(弘田三枝子)……。

再起不能と言われた私だったが、ヒット曲を出しつづけ、年末には『今日でお別れ』で二度目の「日本レコード大賞」を、『昭和おんなブルース』でこれまた二度目の「日本レコード大賞作詩賞」をもらい、年間売り上げベスト百曲のうち私の作詩した歌が二十八曲をしめたということで「ゴールデンアロー賞音楽賞」を、そして「コカ・コーラCMソング」(鈴木邦彦作曲)でACC賞までもらった。各レコード会社から出たヒット賞は三十本。年間レコード売り上げ枚数一五〇〇万枚突破という新記録を作った。

しかし、私の頑張りはここまでだった。祭りの終わったような寂寥感がどこからともなく忍び寄る。体内に重い疲労感が蓄積していて、どう奮いたたせようとしても気怠くて仕事に身が入らない。この疲労感の実体は絶え間なく兄のほうから私に送られてくるマイナス波動を受けつづけていることから来ていることは分かっている。特に、去年の夏、帝国ホテルで川内康範先生立ち会いのもと、デビューしたばかりの新人歌手でいわばアイドルともいうべき十八歳の女性との婚約を発表して以来、兄の挙動がどうにもおかしい。なにがどうというのではないが、私には感じられるのだ。そんな心労もあって、軽くはあったが、心臓はしょっちゅう発作を起こし、そのたびに舌下錠のニトロをなめてしのいでいた。

久しぶりに中野の家に帰った。

階段を上り、自分の寝室に行こうとしてふと兄の部屋の前を通ると、なにか書類の入った茶封筒が落ちている。

なんとなく手にとって見ると、封筒にはM生命と書いてある。心にかすかな虫の知らせのようなものが走って、私は中の書類を出して見た。それは私の生命を対象にした生命保険の契約書だった。額面は六〇〇〇万円、しかも受取人は兄だ。

一体いつの間に、兄は私を保険になど入れたのだろう。日付を見ると、昭和四十五（一九七〇）年九月となっている。婚約発表のすぐあとだ。私はぞうっと総毛立った。ついに私の命まで狙いに来たか。まさかそうではあるまいが、そうでないとも言えない。

私が結婚する。そうなった場合、私が死んだら遺産はすべて妻のものになる。そのことを考えて兄は早々に手を打っておいたということか。私は兄の悪知恵の奥深さに戦慄し、暗い穴に突き落とされたような思いで眩暈を感じた。

夜、兄が帰ってくるや、待ちかねたように書斎に引っ張り込んだ。

「兄さん、これ一体なんの真似なの？」

テーブルの上に保険の契約書を置いて私が震える声で切り出すと、兄は一瞬どきりとしたようだが、すぐに平静さを装って言った。

「ああ、それね。それはまあ、万が一のためさ。要するに保険よ」

「だけど、十四も年上の兄が弟の生命保険の受取人になるなんて不自然じゃないか」

「そうかな。お前は心臓が悪いから、俺のほうが長生きすると思ったのさ」

「本人の承諾も取らないで、保険に入れるなんて穏やかでないね」

「言えばイヤがるに決まっているものをわざわざ言う必要はないだろう」

「心臓の悪い人間は保険に入れないんだぜ。一体誰を俺の身代わりに立てたんだい。やることなすことをすべてが犯罪めいているよ。まるで保険金殺人の準備に入ったみたいだ」

兄は無言のまま、指にはさんだロングピースをテーブルに弾ませてから口にくわえると、金のデュポンのライターで火をつけた。

「礼三、お前の存在自体が俺にたいする侮辱なんだ。そういうことを考えなかったとは言わないよ」

「ついに白状したってわけか」

「バカ、たとえ話だよ」

「食事は美津子義姉(ねえ)さんが作っているし、毒でも盛られたんじゃひとたまりもないからね。もう怖くて、とても一緒に住めないよ」

「そこまで考えるかね」

「考えるさ。兄貴の悪さにはほとほと感心しているのでね」

兄は煙をたっぷりと吐きだした。

「兄さん、この家、出ていってくれないかな」

私はやっとの思いでこの一言を言った。

兄は自分の耳を一瞬疑ったようだが、ふうっと煙のない息を吐き、つとめて無表情に、

「ここはお前の家なんだから、いつでも出ていってやるよ」

「とにかく出ていってよ、生活費は送るから。この際、さよならしよう」

「出ていってやるけど、お袋も一緒に連れて行くからな」

「なぜ？」

「お袋の面倒を見るのは長男の務めだからな、これぱかりはお前に譲れない」

母の顔がぱっと目の前に浮かんで私はひるんだ。が、ことさら冷たく言った。

「そう、それなら、しばらく俺は家を空けるから、その間に引っ越しを終わらせておいてよ」

「出たら一生、この家の敷居はまたがない。今は、お前に言いたいように言わせておくけど、この借りは必ず返すからな」

「怖いこと言うね」

「だから言ったじゃないか。先祖伝来の埋蔵金の半分は俺のものだって」

「まだ、そんなこと言ってる。兄さんは自分の取り分をとっくにつかいきってしまったよ」

「礼三、お前、墜落したことあるか？」

「飛行機乗りでもあるまいし、あるわけないよ」

「俺にはどうも墜落願望みたいなものがあるんだな」

「なに、またなにかやらかして失敗しようっていうの」

「心のどこかで、またきっと墜落するに違いないと感じているんだな」

「じゃ、よせばいいじゃないか」

「よしたら墜落できない」

「墜落したいわけ？」

「墜落しないと意味がないような、うん、そんな感じかな」

兄は遠い思い出をたぐるような目つきをして言った。

「俺はな、墜落したことがあるんだ」

「戦争の自慢話なら結構だよ」

「忘れもしない昭和十九年の九月十四日、午後一時十三分のことだ。陸軍航空隊宇都宮飛行学校壬生(みぶ)教習所の空は雲ひとつなく晴れわたっていた。風もなく空を飛ぶには絶好の日和だった」

「美文調だね。それがどうしたのさ」

「まあ聞けよ。高度五十メートルまで上昇し、第一旋回に入ろうとした時だ、プロペラが空回りしはじめた。プルンプルルルルという聞き慣れない音をたてている。故障だ。あちこちの計器をいじってみたが直らない。俺はすぐに異常発生時における準則という空中勤務者の心得を頭に浮かべ、飛行機をとっさに一個のグライダーに変えようとした。方向転換もせず、直進降下をしながらな。そして、さてと、と下を見た。状況偵察だ。下は芋畑らしい。百姓たちがのんびりと働いている。この赤トンボをだましだまし軟着陸させなくてはならない。エンジンの重さで機首が下を向く。それを懸命に上向きに保ちながら飛行機を降下させていった。炎上を避けるためにプロペラは止めた。一瞬でも早く飛び出せるように縛帯、ま、シートベルトだな、それをはずした。意識は実にはっきりとしていたが、身体は恐怖で硬直していた。頭の中は真っ白だ。飛行機は物凄い速さで落下しているのだ。ぽつんぽつんと散在している農家がどんどん大きくなる。芋畑の緑の葉っぱが見る見る近づいてくる。地面が近づく。あっ死ぬ!と思う間に車輪が地面に接触し、開墾された芋畑の土の上をガクンガクンと三十メートルほど走ったかと思うと、飛行機は前へつんのめって逆立った。その弾みで俺の身体は勢いよく外へ放り投げられた。柔道の受け身をし、助かった!と思って振り返った瞬間、ボーンと爆発音がして火柱が立った。九五式練習機、通称赤トンボはプロペラ一個、翼二枚、胴体は樺色のテントでできている軽便なものだが、それでも一人前の音をたてて燃えていたよ」

兄は片側の唇を曲げてふんと笑った。

「その墜落の快感が忘れられないって言いたいわけ?」

「違う。実はな」

兄は私の目をじっと見て、よどみなく言う。

「乗ってエンジンをかけた途端にこの飛行機は異常だと俺には分かった。だが、合図の白旗がさっと上がったら飛ぶしかない。俺は仕方なしにエンジン全開のレバーを押して空に舞い上がったのさ。ふわりと空に浮かんだその瞬間から、俺は墜落することを覚悟したんだ。落ちる、落ちる、絶対落ちると怯えつつ俺は空を飛んでいた。故障のある飛行機が墜落すべくして墜落する。そう思いつつ空をさまよっている時の浮遊感というやつは、はかなくて恐ろしくてなにものにも譬えようがないな。胸がキューンとしめつけられるように甘美なんだなあ。自分が生きているのか死んでいるのかそれさえ分からない。生死の境を行ったり来たりしている、そんな恍惚境だ。無論落ちたら死ぬと思っている。がしかし、ただで死んでやるものかとも思っている。俺の命と一緒に世界を消滅させてやるんだとな。そう、それでこそ完璧な墜落なんだ。自分が墜落する時には、まわりのものとか世界そのものを自分と一緒に地獄へ引きずり込まずにおくものかと意識的に、虎視眈々と狙っているような、そんな感じなんだなあ」

ああ、この人は病気だ、と私は思った。と同時に激しい吐き気に見舞われた。

「兄さん、なんだって、そんな話するんだい」

兄はふとわれに返ったような柔らかい表情を作り、歌うような調子で言う。

「俺が、故障した飛行機で空を飛んでいたあの浮遊感も、お前が流行歌を書いてちょっとばかり成功した浮遊感も、墜落が待っているということでは似たようなもんじゃないのかな」

「うるさい！　そんなご託宣(たくせん)はたくさんだ！」

「なんだか刺激が強すぎたようだな」

兄は薄く口笛を吹きながら出ていった。

私は両の拳で胸をたたきながら、こんな兄を持ったことを天に呪(のろ)った。

私が一週間家を空けて、赤坂の仕事場で懸命に仕事をしている間に、兄の一家は母を連れて、大船(おおふな)のほうに引っ越しを済ませていた。

私は十月、新人歌手をデビュー一年で引退させる形で結婚した。

結婚生活は中野(なかの)のわが家で始まった。

一年半ほど経った頃、この家の敷居は二度とまたがない、と言っていた兄が神妙な顔つきで訪ねてきた。

「俺はな、お前に迷惑をかけたことは一日だって忘れたことはないよ。絶対いつかはきっちりと耳をそろえて返したいと思いつづけていたんだ。このままじゃ、兄として情けないからな」

兄の言葉は兄の口から出ると同時に私の頭の中で反転した。つまり家を出ていく時、この借りは絶対返すからな、と凄んだ時の兄の言葉が単に言い方を変えたものとしてしか聞こえてこなかった。

背筋に寒いものを感じながらも、つとめて冷静に言葉を選んだ。

「俺は兄貴に貸したつもりはないからね、返してくれようなんて思わなくていいんだよ」

この一年半、兄が金の問題を起こさないでくれただけで私は嬉しかった。この平和がつづいてくれるなら、金のことなどどうでもよかった。

「俺もね、一人になってじっくり考えたよ。この世に生まれてきた自分の使命ってやつをな。でな、考えた結論はだな、俺の使命は事業しかないってことなんだ」

「もう、事業はしない約束じゃなかったっけ」

「お前はすぐに俺を引退させたがるけどな、そうやすやすと人生に結論を出すわけにはいかないね」

「兄さん、戦争に行って、勇敢に戦ったじゃないか。それで十分だよ」

「それだけじゃ淋しいな。戦争くらいみんな行ってるんだからさ。な、礼三、俺に最後の勝負をさせてくれないかな。その話をしに来たんだ」

兄は遺言でも言うように、しみじみとした声で言った。

イヤな予感が走った。

「で、なにをやるつもりなの？」

「ゴルフ場をやりたいんだ」

「ゴルフ場？　なんでまた突然」

「ゴルフ場を三つも作って大儲けした河野って男が、今度は俺と一緒にやろうって言うんだよ」

「どこで知り合ったのさ。その河野って男と」

「ま、それはいいじゃないか」

　これこそ兄の一世一代の計略に違いない。

「どうしてゴルフ場なの？　クラブの握り方も知らないくせに」

「まさに天の声だな」

「全然理屈になってないね」

「勘だよ。勘。富士の麓に絶好の土地があるんだよ。河野は絶対間違いないって言うんだ」

　兄の顔は、ニシンの網を買った時の、二十二歳の若くて無謀な顔と二重写しになった。あれから二十六年も経ったというのに兄は少しも成長していない。

「実はな、手付金を払ってしまったんだ」

いよいよ実弾を撃ってきた。兄の総攻撃だ。私には防御する手立てはなにもない。

「いくら？」

「三億だ」

「そんな大金、いつどうやって作ったの？」

「なあに簡単さ。会社を作ったんだ。その会社で手形を切ったんだ」

「兄さん、あんた不渡りを出しているから、三年間銀行取引停止のはずだよ」

「代表取締役はお前だよ」

兄は抑揚のない声で言った。

私は目の前が真っ暗になった。腋の下はじっとりと汗ばんだ。

「そんなもの、なった憶えはないよ。兄さん、また俺の実印持ち出したんだね」

「ああ、やむにやまれずね」

「やることが悪どすぎるよ。俺が代表なら、兄さんの事業ではないじゃないか」

「俺の仕事さ。俺が経営者でお前が資本家、そう解釈してくれたら分かりやすい」

「まるで強姦だな。逃げ場のないところへ人を追い込んでおいて、そこでうんと言わせようってんだから、兄さん汚いよ」

「そう怒るなよ。兄弟なんだからさ、どうせなら気持ち良く協力してくれよ」

一線を越えたとなると、にわかに兄の態度は図太くなった。

「ゴルフ場とは分不相応だな。話がでかすぎる」

「でかいから儲かるんじゃないか。意外に簡単な仕組みなんだよ。蛇(じゃ)の道は蛇(へび)でね。どの世界にも裏があるのさ」

「そう簡単にいくもんか」

「まかせておきなよ。お前はシャッポになってればいいんだよ。仕事はみんな俺と河野がやるからさ」

「最終責任は俺がとるんだろう？」

「そんな事態になんか絶対にしないって。大船に乗った気でいなよ」

「兄さん、今から引き返せないの」

「もう船は動きだしたんだ。お前は降りられないよ。船長は俺だけど、俺のかぶっている帽子はお前だからな」

「俺、もう死にたいな」

私は心底そう思った。

「死にたけりゃ死ねばいいさ。たとえお前が死んだとしても、この仕事はやり遂げてみせる。お前の死を世間に隠してもな」

兄は、そのままドスを持ったら似合いそうな怖い目をして帰っていった。

かつて兄にこんな質問をしたことがある。

「兄さんは博奕をよくやってるけど、たまには勝つこともあるんでしょう？　そんな時の金はどうしてるの？」

すると兄は軽蔑の色もあらわに私を見て、

「お前はバカか。ギャンブラーでもないのに、勝ってどうするんだい」と言った。

私は一瞬なにを言われたのかよく分からなくなってぽかんとしてしまった。

「博奕は負けるからこそ面白いんじゃないか。弾丸の最後の最後まで撃ちきるからこそ美しいんじゃないか」

その顔は、なにか病的な恍惚感に酔っていた。

「家に友達を呼んで麻雀やってる時も負けるじゃない。あれもそういうわけなの？」

「あれは違う。あれはわざと負けてるんだ。相手が下手くそだから」

「なぜ？」

「俺はとにかく金のあるところを見せたいんだ。負けて、平然として払うところに意味があるんだよ。大きく負ければ負けるほどね」

「なんの意味があるのさ」

った。

「復讐だよ、一種のね」

兄の立教大学時代の友人はみんな金持ちのぼんぼんだ。兄だけが戦争で無一文になった。友人とは名ばかりで、戦後の苦しい時に助けてくれるような友は一人もいなかった。

「兄さん、その腹いせをしてるのかい？」

「そう、復讐だな。結構みんな冷たかったからな。その時の悔しい思いを、麻雀で負けつづけて晴らしてんだ。金を受け取る時のあいつらの、鳩(はと)が豆鉄砲くらったような顔を見るのは面白くてたまらないね」

こんな破滅的な博奕美学に加えて、兄の墜落願望までを聞かされている私が兄の仕事に成功の可能性があるなどと考えられるはずがない。そんなもの千に一つも万に一つもありはしない。ましてやこの話が、兄がこの家を出ていく時に言った、自分の墜落と同時にこの世界全体を地獄へ道連れにしてやるんだと言ったあの計画を実行に移したものだったとしたら、私の助かる道はもはやないだろう。私は間違いなく墜落させられ地獄へ突き落とされるだろう。

しかしそう思いつつも、私は金も名誉も自分の命も兄の前に投げ出した。私は弟としての役割を最後までやり抜いた。私も私で兄弟愛という幻想を兄の目に見せつけてやりたかった。しかしそんな私の夢のような祈りなど兄の心にとどくはずがないことも分かっていた。でもどこかで、わが兄よ、美しくあってくれと願わないでいられない切ない思い。そんなものが私の心の片隅にまだあるのが悔しい。

場所とレインボーカントリー・クラブという名前しか決まってなく、設計もまだできあがっていないという状況なのに、兄はなにを思ったか、三大新聞の下三段を抜いて、会員募集の広告を出した。反響は予想に反して良かった。ところが、三日後の夕刊の一面トップに「レインボーC・Cは無認可」という記事がでかでかと出た。

「兄さん、一体これはどういうことなの？」

私は兄に詰め寄った。

「実はまだ認可を取ってないんだ」

「じゃどうして会員募集なんかしたの？」

「近々認可する予定だって役所が言っていたからさ」

「話が逆じゃないか」

「今からなんとかするよ」

「どうにもなるわけないよ」

「新聞のやつが、あんな記事を書くからいけないんだよ」

「また人のせいにする。やるべきことをやってないのは兄さん、あんたじゃないか。新聞がああして書いてくれたことに俺は感謝してるよ。でなかったら、もっと大事になっていたよ」

兄はべそをかきはじめた。いや、実は嬉し涙をながしているのだ。

兄はついにやったのである。弟の私に汚名を着せ、多額の借金を背負わせ、地獄ともいうべき人生のどん底に突き落とすことに成功したのだ。ゴルフ場なんて舞台装置のようなものだ。とにかく憎き弟が大きく転落するところを見れば気が済むのだ。それにしても、なんという心の動き方なのだろう。私には理解できない。

「で、お前どうするんだい？」

泣きやんだかと思うと、まるで晩飯のメニューを尋ねるような顔で私に訊いた。

「兄さん、他人事みたいなこと言うなよ。あんたがやったことなんだぜ」

「そう言われてもなあ。俺には金も名前もないからなあ」

ほうら、ついに本性を現した。兄としてはすべて計画通りにいった。もう事は終わったってわけだ。なんてやつだろう。これは人間ではない。悪魔だ。

「兄さん、あんたこの俺を罠にはめたんだね。まるで俺を絞め殺すように」

「…………」

「ねっ、そうでしょう？」

四つかぞえるほどの沈黙のあと、

「俺には墜落願望があるって言ったよな」

「ああ、聞いたよ。それをついにやったというわけか。自分が墜落するだけでなく、この俺も巻き込んで一緒に地獄へひきずり込んでやろうっていう、あの兄さんの理由なき復讐願望をついにやり遂げたってわけか。分かったよ。俺は兄貴の念願通り墜落する。地獄まで落ちていく。ああ、落ちていってやる。兄さん、これで満足かい？」

兄がうすら笑いを浮かべているように見えて仕方がない。

「兄さんは墜落願望などと言ってるけどね、墜落するのは弟の俺だよ。兄さんはもともと失うものなんかなにもないんだから。墜落するような振りをして、弟を死の淵に追いやったのさ。あんたは一種の殺人者だ。確信犯だ。もう顔を見るのも胸くそ悪い。俺の前から消えてくれ」

「そうかい。じゃ、俺は消えるよ」

兄は書斎のドアを開けて出ていった。

兄の振り出した手形は六億円以上あった。その内訳はもはやどうでも良かったし、どうにもならないことだった。手付けを払ったという土地など存在しなかった。大船の兄の家に行ってみても、そこはもぬけの殻だった。兄は見事に姿をくらました。

なかにし礼商会は当然のことながら倒産し、解散した。中野の自宅、事務所のある北青山のビルなど私の全財産と資産を処分したが、なお三億五〇〇〇万円の借金が残った。

私が倒産したことはでかでかと報道されていたから、どこの不動産屋も家を貸すことを拒んだ。しかたなく、私と妻は一歳の長男を連れてホテル住まいをした。

ほどなく街の噂（うわさ）も下火になった頃、家を借りた。しかし、どこに住んでいても、悪質な金融業者の取り立て屋がしょっちゅう家のチャイムを鳴らす。電話はひっきりなしに鳴る。あまりにうるさいので電話線を抜いてしまったくらいだ。赤坂にしばらく、青山にしばらく、目黒（めぐろ）にしばらく、と私たちは転々と住まいを変えた。

それでも『サヨナラ横浜』（石原裕次郎）、『暗い港のブルース』（ザ・キング・ストーンズ）、『別れの朝』（ペドロ&カプリシャス）などとヒットを飛ばしたから、高額納税者の中に入ってはいるのだが、借金の金利で金は雲散霧消し、貧乏生活を強いられた。

毎日の生活があまりに落ち着かないので、妻と長男を大阪の池田（いけだ）の実家にしばらく預かってもらうことにした。

こう徹底的にやられたんでは立ち直れそうにないなと私は感じていた。いっそ破産宣告して、恥辱にまみれてもいいから少しは身軽になりたいという思いにもかられたが、当の兄貴がのうのうと生きているのに、自分が破産して準禁治産者に落ちぶれるなんて洒落がきつすぎて笑えない。それは絶対にやめよう。私がこうしてのたうちまわっている姿を想像して、兄貴はほくそ笑んでいることだろう。

悔しい。悔しすぎる。死ぬほど悔しい。

いっそ死んでしまおうか、という誘惑的な思いが絶え間なくつきまとうようになった。

妻に長い手紙を書いた。

「俺たちの汽車は長い長い、暗いトンネルに入ったまま、抜け出せないでいる。俺は死ぬかもしれない。その時、お前、ついてきてくれるかな。それとも、お前、子供と一緒にこの汽車から降りてもいいんだよ」

妻の返事は、

「光があろうとなかろうと、私は終点までついていくつもりよ。でも、あなたは死んではいけないわ。あなたにはするべきことがまだまだたくさんあるはずだから」

この手紙を読んで、私は死ぬことをやめた。そのかわりこの歌を書いて、私の中の

「死にたいと思う心」に死んでもらった。

『さくらの唄』

なにもかも僕は　失くしたの
生きてることが　つらくてならぬ
もしも僕が死んだら　友達に
卑怯なやつと　笑われるだろう
笑われるだろう
今の僕はなにを　したらいいの
こたえておくれ　別れた人よ
これでみんないいんだ　悲しみも
君と見た夢も　終わったことさ
終わったことさ
愛した君も　今頃は
僕のことを忘れて　幸福(しあわせ)だろう

おやすみをいわず　眠ろうか
やさしく匂う　桜の下で
　　　　　　　桜の下で
　　　　　　　桜の下で

兄と私との長い不幸な戦いに転機をもたらしたのは母の死であった。

昭和五十二（一九七七）年九月二十三日、母は七十三歳で逝った。

小坪の火葬場で母の骨を拾っている時、私の目の前で兄の顔ががらりと変わった。兄がつけていた母の顔という仮面が割れて地面に落ちた。母を悲しませてはならないという私の母への想いは終わった。また兄に母の面倒を見てもらっているという負い目も消えた。母という後光を失った兄の顔はただの悪人のそれだ。

――こんな男のために、俺は骨身を削る犠牲を払ったのだろうか――

「兄は死んだ。兄はもうこの世に存在しないのだ」と私はそう自分に言い聞かせ、兄を心の中で抹殺した。もうどんなことがあっても、一歩もひるまない。完全に無視し、絶対に妥協しないことを自分に誓った。

それを貫くためにはどうしたらいいか、私は旧知の河合弘之弁護士に電話をした。

「なあに大丈夫。ぼくが債権整理をやってあげますよ。ぼくが管理していたら、お兄さんといえども手が出せないでしょう」

この世間に名の知れた敏腕弁護士にことを頼むのは初めてだったが、とにかくすべてを彼に任せた。なにしろ金利が高すぎて、それを払うだけで、収入のほとんどが消えてしまう。その上、税金がある。いつまでたっても私の借金が減る見込みはなかった。文字通りの絶望状態だったからである。

河合弁護士は五十人近い全債権者を一堂に集めて言った。

「このままでは、有能な作詩家をみんなで見殺しにすることになります。そこで提案します。この際、金利はすぱっと全員ナシにします。今まで高金利で十分に稼いだでしょうから。誰も文句ないでしょう？　えっ、ありますか？　ない。じゃ、決まりました。今後、金利はいっさい発生しません。次にどうでしょう、負けられる人は半額にでも、一割でも二割でも負けてくれませんか？　もし、多少でも負けてくださったら、私が責任をもって、毎月きちんと返済を実行します。そうすれば、必ずや、みなさんの手元にお金が返済され、この若い作詩家も借金完済の日を迎えられるでしょう」

弁舌さわやか理路整然、なんだか全員魔法にでもかけられたかのように拍手喝采などしている。債権者会議は円満無事に終わった。

それからというものは、私の全収入は河合弁護士のもとに集められ、そこからまず国税を払い、次には約束通り、債権者にその債務の大小に準じて返済されていった。私は月々三十万円で生活をしなければならなかった。

私はそんな環境にもめげず、大ヒット、中ヒットを出しつづけていた、だから高額所得者の中に名前をつらねていたのだが、生活は貧乏そのものであった。

『時には娼婦のように』(黒沢年男・なかにし礼)、『五月のバラ』(塚田三喜夫)、『ANAK(息子)』(杉田二郎)、『みんな誰かを愛してる』(石原裕次郎)、『男はみんな華になれ』(黛ジュン)、『サンタマリアの祈り』(西城秀樹)、『女優』(岩崎宏美)、『愛してごめんなさい』(木の実ナナ)、『よこはま物語』(石原裕次郎)。

そして一方では昭和五十六(一九八一)年、二期会オペレッタの訳詩と演出(萩本欽一と共同。立川清登、島田祐子主演、日生劇場、十一月一日―五日)をやったり、TBSテレビ『もう一つの旅』のレギュラーとなって世界の音楽を聴く旅をつづけたりしているうちに、むろん過去のヒット曲がもたらす印税収入も大いに貢献してくれたが、ついに借金は完済したのだった。昭和四十八(一九七三)年から約十年にわたる貧窮生活であった。長かったし、つらかった。

「なかにしさん、そろそろ家を建ててもいい頃ですよ」

河合弁護士にそう言われたときの安堵感といったらなかった。

私には日本の中に故郷がない。どこか故郷にふさわしいような街はないものだろうか。そうだ、鎌倉がいい。鎌倉にしよう。

というわけで鎌倉山ノ内に土地をみつけ、昭和五十七（一九八二）年に家を建てた。高名な作家故高見順さんのお宅の真ん前であった。

その年、『北酒場』（細川たかし）で三度目の日本レコード大賞。借金を完済し、借家住まいから脱出し、真新しい家で『北酒場』を聴きながら迎えた正月は、また格別なものだった。

昭和六十二（一九八七）年、三重県桑名市市制五十周年記念委嘱作品として、ベートーヴェン交響曲第九番『歓喜の歌』（石丸寛指揮、名古屋フィル、佐藤しのぶほか出演）の日本語訳詩版を発表した。

歌は『ホテル』（島津ゆたか）、『まつり』（北島三郎）などもちろん大ヒットを飛ばし、クラシックから、ミュージカル、そして漫画の原作まで、ジャンルを超えて仕事をやっていた。

昭和天皇が崩御して時代は平成となった。

この時、私の中でなにかが音をたてて止まった。それは歌を書くということを習性としてきた時計の振り子が、はたと止まった音だった。そして私は気がついた。私の書いた歌はすべて昭和という時代にたいする恋歌であり恨みの歌であったということに。また恋に身悶える歌はすべて幻の故郷満洲にたいする望郷の歌だったということに。昭和が終わって、歌を書く相手がいなくなった。そろそろかねてから熱望していた小説を書くという方向に大きく舵を切る時が来たのではないか。私は大真面目に小説修行を開始した。そして『風の盆恋歌』（石川さゆり・日本作詩大賞、古賀政男記念音楽大賞）を最後として、私は作詩家休業宣言をした。

鎌倉には十四年住んだ。そしてもっと明るい陽光を求めるようにして逗子披露山の住宅地に移転した。三百三十坪の土地に百六十坪の屋上つき鉄筋コンクリートの家を建てた。欲求不満を爆発させるように。

平成八（一九九六）年十月二十五日、姉から電話があった。

「兄さん、とうとう死んだわよ」

「えっ、本当？」

「本当に決まってるじゃない」

「そう。死んだか。（ついに死んでくれたか）」

私は全身の力が抜ける思いだった。「万歳!」と心の中で小さく叫んだ。いったい何年待ったのだろう。長かった。私は最後まで兄にたいして、抵抗はしたけれど、攻撃らしいことは一度もしなかった。ただただ逃げまわり、身を小さくして、兄の死ぬことだけをひたすら待った。その兄が肝硬変を患い、平成八年十月二十五日午後六時十分、ついに死んでくれたのである。戦いは終わった。長い戦いだった。私は延々と負け戦に耐えてきたのだが、兄の死によって戦いは終わった。私が勝ったわけでもない。ただ終わったのである。

通夜にも葬式にも出るものかと決めていたが、やはり多少気がとがめるものがあり、妻と行くことにした。兄の死をしっかりとこの目で確かめておくかと憎まれ口をききながら。

兄の家は埼玉県上尾(あげお)だという。雨のせいもあり、逗子から車で二時間半かかった。辺鄙(へんぴ)な町の薄暗い片隅に建つマンションの一室だった。

兄の遺体は眼鏡をかけていた。

「死人が眼鏡かけてるってあまり聞かないね」

「だって、はずすと夢がぼやけるって言うのよ。病院でもかけっぱなしだったわ」

兄嫁の美津子はほとほと疲れたという顔で言う。

「夢がぼやける。キザなこと言うね」

兄の死に装束は背広だった。チャコールグレイのダブルのスーツに白いワイシャツ、ブルーグレイのネクタイ。このますっと起き上がってでかけていきそうな、そんな生々しさがまだ残っていた。ところが、兄の下半身は燃え立つような日の丸の旗でおおわれている。

「なにこれ？　随分とオーバーだね」

「これがパパの最期の願いだったの」

国旗の白地の部分には兄の好きな荊軻（けいか）の詩、「壮士一度去って復た還らず」が墨黒々としたためられ、兄の署名まである。で、赤い日の丸の部分には「出撃」と来たもんだ。イヤ味な死に方だなあ。兄にたいする嫌悪感が嘔吐（おうと）のようにこみあげてきた。

「この旗は遺言でこうしているわけ？」

「そう。この国旗と一緒に焼いてくれって。軍人として死にたいって」

「軍人として？」

私は大笑いしそうになった。

「そして葬送の音楽は『同期の桜』にしてくれって言うの」

いやはや参ったな。完璧な演出だ。

「兄さんは結局、死ぬまで戦争をひきずって生きてきたんだね」

姉は感慨深げな声で言う。

「違うね。戦争を口実として利用してただけさ」

私はわざと不機嫌な声で言い返した。

二日後の葬式には出なかった。

私は仕事場の窓を開けた。風はない。しかし秋の冷気が胸にしみる。さきほどまでの雨があがって、空には一つ二つ星さえ光っている。江ノ島の灯台が十秒間隔で明滅する。ヨットハーバーの灯はまだ細々とついている。鎌倉の海岸道路に車のライトはとぎれとぎれだ。

私ははるかな西の空に向かって叫ぶ。

兄貴の大馬鹿もん！　死んでくれてありがとう。あの世の親父やお袋に合わせる顔がないからって舞い戻ってくるなよ！

母が死んだあとも、兄の波状攻撃はつづいていた。私はそれにたいして断固とした無言の抵抗をつづけていた。金の無心の電話や借金取りからの怒号の電話など、手を替え品を替えよくもまあというほど執拗な攻撃だった。だから家のチャイムが鳴るたびにドキリとした。玄関を開けて、もしそこに兄がいたらどうする?という恐怖。一日として気の休まる日はなかった。ところが兄が死んだら、そんなイヤな思いをすることがぴたりとなくなった。

「ああ、これが当たり前の生活なんだ」

とやっと呼吸の楽な生活に慣れた頃、兄が死んで約一ヵ月、年の暮れに、兄嫁の美津子から電話があった。

「私、昨日、パパと離婚しました」

兄嫁は淡々とした声で言う。

私は最初意味が分からなかった。

「婚族関係終了届を市役所に出しました」

「つまり、死後離婚したっていうこと?」

「ええ、パパの残した借金は何億なのか分からないくらいなの。子供たちもみんな相続放棄したわ」

「じゃあぼくも急いで相続放棄しなくちゃ」

「そう。そのために電話したの」

「ありがとう」

「ところで、戦友会からの通知があったんですけど、もう私は妻でないから、礼三さんからパパが死んだことを伝えてくださらないかしら」

姉は幹事の名前と電話番号を言った。

私はそれを承知し、電話は終わった。

戦友会幹事の中村という人に電話をして、兄の死を告げた。

「そうですか。中西が亡くなりましたか。それは残念ですが、弟さん、今回はあなたが代わりに出てくださいよ」

戦友会？　兄についてなにか新しいことが分かるかもしれない。そんな邪心もあって、私は代理出席することにした。

二月上旬、私は第三期戦友会に出席するため熱海の駅に降り、会場の温泉旅館にむかった。

そこには兄と一緒に宇都宮飛行学校で学び、小月航空隊や熊谷航空隊に配属された戦友たちが十数人集まっていた。

が、そこで聞いたことは耳を疑いたくなるようなことばかりだった。

「我々小月の航空隊の三期生は気楽なもんだったな。やることがなくて毎日棒倒しをやったり、操縦桿のオモチャを握りしめて、シミュレーションとも言えない飛行機ゴッコをして遊んでいた」

と中村が笑いながら言う。

「熊谷の航空隊だってそうだった。出撃したくても乗る飛行機がなかったよ。ガソリンもなかった」

と別の男が言う。

「出撃？　そんなことただの一回だってやったことなかったよ。敵のグラマンの編隊が来たら、納屋や馬小屋に逃げ込んだものさ」

「空中戦？　それは無理だ。第一、我々は赤トンボも卒業してないんだから」

「兄は、朝四時に、キ45という黒い戦闘機に乗って瀬戸内海の空を飛んだと言ってました」

「キ45というのは教官の飛行機だよ」

「墜落事故はありましたか？　兄は一度墜落したことがあると言ってました」

「小西(こにし)という男が墜落したことはあった。中西は墜落なんかしてないな。中西は小西の肉や骨を箸(はし)で拾う時、ぶるぶる震えていたっけ。存外臆病者だったな」

私は茫然(ぼうぜん)として、汽車に乗った。

兄の実像に多少でも肉付けができるのではないかと思い、戦友会に出席してみたのだが、結果は無残なものだった。兄の実像と思っていたものが木っ端微塵に砕け散った。残ったのは嘘にまみれた虚像だけだ。特攻隊としての初期訓練を受けたというだけで、兄は戦争に参加して精神に傷を負った男という虚像を作りあげ、それを死ぬまでつらぬいた。戦争で戦った人間だと思えばこそ、私も兄を許し、世間もそうであったであろう。しかし今や真相は明らかだ。兄はいったいなにものなのか。

　私は戦争によって翻弄され、その影響のもとで戦後の貧窮生活を生き、やっとひと心地ついたあとは兄という名のもう一つの戦争の傷痕によって苦しめられた。私にたいする兄の理由なき復讐と攻撃も戦争によって犯された精神のなせるわざと思い、許してきた部分があるが、それさえ私一人の妄想であり迷妄にすぎなかったとなったら、私はなにに向かって叫べばいいのか。なにに向かって泣けばいいのか。

　兄を主人公にした小説を書こう。実の兄が死んだ時、弟はなぜ「万歳！」とつぶやいたのか。自分が死んだ時、実の弟に「万歳！」と言われる兄とはいったい弟にとってどんな存在だったのか。二人の間に果たして、兄弟の名に値する関係はあったのか。しかもなお、その兄の実像は虚像となり、虚像の実体は空虚そのものだ。その空虚を書こう。つまびらかに。

「兄が死んだ。

姉から電話でそのことを知らされた時、私は思わず小さな声で『万歳！』と叫んだ。」

私の初めての小説『兄弟』の、これが書き出しの二行である。

平成九（一九九七）年の六月から六ヵ月間、毎月百枚のペースで『オール讀物』に連載した。そして終わりの三行は、

「『お前が俺の影だったのさ』

私はむかっと来て立ち上がり、兄への未練を断ち切るように真っ暗な海に向かって叫んだ。

『兄貴、死んでくれて本当に、本当にありがとう』

どこからも返事はなかった。波の音だけが、いつまでも打ち寄せ返していた。」

六百枚目の最後の言葉を書き終えた時、私は小説家になれた、と実感した。それはなにか揺るぎのない実感だった。

翌平成十（一九九八）年『兄弟』は単行本となり、その年の上半期の直木賞にノミネートされ、最後まで残った。賞はもらえなかったが、ノミネートされただけでも私としては感動ものだった。

私は直木賞が欲しかった。なぜなら私の名前は、これから小説を書くには、作詩家

として売れすぎていたし、兄とのことでも自分のことでも汚名をたっぷりと浴びていたからである。それらを雪ぐためには、なんとしても直木賞という賞をもらい、堂々と作家たるものになりたかった。

その願いは、平成十二（二〇〇〇）年一月、二作目の『長崎ぶらぶら節』でかなえられた。

これでいつ死んでもいい。戦争も兄との葛藤もすべてはこうなるために、そこにあるべくしてあったのだ。すべて良しなのだと思った。

終章　ニルヴァーナ

私はわが身を尖塔の上に置きたいと希う――ジョルジュ・バタイユ『内的体験』より

二〇一五年二月二十五日（水）、私は心臓の弱いのも顧みず、手術室から生きて帰って来られなくとも仕方ないと心決めて手術を受けた。

手術室に入るなり、全身麻酔をされた。

一瞬で意識はなくなった。

麻酔から醒めて目醒めた時、

「あっ、生きてる！」

と私は思った。

「なかにしさん、目が醒めましたか？」

D医師が目の前にいる。

「がんは取れましたか？」

「いや、残念ながら取れませんでした」

D医師は悔しそうな顔で言った。

残念！と思ったが、なにも言わなかった。

D医師の話によると、開胸手術をして、いざがんを剔出しようとしたのだが、リンパ節にあるがんはあまりに強く気管の壁膜に密着していて、メスを入れる隙間がなかった。やや迷ったD医師は、途中、開胸したまま外に出ていって、これ以上の無理をしてでも除去にこだわるか、さもなくば撤退するかを家族に問うたそうだ。

「生きているなら、生きたまま返してください」

という家族の言葉に従い、撤退を決意した。

手術は四時間二十分にも及んだが、空しく開胸部を閉じて終わった。

背中を二十五センチも切られ、肋骨も切断され、背中の痛みといったらそれは酷いものだ。全身の水分が枯渇していて喉が渇く、口が乾く、舌が乾く。目が乾く。手術なんて二度とやるものかと思った。手術の日から三月一日までの五日間、痛みにただ耐えた。

私に残された可能性は抗がん剤治療しかなかった。それを開始することを前提として、ひとまず退院することになった。

三月二日（月）、退院前に内科のK医師、陽子線のA医師、外科のD医師の三人と私の家族全員（妻、長男、長女と私）が会議室に集まって今後について話をした。

この時、私は初めて「穿破」（がん細胞が隣接する他臓器の壁膜を穿ち破って侵入すること。そうなると多臓器不全となり、激しく吐血し、必ずや四日か五日後には死ぬ）という言葉を聞かされた。「なに？　そんなに危険な状態なのか」というのが正直な感想だった。しかし家族たちは手術の際に、いつ穿破が起きても不思議でない状態だから覚悟はしておくようにと言われていたという。私だけが知らなかったのだ。

医師たちは穿破について丁寧に説明してくれたが、聞けば聞くほど気が滅入る話だった。つまり手術をした日から一週間以内が最も危険だという。この日受けたＣＴ検査でもがんは確実に大きく成長していた。なのに穿破は起きていない。なぜなのか。その理由は分からないまま、とにかく一日も早く抗がん剤治療を始めましょうとそれだけを言う。が、それにはある程度の体力を必要とする。そのためには自宅で好きなものを食べて休んだほうが回復が早いだろうということで退院し、三月九日に再入院することが決まった。

そんなに穿破が切迫したものであるなら、むしろ入院したままの状態のほうが万事ことがスムーズに進むだろうに。なぜ退院なのか。同じ死ぬのなら家で死なせてあげようという医師たちの親切心なのかと私は最初思ったが、冷静に考えるなら、術後の患者の院内での死を最も嫌う病院側の実利的な論理によるものに違いないと今ではなんのイヤ味もなく了解している。

三月六日(金)、D医師から電話があり、今からお宅にうかがってもいいかと言う。むろん否やはない。

D医師の訪問に果たしてどんな意味があったのか私にはまったく理解できない。穿破以外に話題らしいものはなにもないのだ。

「なかにしさんは、穿破は今日あっても明日あってもおかしくない状態だということです」

D医師はそればかりを繰り返す。

「穿破は手の施しようがないのでしょう?」

「ええ。どこの病院へ行っても無駄です。四日ないしは五日で確実に死にます」

「どういう生活をすればいいんでしょうか」

「一日一日を大切に生きてください」

「年単位は無理ということですね?」

「ええ。月単位で人生を考えてください」

ほかになんの話題もない。まるで私が生きていることを確認しに来たかのような、さもなくば、「あなたはいつ死んでもいいように心の準備をしておいてください」と念押しに来たとしか思えないような訪問だった。

三月九日（月）再入院。抗がん剤を体内に注入するための「ポート」というアタッチメントを胸に埋め込んだ。

三月十一日から一日二十四時間五日間、抗がん剤の投与を受けた。

十七日（火）には退院したが、この時点ではまだ治療の効果のほどは分からない。

そして……三月二十八日（土）早朝、私は息苦しさに目を醒ました。口の中には大量の生臭い液体があふれんばかりにあり、私は洗面室に飛び込み、口の中のものを吐いた。血であった。吐いても吐いても湧いてくる。洗面器はなぜか流れが悪く、どす黒い血がたっぷりとたまっている。

ついに来たか。私は穿破という文字を頭に浮かべ、覚悟を決めた。

時計を見ると、午前五時五十六分。窓の外は曇り日と見えて灰色である。D医師は緊急事態に備えて携帯電話を毎晩枕の下に置いて寝ていると聞いてはいたが、六時前に起こしては申し訳ない気がする。しかも今日は土曜日だ。六時まで待とう。洗面器の血を洗い流しながら、あと四日ないし五日、長くてあと一二〇時間の命か、と愛おしむ思いでその時間を具体的に想像しようとした時、私が立っている洗面室の床が動いた。私が眩暈（めまい）を起こしたわけではない。地震が来たのでもない。私は魔法の絨毯（じゅうたん）に乗せられているかのように滑らかに横に滑って壁を抜け、十一階から転落しつつ失神した。

聞き覚えのある呪文のようなものによって、私は目醒めさせられた。

カバラミネラリスラビシモンベンカンターラ……。

カバラミネラリスラビシモンベンカンターラ……。

過去に二回似たような体験をしたが、私は分厚い布に包まれ、仰向けに寝た体勢で空中を運ばれていた。運んでいるのは四羽の人間鳥たちであり、二羽の護衛と一羽の先導者がいた。彼ら七羽の人間鳥たちが呪文を唱え、音もなく翼を上下させて空中を飛んでいく。

またもや私の葬列が薄暗がりの冥界を行く。

空（くう）先生のお城に連れていかれるんだ。これが三度目だから、もはや現世に戻されることはあるまい。今度こそ私は死ぬために行くのだ。

うつろなことを考えながら、私は星もない月もない冥界を浮遊していった。

案の定、着いたところは空先生のお城だった。

それは冥界の宙空に巨大な白亜の殿堂として浮かび上がっていた。

大門の前の広場で降ろされたが、門は大きく開かれていた。中はもやっていてよく見えない。

縄を解かれた私はパジャマ姿のまま、ふらふらと歩きだした。大門に誘（いざな）われるように。

私が一歩足を城の中に踏み入れると同時に、目の前の景色が鮮烈に変わった。そこには一本の白い道があった。両側は高い白雲の壁になっているが、その壁は滝となって絶え間なく落下していた。そして落下した白雲は水煙を噴き上げるように上昇している。

道は果てしもなくつづき、左右の滝は音もなく白雲を落下しつづけ、上昇しつづける。はるか、目のとどく限りの彼方まで。

白い道と白い滝が一点に交わる東の空には、明けの明星が一つきらきらとまたたいている。

両側の滝の噴き上げる水煙の上に、虹が、夜の虹がうっすらとかかっている。

明るくもない暗くもない世界がそこにあった。

光もない、闇もない、もののすべてに影のない世界。神が「光あれ」という言葉を発する前の世界。創造以前の世界、なにもない。塵（ちり）一つない。物音もない。清浄な静寂。なのになんという歓喜、幸福、平和であろう。

ああ、これこそがニルヴァーナ（涅槃）だ。

と思った時、声が聞こえた。

「そう。その通りだ」

「あっ、空先生……」

「よく来た。今日の土産に自由を与えよう」

「自由？」

「ニルヴァーナの出入り自由ということだ。生死の境を絶え間なく行き来する自由だ」

「ならば、私は現世にまた戻るのですか」

「ニルヴァーナを見た者は現世に戻り、ふたたびつらく悲しい地獄を生きる義務があるのだ」

「私はすでに人間に絶望し、自分にも絶望し、虚無の真っ直中にいるつもりですが……」

「それは今、終わった。お前は今、愛にあふれている。人間どもが愚かで残酷なことをお前は知った。が、お前は自分の中の深淵をのぞいて震えあがり、自分もまた愚かで残酷であることをも知った。なのに創造の意欲に燃えている。ニルヴァーナを見た者は創造の熱病に陥るのだ」

「創造は熱病ですか」

「愚かで残酷な人間を愛さずにいられない病だ」

「愛なき創造は不可能ですか？」

「憎しみで創造が可能か？」

「情熱の凶暴なる解放を求める時もあります」

「可能性の追求は無限の泉だ。それが愛でなくてどうする」

この時、私は創造の源は可能性の追求という名の愛にほかならないことを深々と知らされた。それは未来を志向するからだ。

「創造の熱病に陥れば、最高塔に登りたいと思う。登ればそこは生死の境だ。ニルヴァーナに来ることはこの先なんどもあるだろう。では、さらばだ。いつでも来るがいい。出入り自由だからな。はははっ……」

私は一瞬、白い道と白雲の滝を見た。空には明けの明星が……。

私は時計の針を見ていた。それは六時ちょうどをさしていた。

妻の寝室のドアをたたいて起こした。

妻が出てきた。

「穿破が来たみたいだ」

妻はよろけ、壁にすがった。

「血を吐いたの？」

「うん。それも大量にだ。D先生に電話するよ」

電話のベルが鳴り、すぐにD先生が出た。

「穿破が来たみたいです」

「……？　なかにしさん、声がかすれていませんね。もし気管に穿破したのなら、声がかすれます。抗がん剤治療で免疫力が落ちています。血の凝血力も下がっているから、他臓器からの出血かもしれません。すぐにG東病院に行ってください。きちんと手配しておきますから」

私はG東病院へ妻とタクシーを飛ばした。

待機していた医師による診断では、私の吐血は鼻出血によるものだった。

私は「死の宣告」を体験したのだが、実質は疑似穿破だった。がしかし、なんという美しい幻を見たのだろう。あの四分間はいったいなんだったたんだ。

三月二十日（金）、採血とCT検査の結果、一回目の抗がん剤治療によって、がんは約半分に縮小していた。異例の効果だった。

二回目の抗がん剤治療で、半分になっていたがんはまた半分になった。つまり四分の一に。

三回目の抗がん剤治療が開始された時、私は衰弱し気力も萎えていた。悲しみばかりが胸いっぱいにひろがる。

その時、ゴーストの声が聞こえた。

「君は空先生との約束を果たさないつもり？」

ふと見ると、吐息の交換器を顔につけたゴーストがベッドのそばに立っていた。初めて出会った時のように。

「ああ、ゴースト、来てくれたんだね」

「吐息の交換をしましょう。あなたの魂を生き返らせてあげましょう」

ゴーストは交換器を私の顔にかぶせた。ゴーストの甘い伽羅の匂いが私の胸を満たした。

「ニルヴァーナを見たものは創造の熱病に侵されるのではなかったの？　最高塔に登りたいと思うのではなかったの？　レイ君、君は忘れたの？」

ああ、そうだ。私は忘れていた。悲しみに閉ざされ、絶望にうなされ、創造をする意欲など忘れかけていた。

「ニルヴァーナ!」

とゴーストは言った。

私の目の前に、白い道と白雲の滝が現れ、東の空に明けの明星がきらめいていた。と同時に、私は勇気に奮いたたされた。

「さあ、書きましょう。ニルヴァーナの歌を」

「ニルヴァーナの歌?」

「ニルヴァーナは冥界(冥い世界)のかなたにある。ニルヴァーナは夜の向こう側、もしくはこちら側にあり、東の空には明けの明星が、西の空にもまた同じ金星の宵の明星がまたたいている」

「創造の熱病にぼくは今こそ陥っているのだ。それがこのあてどない悲しみの理由なのだ」

「そうよ。その熱病にまかせて書くのよ。書くことによって君の魂はよみがえるのよ。いいえ、よみがえらせるのよ」

五月二十五日(月)、私は小説『夜の歌』を書き始めた。連載は六月二十一日付で開始された。

私のがんは三回目の抗がん剤治療でさらに半分になり、四回目の治療で跡形もなくなった。念のため五回目の抗がん剤治療をやり、同時に陽子線治療もやってがんをさらに消滅させた。

九月十三日（日）、私は晴れて退院した。

そして今年（二〇一六）のついこの間の九月十三日、退院一年目の検査を受けた。結果は異常なし。私はまだ生きている。そして今『夜の歌』が終わろうとしている。なんということだ。言葉もない。

その日、ゴーストが突然変なことを言った。

「レイ君、君は満洲から引揚げてきて初めて日本の土を踏んだところを憶えている？」

「憶えているさ。広島の大竹港だ」

「行ってみましょうよ」

「遠いよ」

「なに言ってるのよ。私、飛べるのよ」

「そうだったね」

ゴーストは背を向け、大きく翼を広げた。

私はゴーストの背中にすがりついた。

ゴーストとの久し振りの飛翔だった。

今しも黄昏時、光も闇もない、ものの形だけが動いている。

それらを見下ろしながら、私たちは夕空を大きな蝙蝠（こうもり）のように滑空（かっくう）した。

広島の大竹港の上空には難なく着いた。一九四六年の景色とは大分変わっていた。

少年の私が上陸用舟艇から降ろされた岸壁は今は二車線のアスファルト道路になっていて、その道路の海側に新しい岸壁ができていた。左には引揚げ者の私たちが歩いてたどりついた大竹の駅がある。大竹海兵団跡之碑も見える。接岸した船や沖合に停泊している船の灯が揺れている。

「礼君はどちらに降りたいの、古いほう？　新しいほう？」

「古いほうさ。そこが確かな場所だから」

ゴーストは大鷲が着地するようにするすると道路のセンターラインの上に降り立った。

私は昔の岸壁の跡地に立った。そこは道路のはずなのに、私が降り立つやいなや七〇年前のＤＤＴで白く染まった岸壁になり、新しい岸壁は消え、海がすぐそばで波音を立てていた。

を見て。

「あっ、ゴースト……」

ゴーストがいない。

「ゴースト、どこへ行ったの？」

きょろきょろとあたりを見ると、岸壁に一人の少年が立っている。じいっとこちら

を見て。

夕闇の中を私は少年に歩み寄っていった。

少年は海軍予科練の制服の袖をちぢめたコートを着ていた。それはDDTにまみれてか、白い粉をふいていた。少年の顔も頭も粉だらけだ。

あれは昔の私ではないか……戦争の地獄を見た少年を、戦争を忘れたいばっかりに、私はこの大竹港に置き去りにし、心の中でなおざりにして生きていた。あのままではとても合わす顔がないが『夜の歌』を書いた今、私は私自身の少年を取り戻したような気がする。

「君、禮三君？」

「うん」

「ああ、会いたかった……」

私は少年を両の手で抱きしめた。少年も私をおずおずと抱き、

「ぼくも会いたかったよ……」

懐かしさと愛おしさで胸が張り裂けそうになった。その時、少年が言った。

「涙、返してあげてもいいんだよ」

「えっ、涙……返してくれるの？」

私はどっと涙を流して泣いた。少年も泣いた。たまりにたまっていた涙がとめどなく流れた。

大陸で死んでいった大勢の子供たち。また大地の子として生きざるをえなかった少年たち。広島で長崎で、原爆の子として生きた孤児たち。あの戦争で死んでいったすべての子供たちを、私は涙とともに抱きしめた。

涙をふきふき私は言った。

「禮三君、ゴーストは君だったのかい？」

少年は首を振りつつ消えていった。

肩をたたかれて振り向くと、目の前にゴーストがいた。

「ゴースト、あなたは誰なの？」

「私は君の、孤・独(こどく)」

美しいゴーストが優しげに笑っている。

「ああ、ゴースト、ぼくはあなたとともに最高塔に登りつづけるのだ」

人間鳥たちの呪文が流れてきた。

カバラミネラリスラビシモンベンカンターラ

この呪文の意味はなんだろうと考えた時、

「よみがえりなき死は真の死にあらずという意味だ」

空先生の声だ。

その声を聞いた瞬間、私は目の前にニルヴァーナを見た。果てしない白い道と白雲の滝、東の空に明けの明星がまたたいている。うっすらとかかる夜の虹。

「お前は永遠なる四分間を今生きている」

「あの時のあの四分間を私は生きている」

「ニルヴァーナ、それはお前の中にある」

「私の中に……」

岸壁に打ち寄せかえす波の音がにわかに高まった。

私は大竹港の道路の上に呆然(ぼうぜん)と立っていた。

（了）

解説　「吐息と戦争」

伊藤彰彦（映画史研究家・作家）

一九七〇年代の初め、東北の温泉町に「なかにし礼」を名乗る男が現われ、ギターでなかにしのヒット曲を爪弾き、女中や仲居を誑かし、忽然と姿を消した――。この出来事を私は中学生のとき、大橋巨泉の『11PM』で知り、「なかにし礼」の名を脳裏に刻んだ。のちに、久世光彦がこの事件に着想を得たテレビドラマ（『みんな夢の中－ある偽ハマクラ伝』【九二年】）を制作したと知る。

いかに歌謡曲の全盛期といえども、作詩家といういわば「裏方」であるなかにしが東北の片田舎の女性にまで顔を知られ、その艶名が全国津々浦々まで轟いていたとは驚くべきことだ。「プレイボーイのあいつは、女との寝物語を歌にし、己れの恥を甘美なさらしものにした」と陰口を叩かれるほど、当時のなかにしは退廃と耽美の匂いを漂わせる「時代の寵児」だったのだ。

そんななかにしが映画に主演したのが、『時には娼婦のように』（七八年、小沼勝監督）である。私は本物のなかにしを見に、高校の帰り、学生服の上に父親のジャンパーを羽織り、蒲田の日活に出かけた。「当時、（兄が作った－引用者注）借金に追われている時期で、好条件を提示されたこともあり、原案、脚本、音楽、さらに主演までこなした」（『わが人生に悔いなし――時代の証言者として』）となかにしが語る日活ロマンポルノの「エロス大作」だが、それは美しいフィルムだった。

画家、松任谷國子のレオノール・フィニを思わせる裸体画から始まるフランス映画のような筆致、心臓発作と性への耽溺、（なかにしが第二の故郷と呼ぶ）青森への郷愁、赤坂のクラブに集う大竹省二や星野哲郎や中山大三郎ら文化人のポルトレ――といった、なかにしの人生に欠くべからざる光景や人々が焼き付けられた、のちになかにしが書く自伝小説のプロトタイプ（試作品）が本作だ。

このフィルムの中のなかにしは、女を抱いていても心がここになく、気怠く、かったるく、遊び人の懶惰をなで肩の背中に滲ませていた。

こうした「昭和のなかにし礼」のイメージは、平成に入ると一変する。「昭和とともに歌謡曲の時代は終わった」と、なかにしは平成元年に作詩から離れ、『兄弟』（九八年）で小説家としてデビュー、第二作『長崎ぶらぶら節』（九九年）で直木賞を受賞するや、小説家として名を馳せてゆく。同時に、舞台制作に身を投じ、芸能の始原を追い求め、黒のアルマーニに身をつつんだ謹厳な求道者の面持ちになってゆくのだ。

二〇一二年に食道がんが見つかり、自らが選択した陽子線治療により一旦寛解するも、がんが再発する中、病に屈しないばかりか、戦争への警戒心を失くしてゆく社会と「闘う作家」になかにしのパブリックイメージは変貌してゆく。

『夜の歌』は、一五年にリンパ節へのがんの転移が見つかり、術後の抗がん剤治療と併行して陽子線治療を行いながら、「サンデー毎日」で連載が始まった。

「自分の人生を集大成した自伝的な作品で、これが最後の小説」（『わが人生に悔いなし』）と当時、なかにしは書いているが、序章にあるように、いつ来るとも知れぬ「穿破」（がん細胞が他臓器の壁膜を突き破り、死にいたること）と隣り合わせで書かれ、編集部は連載が中断し、ことによると絶筆になることも覚悟で誌面を空けた。

『夜の歌』の装画は中西夏之（一九三五年〜二〇一六年）の『吐息の交換』（六八

年）である。

　装画と小説の内容が密接に関連する作品には、棟方志功と谷崎潤一郎の諸作、米倉斉加年と吉行淳之介の諸作、村上芳正と『家畜人ヤプー』などがあるが、本作はそれら以上に絵画と小説が緊密に結び付き、読者はページを繰りながら、たびたび装画を見返すのではないだろうか。

　中西夏之（同姓であるがなかにしと縁戚関係はない）は戦後の日本の前衛絵画を代表する画家であるが、六〇年代には、オリンピック直前の東京の街頭で価値紊乱のパフォーマンスを繰り広げる「ハイレッド・センター」を主宰したり、舞踏家土方巽の舞台美術に協力するなど、絵画の矩を踰え、芸術の意味を根本から問い直す活動を繰り広げた。

「土方さんの舞踏に関わっていたとき、中西は戦時中の『民間用の防毒マスク』と『陸軍用のマスク』の写真を集めていて、そこから『吐息の交換』が着想されたんです」と中西夫人で画家の直野宣子は本稿のための取材で語った。

「絵画や写真をコラージュしてあるんですが、一番上のマスクの二人はフラ・アンジエリコ（初期ルネサンスのイタリアの画家）の絵画『受胎告知』、その下の二人はポール・セザンヌの『カルタ遊びをする人々』、その下はフォンテーヌブロー派の『ガブリエル・デストレとその妹』、一番下のものは中西本人の写真をそれぞれ引用しています」と直野はこの絵を解き明かす。『吐息の交換』は西欧の名画と日本の戦争のイメージが連結されていたのだ。

長い年月をかけて制作され、六八年に完成したこの作品は南画廊（現代美術の作家を紹介した銀座の画廊）に展示され、それを観た澁澤龍彦が『血と薔薇』（第三号）にこの絵画の写真を掲載し、一躍世に知られた。

二十歳の頃、中西夏之の家に居候していたなかにし礼は、二〇一二年に食道がんを克服したあと、『吐息の交換』を購入したいと中西に申し出る。中西夏之は直野と相談し、なかにしの全快祝いとしてこの絵を寄贈することにした。なかにしが『吐息の交換』を所蔵し、自宅の壁に掛けた瞬間から、『夜の歌』への旅が始まったというべきだろう。

『夜の歌』は、グスタフ・マーラーの交響曲第七番、第二楽章と第四楽章「夜曲」の俗称として知られるが、なかにしは、「夜の歌とは、私の原体験の主要モチーフである。銃撃が終わったあと荒野のかなたから嫋々と流れてくる絶望の歌。一滴一滴肌に突きささる雨を流して泣く底知れぬ夜の嗚咽。こんな恐怖の夜の歌から生まれるべき歌とはどんなものだったのか」を書きたかった、と『生きるということ』で題名の由来を述べている。

「サンデー毎日」の担当編集者は、なかにしが連載を開始する前、エッセイにするか小説にするかで迷っていたと証言する。なかにしが小説にしようと決断したのは、『吐息の交換』という絵画からイメージを羽搏かせ、「魂の交換」「エロティックな人間の繋がり」という小説のモティーフを摑んだのと、「自らの〈分身〉が現われ、過去に誘う」という設定で、自身の人生を自在に往還する（エッセイ以上の）自由が獲得できる、と思い定めたからだろう。本書は、装画とデザイン（鈴木成一）と小説が互いに霊感を与え合った稀有な書物なのだ。

「ゴースト」によって主人公が過去の時間に連れて行かれる趣向は、なかにしが「人生に必要な芸術ベストテン」（『生きるということ』）の「世界文学ベストテン」に挙げた、ゲーテの『ファウスト』やダンテの『神曲』などからも着想されたと思われる。戯曲『ファウスト』同様、主人公とゴーストの対話劇で物語を進めたことは、『夜の歌』を独り語りの自伝小説が陥りがちなナルシズムから引き離し、なかにしが会話に座右の銘とする古今東西の書物の引用を織り込むことで、作品の格調は高まった。

また「過去のどの時代に誘われるかがわからない」点で、本作はカート・ヴォネガットの『スローターハウス5』を想起させる。連合軍のドレスデン爆撃による無辜の市民の虐殺を初めて描いた『スローターハウス5』と、ソ連軍の日ソ中立条約破棄を起点とする満洲（現中国東北部）の居留民の殺戮と棄民体験を描いた『夜の歌』は、第二次世界大戦中の災禍をSF的な手法によって、しかし本質的に描いたという点で共鳴し合っている。

回り舞台のように現れる過去のなかでもっとも甘やかな場面は、田村順子、安井かずみ、松任谷國子ら実在の女性たちとの交情であろう。とりわけ、なかにしが本書で初めて告白した、彼と安井かずみとかまやつひろしの三角関係は、小説の中で譬えられるゲーテの『親和力』とともに、フランソワ・トリュフォーの映画『突然炎のごとく』（六四年日本公開）を思い起こさせ、安井かずみが二人の男を同時に愛した〈カトリーヌ〉（ジャンヌ・モローの役）であった、と読者は知らされる。

また、作曲家、鈴木邦彦との激しいやり取りからは、なかにしが流行歌を生み出した「秘鑰」が浮かび上り、昭和四十年代、歌謡曲全盛時代の貴重な証言となっている。

一方、こうした幸福な回想を断ち切るように挿入されるのが戦争の記憶である。なかにし礼の満洲、牡丹江からの引き揚げ体験は、八九年に「東京新聞」で連載された「この道」で初めて明らかにされ、それが一冊にまとめられた『翔べ！わが想いよ』（八九年改題）で世間に知られ、フィクションの形に仕立てられたベストセラー小説『赤い月』（〇一年）で人口に膾炙し、本作にいたる。

苛酷な引き揚げ体験はこのように変奏されながら、まるでカヴァーする歌手によって詩のイメージが一変するように、書かれたときの作者の心象と問題意識により、その都度描写の力点が変わっている。『夜の歌』の満洲の描写で、過去の作品以上に強調されているのが、「日本政府がなかにし一家もふくめ旧満洲国の居留民を見殺しにした」ことへの告発だ。関東軍は住民を守れず、当時の外務大臣の重光葵は、「日本政府にはあなた方を受け入れる能力がない。日本政府としてはあなた方がハルビン地区でよろしく自活されることを望む」と声明し、ソ連軍制圧下のハルビンに取り残された者たちを紙切れひとつで見棄てる。仲間を見殺しにできず、「満洲という幻影」に加担した責任を取り、死地に赴くなかにしの父や室田に引きかえ、国家は何ひとつ責任を取らないのだ。

なかにしの父は黒いクリーム状の痰を吐きながら死んでゆく。息を引き取った難民の老人の死体からは蚤虱が一斉に這い出してくる。主人公は母や姉とともに、満員の無蓋列車に追いすがる人々の指の一本一本をもぎとるようにはがし、彼らを見殺しにして生き延びる。これらの満洲での場面は、過去の作品に見当たらないほど仮借なく、描写は残酷をきわめる。

このように力点が変化したのはなぜか――。八九年の『翔べ！わが想いよ』から一六年の『夜の歌』にいたる二十七年の間に、日本が集団的自衛権を容認し、九条をふくめた憲法の改正へと舵を切ったからだ。なかにしは平和憲法を踏み躙る政権への怒りを露わにし、かつて国家が自分を棄てた事実や、自らが他者を犠牲にし、加害者たらざるを得なかった体験を繰り返し、かつてなかったほど執拗に描いたのだ。

戦争の描写が本書のなかでもっとも悲痛な場面であり、それから昭和四十年代になかにしが歌謡曲のヒットメーカーになってゆく場面に転換されるときが、至福の一瞬だ。

なかにし礼は『夜の歌』で、「吐息と戦争」＝「エロスと殺戮」を対比させ、彼の人生でもっとも苛酷な時間と甘美な瞬間をふたたび生きた。

穿破と背中合わせにありながら、かつて褥をともにした女性たちを思い起こし、彼女らの声音や匂いにいたる記憶を克明に描くところが、「若き日に七人の女と暮らしていた」（『平和の申し子たちへ——泣きながら抵抗を始めよう』）」と打ち明け、「平和はエロティックであり猥褻なものだ」（前掲書）と頑なに主張する作家、なかにし礼の真骨頂だろう。『夜の歌』を読み終え、想起するのは、「およそエロティシズムを抜きにした文化は、蒼ざめた貧血症の似而非文化でしかない」という澁澤龍彦が書いた『血と薔薇』の巻頭言である。なかにしは最後の小説で「なで肩の色男」に戻り、その目で戦争を見つめ直し、昭和を生き直し、幽明境を異にした女性たちとふたたび寝た。

聖人君子ではなく、「女たちに覆われた男」（ドリュ・ラ・ロシェル『ゆらめく炎』）の戦争体験が描かれ、冒頭で主人公が流した自らの無力さへの涙が、大団円では、戦争で死んだ子供たちすべてへの涙となり、物語は作者個人の哀しみを超えた、「戦争と歌謡曲の昭和」への鎮魂歌に昇華し、幕を閉じる。

かくして本書は、暗愚の首相と歴史修正主義者が幅を利かせ、右傾化と排外主義と統制社会へと傾斜する日本に投じられた警世の一石であり、震えるようなエロティックな魂による類例のない抵抗の書物となったのである。

●本書は二〇一六年十二月に、毎日新聞出版より刊行されました。
文庫化にあたり、一部を加筆・修正し分冊しました。

|著者|なかにし礼　2012年３月に自らが食道がんであることを公表。長時間の外科手術に耐えられないことを理由に先進医療である陽子線治療を選択し、見事に克服した。その経緯を描いた作品が『生きる力　心でがんに克つ』で、陽子線治療を広く世に知らしめた。また、2015年３月にがんの再発を告白して治療を開始。そのころ雑誌連載を開始した作品が本書である。抗がん剤治療によってこんどは再発がんを克服し、『闘う力　再発がんに克つ』をあらわすに至る。その他の関連作品に『生きるということ』『がんに生きる』など。

夜の歌（よるのうた）　下

なかにし礼（れい）

© Rei Nakanishi 2020

講談社文庫

定価はカバーに
表示してあります

2020年１月15日第１刷発行

発行者――渡瀬昌彦
発行所――株式会社　講談社
東京都文京区音羽2-12-21　〒112-8001
電話　出版（03）5395-3510
　　　販売（03）5395-5817
　　　業務（03）5395-3615

Printed in Japan

デザイン―菊地信義
本文データ制作―講談社デジタル製作
印刷――――大日本印刷株式会社
製本――――大日本印刷株式会社

落丁本・乱丁本は購入書店名を明記のうえ、小社業務あてにお送りください。送料は小社負担にてお取替えします。なお、この本の内容についてのお問い合わせは講談社文庫あてにお願いいたします。

本書のコピー、スキャン、デジタル化等の無断複製は著作権法上での例外を除き禁じられています。本書を代行業者等の第三者に依頼してスキャンやデジタル化することはたとえ個人や家庭内の利用でも著作権法違反です。

ISBN978-4-06-518342-7

JASRAC出1914202-901

講談社文庫刊行の辞

二十一世紀の到来を目睫に望みながら、われわれはいま、人類史上かつて例を見ない巨大な転換期をむかえようとしている。

世界も、日本も、激動の予兆に対する期待とおののきを内に蔵して、未知の時代に歩み入ろうとしている。このときにあたり、創業の人野間清治の「ナショナル・エデュケイター」への志を現代に甦らせようと意図して、われわれはここに古今の文芸作品はいうまでもなく、ひろく人文・社会・自然の諸科学から東西の名著を網羅する、新しい綜合文庫の発刊を決意した。

激動の転換期はまた断絶の時代である。われわれは戦後二十五年間の出版文化のありかたへの深い反省をこめて、この断絶の時代にあえて人間的な持続を求めようとする。いたずらに浮薄な商業主義のあだ花を追い求めることなく、長期にわたって良書に生命をあたえようとつとめるところにしか、今後の出版文化の真の繁栄はあり得ないと信じるからである。

同時にわれわれはこの綜合文庫の刊行を通じて、人文・社会・自然の諸科学が、結局人間の学にほかならないことを立証しようと願っている。かつて知識とは、「汝自身を知る」ことにつきていた。現代社会の瑣末な情報の氾濫のなかから、力強い知識の源泉を掘り起し、技術文明のただなかに、生きた人間の姿を復活させること。それこそわれわれの切なる希求である。

われわれは権威に盲従せず、俗流に媚びることなく、渾然一体となって日本の「草の根」をかたちづくる若く新しい世代の人々に、心をこめてこの新しい綜合文庫をおくり届けたい。それは知識の泉であるとともに感受性のふるさとであり、もっとも有機的に組織され、社会に開かれた万人のための大学をめざしている。大方の支援と協力を衷心より切望してやまない。

一九七一年七月

野間省一

講談社文庫 最新刊

西尾維新　掟上今日子の遺言書
冤罪体質の隠館厄介が、最速の探偵・掟上今日子と再タッグ。大人気「忘却探偵シリーズ」。

なかにし礼　夜の歌（上）（下）
満洲に始まる苛酷な人生と、音楽を極める華々しい日々。なかにし礼の集大成が小説の形に！

椹野道流　新装版 禅定の弓 鬼籍通覧
胸が熱くなる青春メディカルミステリ。若き法医学者たちが人間の闇と罪の声に迫る！

濱嘉之　〈新装版〉院内刑事 ブラック・メディスン
人気シリーズ第二弾！　警視庁公安ＯＢ・廣瀬知剛が、ジェネリック医薬品の闇を追う！

本城雅人　紙の城
新聞社買収。ＩＴ企業が本当に買おうとしているものは何だ？　記者魂を懸けた死闘の物語。

小野寺史宜　近いはずの人
死んだ妻が隠していた〝８〟という男とのメール。妻の足跡を辿った先に見たものとは。

佐藤優　人生の役に立つ聖書の名言
挫折、逆境、人生の岐路に立ったとき。こころが楽になる１００の言葉を、碩学が紹介！

講談社文庫 最新刊

輪渡颯介
欺きの童霊（わらしれい）
〈溝猫長屋　祠之怪〉
幽霊を見て、聞いて、嗅げる少年達。空き家で会った幽霊は、なぜか一人足りない——。

矢野　隆
戦（いくさ）**始末**
絶体絶命の負け戦で、敵を足止めする殿軍（しんがり）。武将たちのその輝く姿を描いた戦国物語集！

吉川永青
治部の礎（いしずえ）
嫌われ者、石田三成。信念を最期まで貫き、大義に捧げた生涯を丹念、かつ大胆に描く。

秋川滝美
幸腹（こうふく）**な百貨店**
〈催事場で蕎麦屋呑み〉
催事企画が大ピンチ！　新企画「蕎麦屋呑み（そばやのみ）」は、悩める社員と苦境の催事場を救えるか？

橋本　治
九十八歳になった私
もし橋本治が九十八歳まで生きたなら？　面倒くさい人生の神髄を愉快にボヤく老人賛歌！

さいとう・たかを
戸川猪佐武　原作
歴史劇画　**大宰相**
〈第三巻　岸信介の強腕〉
繁栄の時代に入った日本。保守大合同で自由民主党が誕生、元A級戦犯の岸信介が総理の座に。